E DE EXTERMÍNIO

CIRILO S. LEMOS

1ª EDIÇÃO

EDITORA DRACO

SÃO PAULO
2015

Cirilo S. lemos
nasceu em nova iguaçu, baixada fluminense, em 1982. Foi ajudante de marceneiro, de pedreiro, de sorveteiro, de marmorista, de astronauta. Fritou hambúrgueres, vendeu flores, criou peixes briguentos, estudou história. Desde então se dedica a escrever, dar aulas e preparar os filhos para a inevitável rebelião das máquinas. Gosta de sonhos horríveis, realidades previsíveis, fotos de família e ukuleles. Publicou em *Imaginários v. 3* (2010), *Dieselpunk* (2011) e *Sherlock Holmes: Aventuras Secretas* (2012) e *Excalibur* (2013). e o romance *O alienado* (2012). twitter @CiriloSL

Publisher: Erick Santos Cardoso
Produção editorial: Janaina Chervezan
Edição: Antonio Luiz M. C. Costa
Revisão: Ana Lúcia Merege
Arte e capa: Ericksama

Dados Internacionais de Catalogação na Publicação (CIP)
Ana Lúcia Merege 4667/CRB7

L 555

Lemos, Cirilo S.
E de extermínio / Cirilo S. Lemos. – São Paulo : Draco, 2015.

ISBN 978-85-8243-129-0

1. Ficção brasileira I. Título II. Série

CDD-869.93

Índice para catálogo sistemático:
1.Ficção : Literatura brasileira 869.93

1ª edição, 2015

Editora Draco
R. César Beccaria, 27 – casa 1
Jd. da Glória – São Paulo – SP
CEP 01547-060
editoradraco@gmail.com
www.editoradraco.com
www.facebook.com/editoradraco
Twitter e Instagram: @editoradraco

E de Extermínio

Autor de "O Alienado"

Cirilo S. Lemos

Já que estas são histórias sobre pais e filhos, ofereço-as com amor a A., meu pai; e M. e T, meus filhos.

Fala do Lavrador:
Sempre é morto quem do arado
há-de viver.
Nós somos vida das gentes
e morte de nossas vidas;
a tiranos, pacientes,
que a unhas e a dentes
nos têm as almas roídas.
Para que é parouvelar?
Que queira ser pecador
o lavrador;
não tem tempo nem lugar
nem somente d'alimpar
as gotas do seu suor.

Auto da barca do purgatório, Gil Vicente

When I find myself in times of trouble
Mother Mary comes to me
Speaking words of wisdom, let it be
And in my hour of darkness
She is standing right in front of me
Speaking words of wisdom, let it be.

Let it be, The Beatles

PARTE UM:

AUTO DO EXTERMÍNIO

1936 (AO SOM DAS BIG BANDS)

Redescobre-se o Brasil a cada dia, a cada momento em que se vê passar um pardo ou um mulato sujo de óleo a caminho de alguma fabriqueta ou oficina. Redescobre-se aí o país que nasceu da mistura de portugueses e suas instituições com índios e, sobretudo, negros. A abolição da escravidão, em grande parte devido ao interesse inglês em fornecer por grandes somas o maquinário que a substituiria, não significou a liberdade. De uma hora para outra, a sociedade brasileira se viu às voltas com milhares de novos 'cidadãos' oriundos das senzalas abertas e não sabia o que fazer com eles. A primeira dificuldade, talvez, tenha sido reconhecer que não havia uma sociedade brasileira. Ela só passou a existir de fato a partir da aceitação dos libertos como parte integrante de si, aceitação essa que significava muito mais reconhecer uma situação com a qual se teria de lidar do que uma noção de igualdade. O que fazer com tanta gente inserida de repente nessa lógica trabalho/salário? Os que não tiveram a duvidosa sorte de serem absorvidos pelas fazendas mecanizadas se viram obrigados a buscar oportunidades nas cidades, inchando cortiços e redes monumentais de favelas. Os morros ao redor da capital do Império rapidamente foram cobertas por elas. Mas moradias subumanas e dificuldades de subsistência não eram exclusividade dos negros: gente branca também compartilhava do problema, o que gerava simpatia, aproximação e, em tempo surpreendentemente curto, miscigenação em escala nunca vista. Florescia entre esses grupos uma mistura que seria mais tarde apropriada como genuinamente brasileira. Pode-se dizer que a chegada das máquinas contribuiu para a destruição do sonho de embranquecimento que muitos eugenistas acalentavam para o Brasil.

– Trecho de "Casa grande, senzala e a casa das máquinas".

1: O matador e seu menino

Era bem difícil dormir quando todo o barulho do mundo ignorava as paredes do quarto de hotel. A cidade estava em movimento lá fora, uma cacofonia que misturava o apito das fábricas, o ronco dos automóveis, o zumbido leve dos dirigíveis atravessando nuvens de fumaça em direção à Estação Central do Brasil, o burburinho rude e ininteligível dos trabalhadores portuários do outro lado da rua. Ruídos familiares, verdadeira música de fundo à qual cada um tinha de se habituar se quisesse viver numa metrópole como o Rio de Janeiro.

Quando as pálpebras de Jerônimo Trovão se fecharam, ele estava pensando na história do mineiro que, vindo com a família do interior, não suportara o barulho interminável e a correria da cidade grande. Deu um tiro no próprio coração e deixou um bilhete pedindo para ser enterrado em sua terra. Isso acontecera havia muito tempo. Mas ficou na memória de Jerônimo como exemplo de como um homem pode ser devorado nessa selva de concreto armado e lagos de gasolina. Pensava com seus botões que mesmo os que se acostumavam com aquele tipo de vida tinham lá suas cotas de loucura.

Como ele mesmo. Jerônimo Trovão vez ou outra era visitado por uma Santa.

Ele ficava impressionado demais para fazer qualquer coisa além de respirar e sentir o coração doer, mas isso jamais confessaria, nunca, nem mesmo para a Santa, quando ela viesse claudicando pelo chão queimado, a cabeça coberta por um manto muito azul e pedaços da barriga vergonhosamente à mostra, vinda – como ela mesmo dizia – do Hiperespaço Onde Vivem os Santos.

Não sabia o que isso significava, mas não tinha outra alternativa além de aceitar sua santidade. O cheiro das coisas do Senhor emanava dela através de um coração cheio de espinhos, um perfume forte e ferruginoso que limpava o ar da fumaça dos motores. Pois nem para ela, que era Santa e portanto dispunha de sua alma, revelaria o pavor que o tomava ao se ver naquela terra cheia de gente, assim como nunca diria o quanto adorava vê-la aparecer ao longe como uma miragem.

A Santa surgiu pouco depois que ele arremessou o *Magazine de Aventuras* num canto qualquer. Carregava seu halo debaixo do braço, o sagrado coração pingando sangue. Não tinha nenhum sorriso quando parou diante da poltrona, a pele ligeiramente acinzentada pela luz mortiça que entrava pela janela. Estendeu-lhe a mão, encarando-o com os olhos pintados de Nancy Carroll. Ele a beijou respeitosamente, mas sem cerimônia.

Você é apenas o sonho de Antão do Deserto, ela disse. A voz era um farfalhar rouco. *Ele agora dorme para ter forças para resistir aos demônios por mais um dia.*

– Não sou um sonho. Sou um homem – não havia firmeza na resposta de Jerônimo.

Ele está lá fora neste momento, dormindo. Refugiado neste sonho para descansar antes da batalha contra a próxima horda. Você não pode deixar o Deserto chegar.

– Não sou um sonho – ele repetiu. Sentiu a mão pequena erguer seu rosto e se viu inundado pelos olhos dourados dela.

Você é um assassino, homem-sonho.

Estremeceu. Suas palavras soaram como sentença, a constatação de um fado lavrado em pedra, inalterável. Ouviu explosões secas vindas de algum lugar. No mesmo instante, percebeu que não estava dormindo.

Alguém batia na janela do quarto.

Foi até o criado-mudo. Embaixo de um exemplar do dia anterior de *O Monitor Integralista* havia uma Mauser 96 carregada. Apanhou-a e se dirigiu devagar até a janela. Ficou de costas contra a parede, tentou enxergar alguma coisa pelas frestas da persiana. Não viu nada. Virou-se para a janela ao lado. Também não viu nada além do sol que começava a desenhar tiras sobre o tapete sujo.

Tinha certeza de ter ouvido algo. Talvez sua cabeça estivesse misturando pedaços de sonho com realidade. Ergueu o cano da pistola até quase a altura do queixo. Com um movimento rápido, abriu a persiana. O dia cinza tomou de assalto metade do quarto, um pombo sujo de óleo fugiu assustado. Debruçou-se sobre o parapeito para observar o beco três andares abaixo. Só o que havia ali eram estivadores encardidos cortando caminho até a Avenida Rodrigues Alves e uma teia de varais secando roupas na fumaça quente que subia das bocas de lobo. Acima, no trecho entre os prédios onde era possível ver o céu, um dirigível penetrava numa coluna de nuvens. Ia voltar para a poltrona quando a porta do banheiro se abriu ruidosamente. A figura diminuta que saiu de lá deu de cara com a Mauser 96 apontada para sua cabeça.

– Por que não usou a porta? – Jerônimo reconheceu o filho mal este cruzou o limiar. Ainda assim, a arma permaneceu apontada. – Estou tendo um dia muito estranho. Poderia ter espalhado seus miolos na parede atrás de você.

Deuteronômio Trovão mal passava dos quatorze anos. Usava uma camiseta manchada de fuligem, calças feitas de um tecido grosso e óculos de solda presos no alto da cabeça. Queria se parecer com os aviadores dos *raids* de uma década ou duas antes, mas isso era o melhor que podia com os trocados que ganhava do pai.

– Pensei que estava sendo seguido – gaguejou ele, indeciso entre baixar os braços ou deixá-los erguidos como um pateta.

– Fez como combinamos?

– Sim, senhor. Dois táxis em direções diferentes, depois o bonde.

Jerônimo baixou a pistola.

– Da próxima vez, use a porta.

Assassino. Lavrado em pedra. Fado inalterável. Uma arma na cara do próprio filho, mas que beleza.

Pousou a pistola sobre o braço da poltrona. Fez um gesto vago para o menino.

– Comeu alguma coisa?

– Não.

– Tem café e bolo na mesa. O café está fervido e o bolo meio solado. Coma, não tem outra coisa.

Nômio encheu uma xícara, tomou um gole e fez uma careta.

– Está horrível.

– Eu avisei.

O garoto comeu três pedaços grandes de bolo de milho enquanto tentava não olhar para o pai. Conhecia a gravidade daquelas linhas se desenhando em sua testa. Algo o perturbava, e não era o fato dele ter entrado pela janela do banheiro. O melhor a fazer nessas ocasiões era fingir que não havia percebido nada. Talvez seu pai estivesse se tornando um moleirão. Sabia muito bem o que acontecia com moleirões naquele ramo. Acabavam com um balaço entre os olhos num manguezal qualquer, apodrecendo entre os caranguejos. Limpou os farelos do canto da boca e rasgou o papel que embrulhava um fraque amarrotado.

– Tenho que devolver até sexta-feira. Tem uma mancha marrom nos fundilhos, mas foi o único que encontrei do meu tamanho. Consegui um bom desconto.

– Vai servir.

– E o carro? – Havia ansiedade na pergunta do garoto.

– Lá fora – foi só o que disse Jerônimo.

O sorriso de Nômio não poderia ser maior.

"Não é papel dos senhores deputados meter o nariz emproado nos assuntos militares; não cabe ao digníssimo Gabinete de Ministros, ao imperador, ou a qualquer um que não integre o Exército, não sofra com ele, não marche com ele, opinar sobre questões que digam respeito unicamente a ele. Que gastem a energia que aparentemente sobra de seus afazeres para tirar nossas Forças Armadas do abandono, do sucateamento, da indignidade. Mas isso não interessa aos senhores do Império. Aos coronéis-fazendeiros cujo papel é desfilar suas fardas em festas de gala, rios de dinheiro para inviáveis projetos de engenharia. Ao Exército, as migalhas." *Tenente Alves Azeredo, em artigo pago no jornal A Federação.*

2: Licença para gemer

O General Protásio Vargas sempre soube que seu lugar era entre os grandes homens. Cercado por bustos e telas que retratavam a linhagem dos reis portugueses, sentia-se à vontade. Mais que à vontade: sentia-se maior. O homem forte, com vontade e pulso para salvar a nação das forças centrífugas que começavam a minar a ordem do Império.

Isso era mais do que se podia dizer da ruína humana que carregava a coroa sobre a cabeça. O velho dormitava numa das cadeiras, um filete prateado de saliva escorrendo pelo canto da boca. Mesmo com o calor, vestia um pijama forrado com veludo e tinha a cabeça coberta por um tipo de touca. De vez em quando, a cabeça ia caindo até o queixo tocar o peito. Ele se assustava, roncava e se aprumava, só para começar tudo outra vez, enquanto o senhor sentado à sua frente se divertia com a cena, bebericando um cálice de licor.

Sua majestade, dom Pedro Augusto de Saxe-Coburgo e Bragança, terceiro soberano do Império do Brasil, e seu principal ministro e advogado, Artur Bernardes, barão de Viçosa.

Para Protásio Vargas, a cena era uma ilustração do panorama político nacional: um velho debilitado que babava na própria barba e almofadinhas bajuladores afoitos por abocanhar mais uma pasta num gabinete qualquer.

Os aposentos do imperador em Petrópolis eram mais austeros do que os da Quinta da Boa Vista. Havia uma cama grande de mogno, uma escrivaninha, algumas cadeiras perto da janela que dava para o jardim e uma lareira que o calor excessivo dos últimos tempos – até mesmo ali, no alto da serra – tornara apenas parte da decoração. No console, um rádio tocava uma melodia da orquestra de Gray Noble, bem ao lado de um desses serviçais mecânicos que andavam na moda entre gente rica. Um berço completava o mobiliário do quarto, o que causou ao general um tipo de surpresa que foi difícil dissimular.

– Exatamente o homem que queríamos ver – disse Artur Bernardes, levantando-se.

O general se inclinou diante do imperador e beijou-lhe a mão. O monarca acordou num sobressalto, resmungou alguma coisa e limpou as costas das mãos no pijama.

– São os remédios – sorriu Bernardes, vendo o constrangimento de Vargas. – Sua majestade teve outra de suas crises de humor.

– Entendo – respondeu Vargas, cumprimentando-o. Crise de humor, pensou. Um grande eufemismo para os surtos de esquizofrenia que atingiam dom Pedro Augusto com frequência cada vez maior. O imperador era flagrado em acaloradas discussões com a imperatriz, defunta já havia mais de quinze anos, ou então discutindo com interlocutores invisíveis os avanços da astronáutica nazista.

Na maioria das vezes os casos eram abafados, mas burburinhos começavam a se espalhar para além da Corte. Jornais de oposição soltavam notas irônicas por entre os artigos que propagavam a ideia de que não haveria um quarto reinado. Vargas ouvia algumas histórias contadas no Clube Militar, como a de que as viagens constantes do monarca para a Europa em sua juventude eram na verdade para se tratar com certo médico de nome Freud. Mas ver com os próprios olhos seu estado frágil era, de certa maneira, uma decepção.

– Tenho um assunto importante para tratar com sua majestade.

O imperador ergueu com esforço os olhos baços. Quis dizer alguma coisa, mas Bernardes se adiantou:

– É bom que tenha vindo, general. Também temos um assunto importante para tratar com o senhor. Poupou-nos o trabalho de enviar um mensageiro até sua casa.

– E o mensageiro seria um recruta da Guarda Nacional, é claro.

O ministro fez um gesto para que Vargas se acomodasse numa das cadeiras.

– Vocês do Exército são incapazes de transcender essas picuinhas institucionais? Não é cortês falar com o imperador e seu ministro principal olhando-os de cima, general. Sente-se conosco. Estamos apreciando um ótimo licor de jenipapo – encheu somente dois cálices, um para si e outro para Vargas. – À sua saúde, majestade.

– No Exército não costumamos esquecer as "picuinhas institucionais", senhor ministro-presidente. Não enquanto vemos a Guarda Nacional e seus coronéis-fazendeiros recebendo dinheiro para seus projetos mirabolantes enquanto nós mal temos como alimentar nossos soldados.

– Esses coronéis-fazendeiros, como o senhor faz questão de colocar, são o que mantém o Império coeso desde 1870, general. Foram a força e o apoio destes homens que permitiram uma passagem de século tranquila para este país.

– Sem dúvida. Nós, que morremos nos lamaçais do Paraguai e que fomos envenenados por gases na Grande Guerra, não temos nada a ver com isso. Os legítimos guardiões deste país são os heróicos latifundiários interessados em proteger sua fonte inesgotável de financiamento.

– Sua família foi uma das primeiras a usufruir dessas vantagens, não se esqueça. –Bernardes olhou de soslaio para dom Pedro Augusto. – Os Vargas ficaram muito satisfeitos em receber da Corte todo aquele maquinário pesado para as suas fazendas.

– Meus avós apenas cumpriam a lei. Os britânicos forçaram os antigos regentes a tomar nossos escravos em troca das máquinas de Manchester para executar o trabalho pesado das lavouras. Os céus da terra em que nasci se tornaram uma grande mancha de óleo, os industriais ingleses ficaram ainda mais ricos e o Império ganhou uma quantidade desagradável de negros andando soltos por aí.

– Está falando como um comunista.

– Não. Estou falando como um entusiasta dos estudos históricos. Sou um soldado, e minha preocupação é com minha pátria.

O Imperador teve um acesso de tosse, tão violento que precisou ser amparado por Vargas e Bernardes.

– Nem aqui se escapa desse cheiro insuportável de fumaça – disse o ministro. – Devo chamar o dr. Pena?

O imperador não respondeu. Pediu para ver o menino. Bernardes tocou uma sineta. Uma mulher negra entrou com um bebê no colo.

– Venha ver, Vargas. Seu futuro soberano – sussurrou o imperador, o peito chiando.

Para a surpresa do general, a criança era absolutamente normal. Nenhum traço das deformidades físicas das quais fora alertado por seus informantes no laboratório de Belisário Pena. Olhou para o rosto de dom Pedro Augusto, depois novamente para o bebê. Os traços do velho eram facilmente reconhecíveis no menino. Por mais improvável que pudesse parecer, o imperador gerara o príncipe que fora incapaz de produzir nos últimos cinquenta anos.

– Onde está a mãe? – balbuciou Vargas, notadamente perturbado. Tinha visto a mulher grávida algumas vezes nos jornais. Depois ela desapareceu completamente.

Dom Pedro Augusto afagava o bebê.

– Uma boa mulher. Fiel à sua pátria, como você gosta. Está na Europa, agora – respondeu o velho.

– Está insultando seu imperador com esse tipo de pergunta – censurou Bernardes. Limpava a lente dos óculos com um lenço. – Aliás, como vem se tornando comum entre seus companheiros do Exército.

Vargas percebeu que algum tipo de tensão começava se formar ali. Já esperava por isso.

– Então voltamos às picuinhas institucionais?

– Isso é mais que uma mera picuinha, general. Vou direito ao ponto. Não vamos mais tolerar as insubordinações dos militares. Seus garotos precisam de uma mordaça.

– Do que está falando?

– Estou falando do tenentezinho de meia pataca publicando artigos pagos em jornal. Tudo o que não precisamos neste momento é de oficiais de nossas próprias Forças Armadas criticando o Gabinete e desrespeitando Sua Majestade em público. Não é um momento oportuno para isso, general.

– E quando vai ser o momento, senhor ministro-presidente? Quando formos vítimas de um levante armado? Pois é exatamente disso que vim tratar. Há indícios de que a AIB[1] está recebendo armamento alemão pelo Prata. E de que grupos anarco-luditas e socialistas estão se articulando em torno da Aliança Nacional Libertadora. Estão preparando alguma coisa grande para breve. Quando isso acontecer, estou certo de que o senhor não gostará de ter um exército de farrapos mendigando munição por aí.

---

1 *Ação Integralista Brasileira.*

Bernardes disparou a gesticular. Fazia isso quando ficava nervoso.

– A Guarda Nacional está preparada para nos defender, caso o Exército se mostre ineficaz.

– Estou falando de uma revolta que pode assumir proporções catastróficas – insistiu Vargas, tentando ignorar a provocação. Lançou um olhar discreto para dom Pedro Augusto, que já ressonava outra vez na cadeira. – O Brasil pode acabar nas mãos de um aventureiro fascista. Ou pior, dos comunistas de ocasião.

– Pois para mim o Exército anda se revelando bem mais problemático que os comunistas, general. Saiba que o artigo desse tenente, ou de quem quer que esteja por trás dele, não passará impune.

– Não ameace um homem de armas, senhor presidente – o tom de Vargas foi sombrio. Seu polegar roçou de leve no coldre de couro.

Bernardes acompanhou o gesto.

– Eu não ameaço, general – Bernardes jogou o paletó para trás. Um .38 niquelado apareceu em seu cinto. Os dois ficaram ali, parados, cada qual consciente de que tudo não passava de um jogo de vontade e que jamais chegariam às vias de fato.

Um novo acesso de tosse do imperador pôs fim à cena.

– A ordem natural voltará quando o príncipe herdeiro for oficialmente apresentado ao Brasil, como pede a Lei de Sucessão – disse Bernardes.

Dom Pedro Augusto espichou os olhos para o general. – Não se preocupe, Vargas. Nenhuma conspiração derrubará o Império.

3: Peão na casa da torre

Nômio ficou de olho na porta. Concluiu que não seria difícil bloqueá-la quando chegasse a hora. Bastava passar a corrente e o cadeado entre os puxadores em forma de alça e ninguém sairia de lá até seu pai concluir o serviço.

Ajeitou a gola do fraque. Detestava aquele tipo de roupa, apertada demais, desconfortável demais. Fazia vinte minutos que circulava pelo hall do elevador entre um mar de gente, tentando se passar por mensageiro, garçom, qualquer coisa do tipo. Os tais integralistas lhe pareciam muito mal-humorados, quando riam era com os dentes à mostra e as sobrancelhas arqueadas como os facínoras que Democrata, seu herói favorito, enfrentava. Pareciam sempre estar tramando alguma coisa.

Puxava outra vez a gola do fraque quando viu passar, de braços dados com um homem de grandes olheiras, a mulher mais bonita que já vira. Usava um vestido cinza e um chapéu branco, que só deixava à mostra partes de um cabelo ruivo. Lembrou-se de sua mãe. Ela nunca usara maquiagem, não que ele soubesse, mas isso não diminuiu a intensidade da sensação. Ficou ali, imóvel, olhando para a mulher e sentindo a maior saudade do mundo.

– O que foi, garoto? – perguntou o homem das olheiras. – Quer pedir a moça em casamento?

Nômio enrubesceu.

– Que maldade, Cassiano – riu a mulher, dando um tapinha na braçadeira do companheiro. – E você, menino, me achou bonita?

– A senhora se parece com a minha mãe – Nômio fazia força para as palavras saltarem fora da boca.

– Que gracinha. E onde ela está?

– Ela morreu.

A mulher abriu um meio-sorriso constrangido e se deixou conduzir pelo homem das olheiras para o salão. Nômio deu de ombros e se embrenhou entre os vasos de plantas ali perto, onde a mochila com o rádio estava escondida.

Ligou o aparelho.

– Quando ele entrar, vou trancar as portas – disse, sem esquecer o rosto desenhado feito o de sua mãe.

4: Falsas e verdadeiras futilidades

Para os terminais subterrâneos da Central do Brasil convergiam trens oriundos dos quatro cantos do Império. Seu topo em forma de hexágono recebia dirigíveis de cruzeiro do mundo inteiro. Joana Brás já estivera em outras ocasiões no alto da maior estação da América do Sul, mas essa era a primeira em que se permitia aproveitar a visão que ela proporcionava.

Não gostou do que viu. O Rio de Janeiro era feio visto de cima. Chaminés velhas de tijolos vomitavam colunas de fumaça que iam, quase imóveis para quem observava, se misturar à perene nuvem cinzenta que cobria a cidade como um cobertor de veludo. Tubulações de todas as formas e feitios percorriam as ruas de cima a baixo, transportando gás, óleo e toda sorte de fluidos químicos necessários para azeitar o bom desempenho das centenas de fornos, foles, caldeiras, exaustores, rodas dentadas, válvulas, empilhadeiras, parafusadeiras, esteiras, siderúrgicas, prensas, roldanas, faróis, impressoras, dínamos, vaporizadores, serras de fita, macacos hidráulicos, esteiras rolantes, linhas de montagem, estações de tratamento, oficinas. Os tubos furavam o asfalto, se alongavam acima e abaixo da terra, emparelhavam com prédios e monumentos. Nos muitos morros da cidade porejavam barracos que, de tempos em tempos, grandes tratores punham abaixo. Mas era impossível remover as centenas que surgiam a cada dia. Favelas imensas cresciam e se espalhavam em ondas ao redor dos bairros, os barracos feitos do que era possível encontrar, papelão, telhas, madeira, chapas de zinco.

Joana se surpreendeu pensando que o progresso cobrava um preço alto dos mais pobres, e ponderou que o tempo que passara com os comunistas infiltrara esse tipo de ideia em sua cabeça. Mas era difícil pensar diferente. Às cinco da manhã, sirenes soavam nos conjuntos habitacionais fabris, apitos estridentes e trêmulos que iam se somando até se tornar um único som, que avisava a todos os operários do início de um novo turno de trabalho. Uma a uma, as luzes das casas, cubículos idênticos construídos em forma e aperto, se acendiam. Os trabalhadores, repetindo movimentos já automáticos pela rotina, se levantavam, arrumavam as camas, tomavam café. Os que moravam longe abarrotavam os ônibus, os trens, as ruas. Passavam os cartões perfurados nas máquinas de ponto, vestiam os macacões, executavam suas funções. Ao meio dia, almoçavam, tomavam cafezinho, fumavam um cigarro e começavam tudo de novo. Tempos modernos.

Ao redor do prédio da Central do Brasil não era permitido haver construções muito altas devido ao tráfego de dirigíveis. Da janela panorâmica do centro de convenções, bem acima do relógio, Joana podia ver ao longe os grandes arranha-céus de aço e vidro, símbolos da arquitetura modernista que vinha se imiscuindo ao gosto de seus proprietários, em geral empresas estrangeiras. Dentro deles, ela pensou, magnatas, operadores financeiros, secretárias executivas e diretores observavam com olhos cheios de cupidez a capital do Imperador, gerenciando cada detalhe da planilha de produção, zelando através de uma bem-amarrada hierarquia o andamento do trabalho em todos os setores. Quando as coisas corriam como o planejado, os sorrisos eram brancos como nada na cidade conseguia ser. Quando não, esbravejavam furiosos com subordinados encolhidos de medo. Para compensar tudo isso, havia o mar borrado de laranja pelo pôr do sol. Isso era algo que ainda era capaz de fazê-la sorrir.

Pelo reflexo da vidraça viu um homem sair da rodinha de intelectuais, apanhar da bandeja de um garçom duas taças de champanhe e deslizar até ela. Joana respirou fundo e se preparou para ser fútil.

– Um conto de réis para saber o motivo desse sorriso tão meigo – disse Cassiano Ricardo.

– Estava pensando que Marx até tinha lá sua cota de razão.

Cassiano Ricardo pareceu levemente desconcertado com a resposta inesperada, mas se recompôs quando Joana deu uma risadinha.

– É perigoso falar esse tipo de coisa numa reunião integralista, minha querida.

Joana aceitou a taça de champanhe que ele oferecia.

– Artistas não devem ter medo de se expressar, Cassiano. Um poeta feito você deveria saber disso melhor do que ninguém.

– As preocupações com a política quase me fazem esquecer das letras.

– Pois não devia – Joana deu-lhe o braço. – Vamos, quero ouvir as histórias engraçadas de Menotti e Lúcia.

Joana achava entediantes as reuniões da AIB, cheias de bravatas ultranacionalistas, demonstrações de autoridade e arte duvidosa. Para ser justa, a poesia de Cassiano Ricardo não era de todo ruim. *Canções da minha ternura* até se mostrara uma leitura bastante agradável. Mas assistir a Plínio Salgado declamar versos estéreis enquanto era ovacionado por homens vestidos com camisas verdes não se enquadrava em absoluto na sua ideia de diversão.

Ela não estava ali para se divertir, porém. O anel em seu dedo, ligeiramente apertado, não a deixava se esquecer disso. Desempenhava um papel importante, infiltrada no grupo cada vez mais radical capitaneado por Salgado. Mas era uma mulher de ação, e não havia nada pior para alguém como ela que ficar entre aquelas pessoas, fingindo se preocupar com vestidos da moda ou o corte de cabelos das estrelas de cinema. Para tentar reduzir um pouco o aborrecimento dos discursos inflamados, repetitivos em cada vírgula, procurava a companhia do grupo Verde e Amarelo, composto por pintores futuristas, escritores dadaístas e poetas modernistas (ou quaisquer dessas combinações). Homens e mulheres como Menotti Del Picchia, admirador secreto do lixo literário de um editor americano chamado Gernsback; Lúcia Amado, com seus quadros que, segundo a própria, eram um grito contra o vazio da mente feminina moderna; e o próprio Cassiano Ricardo, que previa para si mesmo uma cadeira na Academia Brasileira de Letras. Eram artistas. Um tanto engessados pelas ideias integralistas, mas ainda assim artistas.

Quando se reunia com eles, Joana apenas fingia beber. Quando o álcool começava a elevar as cabeças e soltar as línguas, ela encaixava perguntas aparentemente inocentes para tentar arrancar alguma informação relevante. Andara ouvindo boatos que precisavam ser confirmados, como o de que a LATI[2] era usada pelos fascistas italianos para enviar dinheiro e armas alemãs para a AIB; ou de que um levante estava sendo preparado para breve, uma vez que o Imperador estava com o pé na cova e não havia quem o sucedesse

[2] *Linee Aeree Transcontinentali Italiane.*

diretamente, segundo a emenda constitucional de 1893. O grupo Verde e Amarelo, porém, não sabia de muitas coisas. Provavelmente pelo fato de serem dados em demasia a bebedeiras. Plínio Salgado, apesar de poeta medíocre, era inteligente o suficiente para saber que nem todos os que bradavam o *anauê* eram dignos de confiança.

Enquanto ria com os outros dos gracejos de Menotti, Joana estudava discretamente as rodas de conversa que se espalhavam pela sala de convenções. O próprio espaço escolhido para a reunião, um salão com janelas panorâmicas acima do relógio da Central do Brasil, era um indício claro de que a AIB dispunha agora de uma grande quantidade de dinheiro. O aluguel do lugar era caríssimo, assim como devia ter sido o bufê com direito a garçons de fraque e uma imensa bandeira com o sigma negro dentro de um círculo branco que tomava a parede atrás do púlpito, do chão ao teto. Muito dinheiro parecia estar fluindo para o caixa dos integralistas. Se isso fosse verdade, então havia chance do resto também ser. Mas isso o grupo Verde e Amarelo não saberia. Ela precisava se aproximar das pessoas certas.

Quando Plínio Salgado chegou à sala de convenções, foi saudado com um anauê tonitruante pelos presentes. Ele acenou para todos, apertou as mãos de alguns, bebeu água de uma jarra de cristal. Joana sempre pensara na figura dele como uma contradição. Um homem magro, o rosto ossudo enfeitado por um bigodinho quadrado, o cabelo meticulosamente penteado de lado, enfiado no uniforme integralista excessivamente engomado. Um tipo não muito impressionante, mas de tremendo carisma ao falar com seus partidários. Joana ainda estudava seus movimentos quando ele deitou o olhar sobre ela por alguns segundos, antes de declarar aberta a reunião extraordinária da Ação Integralista Brasileira e dar o sinal para o projecionista exibir o filme.

Cortinas negras cobriram o sigma. As lâmpadas se apagaram. Um facho de luz projetou o 3, 2, 1. Joana não conhecia cinema o suficiente para saber se Leni Riefenstahl era impressionista ou expressionista, mas compreendeu a razão do êxtase cívico que o filme causou entre os presentes. Era basicamente composto por closes em rostos arianos perfeitos, marchas colossais de batalhões e imagens de um *Führer* imponente, filmadas de baixo para cima, a saudar o bravo povo alemão, tendo o estandarte da águia ao fundo. A música de Wagner emprestava um tom quase bíblico à película. Cada vez que a suástica aparecia havia quem respondesse com um anauê carregado de orgulho.

As luzes foram acesas, uma salva de palmas explodiu no salão. Plínio Salgado subiu ao púlpito e começou a falar. Riu divertido ao ser informado de que o microfone estava desligado. Após um breve agudo de microfonia, o problema foi resolvido. Ele tomou outro copo d'água e abriu a boca para despejar o que seria seu discurso mais feroz.

O microfone amplificou um chiado curto seguido por um estalar molhado. Um segundo depois, o cérebro de Plínio Salgado se espalhou pelo sigma na bandeira atrás dele.

A Central do Brasil é o símbolo fálico da exploração capitalista. Na parte baixa viaja a massa explorada e empobrecida. Na parte alta, burgueses e sanguessugas estrangeiros vindos pelos ares para gozar das delícias do país dos macacos. Revolução já.

– Dizeres pintados a cal nos muros da linha férrea, no Estácio.

5: Para tirar o inferno de si

A grande vantagem de se trabalhar para clientes importantes era evitar os detalhes complicados do negócio. Como por exemplo, chegar ao topo de um edifício levando uma mala grande cheia de equipamento pesado. Jerônimo Trovão não teve problemas para passar pelo porteiro do edifício Solemar, cruzar o pequeno saguão e subir vinte andares de elevador com um rifle-metralhadora Einfield de três canos, a Mauser 96 e munição suficiente para declarar guerra à Bolívia outra vez. Bastou apresentar o crachá falso.

O prédio não era alto, principalmente se comparado aos arranha-céus dos quarteirões mais afastados. Mas era um dos únicos a atingir a altura máxima permitida na zona de tráfego dos dirigíveis de cruzeiro que rumavam para a estação. Isso significava uma possibilidade bem menor de espectadores curiosos. Restavam apenas os próprios dirigíveis e a Central do Brasil como pontos de observação mais elevados. Não precisaria se preocupar com os primeiros, em geral cheios de turistas endinheirados interessados demais uns nos outros para preferirem viajar dias num superbalão a horas num DC-13; nem com o segundo, do outro lado da Avenida Pedro II, distante uns bons cinquenta metros, mais que suficientes para um abelhudo ser incapaz de enxergá-lo como mais que um ponto escuro.

Por via das dúvidas, começou a montar o equipamento debaixo da estrutura comida de ferrugem que sustentava uma antena. Levou pouco mais que vinte minutos para aprontar todas as peças do rifle-metralhadora, lubrificar o cano triplo, alinhar a mira. Levara consigo cinco mil e seiscentos cartuchos de munição em quatro cilindros supressores de ruídos. O Contratante queria causar bastante estrago. Deitou-se sob a antena, colou o olho na luneta da arma. Viu o relógio da estação Central do Brasil. Girou uma série de botões para ajustar o foco, ergueu um pouco a mira. A janela panorâmica da sala de convenções apareceu. Havia muita gente diante do que Jerônimo pensou ser um grande *E* na parede. O púlpito estava lá, exatamente como lhe disseram. Inseriu um cartão perfurado numa caixa ligada por cabos à mira. Puxou uma pequena alavanca. O Einfield vibrou devagar quando a caixa começou a ajustar automaticamente a distância e a converter os mostradores americanos para o padrão de medidas brasileiro. Acoplou os cilindros de munição aos tubos de gás, destravou o gatilho e esperou.

Meia hora depois, as luzes se apagaram na sala de conferência. Um filme estava sendo projetado, conforme era o esperado. Como também era esperado, Jerônimo ouviu a voz de Deuteronômio no rádio:

– Quando ele entrar, vou trancar as portas.

– Saia do prédio assim que terminar e me encontre no lugar combinado.

As sombras já começavam a se alongar pela cidade. A noite cairia completamente em duas horas ou menos. Não precisou se preocupar muito: em quarenta minutos, as cortinas se abriram e as luzes se acenderam. O barulho caótico do trânsito na Avenida Pedro II não lhe permitiu ouvir a salva de palmas que eclodiu entre os integralistas.

No rádio, Deuteronômio:

– Ele está entrando, pai.

Jerônimo viu a figura esguia de Plínio Salgado cruzar o salão como César em pessoa e subir ao púlpito. A intersecção das linhas verticais e horizontais da mira estava no espaço ínfimo entre o lábio superior e o nariz.

O dedo já estava no gatilho.

Você é um assassino, homem-sonho, disse a Santa.

Ele apertou os olhos. Ela estava sentada acima dele, nas ferragens da antena.

– Agora não, por favor.

Vai matar um homem.

– Um homem mau.

Tirar uma vida.

– Será a última vez, eu juro. O último trabalho.

Vai se transformar num pesadelo para Antão, enfraquecê-lo em sua luta contra os demônios.

– Fique calada.

Assassino.

– Por favor.

Se matar esse homem, vai unir sua senda destrutiva à do Menino.

– Por favor.

As três almas serão condenadas.

– Cale-se.

Aperte o gatilho e o Deserto cairá.

Apertou o gatilho.

A cabeça de Plínio Salgado estourou.

Olhou para cima. A Santa não estava mais lá. Suor começou a cair sobre seus olhos. Mudou o Einfield para o modo metralhadora. O cano triplo começou a girar, as cápsulas voaram feito abelhas. E assim Jerônimo Trovão levou o inferno aos integralistas. Só para tirá-lo de si.

"Há que se abrir as pestanas pesadas, arrastadas para baixo com o peso de toneladas, desta Botocúndia consumida pelo parasitismo estrangeiro e gritar: fora, entreguistas! Fora, Jecas Tatus! O petróleo, esse ouro negro que jorra em abundância em nossa terra, é nosso, apenas nosso, e ninguém tem o direito de tirá-lo de nós", disse o Visconde, diante das palmas serelepes de Emília, o olhar estupefato de Pedrinho e os beiços desconfiados de Tia Anastácia.

– Trecho de "Roubaram o poço do Visconde".

6: Inferno na Torre

Os dez segundos após a cabeça de Plínio Salgado desaparecer numa mancha vermelha foram eternos. Joana Brás via pessoas gritando, mas não ouvia suas vozes. Não ouvia nada.

No décimo primeiro segundo, os sons voltaram. A reunião extraordinária da AIB se transformou num pandemônio. A janela panorâmica explodiu numa nuvem de fragmentos afiados. Uma chuva de balas varreu o salão, estilhaçou taças, destruiu o bufê, esburacou as cortinas e a bandeira, perfurou as paredes, estourou lâmpadas, arrebentou o projetor. Uma barulheira interminável, gente caindo, gritando, chorando, morrendo sem acreditar.

O sangue de Cassiano Ricardo espirrou no chapéu branco de Joana. Sentiu o braço do poeta amolecer e escorregar. Antes que o corpo do amigo tocasse o chão, seu disfarce de dondoca fútil já havia evaporado e o instinto, aflorado. Ela saltou por cima de uma mesa e dali para trás de uma pilastra. Os tiros passaram zunindo perto de sua cabeça, e então cessaram.

Quando se permitiu respirar, olhou ao seu redor. Só o que havia ali eram pessoas mortas ou expirando umas sobre as outras. Uma poça rubra se formava no piso quadriculado cheio de cacos de vidro, comida e pedaços de reboco. Esperou mais um minuto antes de se erguer, as costas apoiadas na pilastra, as mãos trêmulas por saber que era a única naquele lugar que ainda vivia. A porta dupla estava trancada, como deviam ter descoberto dolorosamente os homens e mulheres amontoados ali. Joana tentou conter o pânico. A sala de convenções da Estação Central do Brasil havia se tornado um matadouro.

Essas pessoas acordaram hoje, se vestiram e foram morrer, disse a Santa. *Você envolveu uma criança nisso.*

Jerônimo fingiu não ouvir. Os cilindros de munição haviam se esvaziado. Esperou que o Einfield esfriasse e começou a desmontá-lo apressadamente. Enfiou as peças na mala grande. Foi em direção à porta do terraço.

A Santa foi atrás.

Sobrou alguém, homem-sonho.

Ele desceu dois lances de escadas, entrou no primeiro corredor que viu. Jogou a bolsa num compartimento de lixo que havia ali e ficou ouvindo-a cair pelo duto de zinco. Era isso. Como o Contratante queria. Algum factótum dele se encarregaria de sumir com ela.

Uma mulher.

– Eu sei – já não conseguia mais ignorá-la, embora estivesse tentando bastante nos últimos tempos. – Vou atrás dela agora.

Não, não vai.

– Vou.

Você não deve fazer isso agora, homem-sonho.

– E por quê?

Porque ela vai matá-lo se for lá.

Jerônimo Trovão tinha lá seus motivos para acreditar quando ela dizia essas coisas.

– Isso não é história – disse Ronaldo Aroeira. – É um boato, meu caro. Uma lorota para boi dormir.

O homem parado diante dele parecia menor que o paletó que vestia. De vez em quando olhava de esguelha para a garrafa de vermute sobre a mesa e sentia a boca salivar. Chamava-se Antônio Gomes. Era um dos principais repórteres dos Diários Associados, considerado por muita gente o maior conglomerado de jornais da América Latina.

– Pode haver um fundo de verdade.

– Vimos a mulher que o velho andou comendo, não vimos?

– Vimos, mas...

– Se estivesse me dizendo que o filho não é dele, eu até entenderia. Mas essa história do imperador produzir um filho dentro de tubo de ensaio, como se fosse o dr. Frankenstein... Nem Pedro Augusto pode brincar de Deus.

– Isso não tem nada a ver com Deus – retrucou Gomes. – É Ciência. Ela está criando um mundo novo e admirável.

– Nem tão novo, nem tão admirável – Aroeira encheu um copo de vermute e ofereceu a Gomes. Este apertou as pálpebras e balançou as mãos abertas. Aroeira deu de ombros, impaciente.

– Como explicar que o imperador, um octogenário à beira da morte, tenha um filho de repente? Logo ele, que a vida inteira foi incapaz de engravidar alguém?

Para Aroeira, a resposta era óbvia:

– Uma cortesã de seios fartos, se tiver habilidade, pode fazer milagres. Ou então o filho não é mesmo dele. Seja como for, não há um herdeiro enquanto ele não for apresentado oficialmente ao país. Quando isso acontecer, e somente aí, falaremos disso.

Gomes balançou a cabeça, contrariado.

– Então não temos uma história que não seja requentada e...

O telefone tocou, interrompendo-o. Aroeira atendeu. Gomes viu a boca do homem se abrir de espanto conforme ouvia. Um minuto depois, ele desligou o aparelho.

– Era o sr. Chateaubriand. Você tem sua manchete. Anote aí: "Aliancistas promovem chacina em convenção integralista".

PLÍNIO SALGADO
ASSASSINADO PELOS
COMUNISTAS.

– O Globo

MASSACRE
INTEGRALISTA: ALIANÇA
NACIONAL LIBERTADORA
É A PRINCIPAL SUSPEITA.

– O Estado de São Paulo

INTEGRALISTAS
ASSASSINADOS EM
CONVENÇÃO A MANDO DE
ALIANCISTAS.

– Jornal do Brasil

7: Boatos destrutivos

O país foi inundado por dezenas de jornais cujas manchetes garrafais insinuavam – quando não declaravam abertamente – que comunistas apoiados por Moscou haviam promovido um atentado, e que este era o primeiro passo de um levante. A relação entre a ANL[3] e a AIB, que já era tensa o suficiente sem que se precisasse de acréscimos, tornou-se um barril de pólvora de pavio curto. Antes que o sol raiasse, estudantes e intelectuais boêmios de inclinações socialistas já sofriam agressões nas ruas. A palavra *anauê* apareceu pintada em monumentos e muros. Uma turba apedrejou o pequeno prédio da embaixada soviética, onde Luís Carlos Prestes supostamente se reunia com os russos para orquestrar uma série de ataques que iniciariam a revolução vermelha. A onda de boatos transformou a capital do Império numa cidade ainda mais assustada, esperando o pior acontecer a qualquer momento.

Ao meio-dia, um estudante de Direito recitou sua *Ode ao espírito de Lênin* e foi espancado por integralistas que saíam de um comitê logo adiante. Acabou gravemente ferido. Através de um programa de rádio, a ANL conclamou seus partidários a se defenderem de seus agressores, nem todos integralistas:

– Lamentamos o crime bárbaro de ontem, mas não aceitamos a responsabilidade por ele. Não toleraremos mais agressões apenas por estar convictos de nossos ideais – disse Prestes, numa mensagem gravada.

O imperador foi aconselhado por Bernardes a descer de Petrópolis para o Rio de Janeiro e acelerar a apresentação oficial do herdeiro. D. Pedro Augusto mal tinha forças para erguer o corpo, mas concordou. O Gabinete de Ministros, o governo de fato, emitiu um

[3] *Aliança Nacional Libertadora.*

comunicado lamentando o ocorrido e assegurando que todas as medidas para encontrar os culpados estavam sendo tomadas – mas que não era a hora de se agir por impulso e começar uma caça às bruxas.

Não adiantou. Um grupo de mais de cem integralistas, engrossados por integrantes do Partido Nazista, iniciou um tumulto em São Paulo. Nas horas seguintes, o mesmo se deu em lugares distante como Porto Alegre e Recife. Não houve vítimas fatais: toda a fúria se concentrou nos estabelecimentos comerciais pertencentes a simpatizantes do socialismo ou do anarquismo. A polícia foi para as ruas, mas a Corte conseguiu arrefecer os ânimos pedindo algumas horas para averiguar os fatos. A liderança integralista concedeu o prazo, saindo com isso fortalecida. Começou a correr a história de que estavam aproveitando o tempo para planejar mais distúrbios, provavelmente armados.

Um giroplano da polícia levou Joana Brás ao Edifício Solemar. Bastou uma olhada rápida para que encontrasse o local de onde tinham sido dados os disparos, abaixo da estrutura de uma antena. Ela apanhou uma cápsula vazia que o atirador deixara para trás. Rolou-a entre os dedos, guardou na bolsa. Era munição 7,62 mm, de uso militar. Foi então que ela entendeu que as coisas iam piorar muito antes começar a melhorar.

Atividades extraordinárias da mente foram verificáveis em pelo menos 0,9% do grupo de controle. Os psicobiofísicos relatam, em sua maioria, casos de percepção extrassensorial (PES) em níveis 6, 5 e 4, considerados os mais baixos; e 3 e 2, considerados elevados e de frequência incomum. O nível 1, considerado Clarividência, é ainda mais raro, tendo sido observado em apenas um espécime desde o início do projeto. Vasili Khartonov é originário da Sibéria, sem nada que o diferencie de um homem comum. No entanto, foi capaz de descobrir a localização de sete submarinos apontando-os em um mapa. Em testes posteriores, constatou-se que ele era capaz de antecipar atentados contra sua integridade física e prever resultados em situações controladas pelo laboratório. Profundamente religioso, Khartonov insistiu na ideia de que o arcanjo Miguel lhe dizia o que fazer. Os psicobiofísicos do projeto estão trabalhando com a hipótese da mente projetar um personagem que faça a ponte entre a parte que permanece desperta e zonas profundas do inconsciente, onde provavelmente se dá o processo que permite a Clarividência. Esse personagem provavelmente seria a representação de uma infância marcada por forte religiosidade.

– Trecho do Protocolo Bazaev.

8: Do encontro com o Contratante

O Contratante bebia chá. Apesar do calor seco que fazia naqueles dias, uma bebida quente – com exceção de café, detestava café – sempre melhorava seu humor. Foi sem nenhuma surpresa que encontrou a Confeitaria Cabral de portas abertas naquela manhã cheia de incertezas. Não muito longe da Rua Gonçalves Dias, local do estabelecimento, ficava a Avenida Pedro II, onde uma multidão de integralistas e simpatizantes começava a crescer.

Muitas casas comerciais resolveram não se arriscar a se tornar alvos de depredações e arriaram as portas. Aparentemente, a Confeitaria Cabral não era dessas. Sua reputação era construída sobre deliciosos quitutes, mas a isso poderia ser acrescentado algum grau de constância nas turbulências políticas. O Contratante desconfiava que, mesmo com o Rio de Janeiro sob ataque dos marcianos de Wells, ele a encontraria servindo pãezinhos e biscoitos. Essa era a razão de ter escolhido aquele lugar para o encontro. Mas admitia que os casadinhos de goiabada com queijo também tinham alguma responsabilidade nisso.

Não muito longe de sua mesa, um aparelho televisor transmitia o programa matutino da Difusora Guarani. A imagem não era das melhores, principalmente se comparada à do cinema. Mas tinha lá suas vantagens, como não precisar se deslocar de casa para assistir seriados de aventura ou os noticiários. Não gostava, achava que o charme se perdera, mas diziam que aquilo era o futuro, e, se havia algo que ele não temia, era o futuro. Até os cérebros eletrônicos teriam um daqueles, para aposentar de vez os papéis que consumiam às bobinas. Gostando ou não, a televisão tinha sido a forma escolhida pelos seus sócios civis para veicular a prova definitiva contra a ANL. Se imagens valiam mais que palavras, vinte segundos de filmagem habilmente manipulada valeriam por toneladas de jornais.

Uma vez que as pessoas vissem com seus próprios olhos, ninguém arrancaria mais aquela verdade delas.

O Contratante viu o homem que esperava entrar na confeitaria. Usava paletó e chapéu, o que quase atenuava seu tipo rude. Quase, porque a barba espetadiça e as suíças ainda teimavam em fazê-lo parecer um bandoleiro. Ele pareceu meio perdido por alguns instantes, como se não tivesse certeza de estar no lugar certo, até o Contratante lhe fazer um sinal.

– Pensei que não viria – disse ele, quando o homem se sentou.

– E por que eu não viria?

– O Império amanheceu menos seguro hoje. Tem uma tempestade se formando.

– Não tenho medo de chuva – a voz do homem parecia mais áspera que o normal.

– Principalmente com um nome como o seu. Por acaso teria algum parentesco com o finado Lopes Trovão?

– Não que eu saiba. Podemos ir direto aos negócios?

O Contratante apontou com o queixo as xícaras de chá e a travessa de casadinhos.

– Somos homens de negócios civilizados, eu suponho. Deveríamos agir como tais.

A Santa estava em pé bem ao lado de Jerônimo Trovão.

Não beba o chá. Está cheio de veneno.

– Não concorda? – perguntou o Contratante.

Jerônimo se ajeitou na cadeira.

– Sim.

– O senhor está bem? Acaba de revirar os olhos.

– Não, eu... Estou bem.

– Beba um pouco de chá. Isso sempre me ajuda.

Não beba. Esse homem quer vê-lo morto.

– Houve sobreviventes.

– O quê?

– Sobreviventes – repetiu Jerônimo. – Uma, na verdade. Bonita, cabelos ruivos. A julgar pelos saltos que deu para escapar das balas, devia trabalhar num circo.

– Você deixou alguém vivo?

– Não deixei. Ela fez isso com méritos próprios.

O Contratante deu um tapa na mesa. Ao perceber que estava atraindo atenção indesejada, respirou fundo e tratou de se recompor. Tirou algumas fotos do bolso. Escolheu uma.

– Por acaso seria esta?

Jerônimo examinou-a.

– Sim. Quem é ela?

O Contratante recolheu a fotografia.

– Joana Brás. Pertence ao Anel de Aviz. Agentes secretos do imperador. Se ela estava lá, temos um problema.

– Não. Você tem um problema. Minha parte nisso acabou. Onde está o dinheiro?

Toda a amabilidade presente no rosto do Contratante evaporou. Ele deslizou um envelope pela mesa.

– Faça o favor de não contar isso aqui.

Jerônimo abriu o envelope e espiou rapidamente o maço grosso de notas. Parecia tudo em ordem. Guardou-o no bolso interno do paletó e fez menção de se levantar.

– Espero que se lembre de manter a discrição combinada – avisou o Contratante.

– Ah, mas eu sou discreto. Se não fosse, eu já teria espalhado seu nome por aí. Não concorda, general?

– Vá para o inferno.

– Pode ser que eu vá – disse Jerônimo, levantando-se e dando o encontro por encerrado. O Contratante o observou se afastar na direção do banheiro masculino. Fez sinal para um homem numa mesa do outro lado da confeitaria.

Jerônimo atravessou a porta e a Santa foi atrás. A janela, por onde entrava um pedaço de dia, era pouco maior que a travessa de casadinhos. Planejava sair por ali para despistar o Contratante.

– Não acredito que tinha veneno naquele chá.

Pois tinha, disse a Santa.

Ele pensou em voltar, ela o deteve.

Um homem vai entrar, homem-sonho. Ele tem um revólver e vai usá-lo contra você.

Um pisar macio veio lá de fora. Jerônimo se posicionou ao lado da porta, assim poderia surpreender pelas costas quem entrasse sem precisar matar ninguém. Um homem apareceu, pistola com silenciador em punho. Jerônimo se jogou contra ele. Os dois rolaram pelo ladrilho, engalfinhados como dois cachorros de rua. O homem parou por cima, foi atingido por uma cabeçada e acabou empurrado para o lado. Jerônimo tentou forçar o antebraço contra sua traqueia, mas precisou ceder ao sentir o cano da arma tocar suas costelas. Com um soco, a fez voar para os mictórios. O homem levantou-se e, rápido feito gato, alcançou sua pistola e se virou para atirar. Antes que tivesse tempo de apertar o gatilho, sentiu uma dor repentina no pescoço. A última coisa que viu foi um filete de fumaça subindo do cano da Mauser 96 de Jerônimo Trovão.

Protásio Vargas engasgou com um casadinho ao ver o sujeito que queria morto sair apressado do banheiro e ganhar a rua. Levantou-se e correu até a calçada, apenas para vê-lo entrar em um carro e arrancar em direção à Avenida Pedro II.

Jogou o chapéu na calçada e soltou um palavrão. Precisava avisar Chateaubriand se quisesse pôr as mãos no cretino antes que ele desaparecesse.

Os americanos estão aproveitando a situação política instável no Brasil para testar algum tipo de inovação militar denominada “13”. Descubra o que é.

– De Berlim para seu agente no Rio de Janeiro.

9: O Incrível Supersuiza contra os Homens-Voadores

Nômio jogou o *Magazine de Aventuras* para o lado e ligou o motor do carro assim que viu o pai sair da Confeitaria Cabral, conforme haviam planejado. Ele entrou batendo a porta.

– Sebo nas canelas, garoto.

O Supersuiza saiu cantando pneu pelos paralelepípedos da Gonçalves Dias. No retrovisor, pai e filho viram Vargas ter uma crise de raiva e entrar correndo outra vez na loja.

– Acho que escapamos – gargalhou Nômio.

Jerônimo balançou a cabeça.

– Ele não devia ter visto o carro.

– Por quê?

– Os militares têm seus recursos... Cuidado!

Duas mulheres apareceram de repente atravessando a rua. Nômio girou o volante para a esquerda. O Supersuiza fez uma curva apertada, subiu a calçada e atropelou a banca de uma quitanda. Laranjas, tomates e repolhos se espalharam pelo chão enquanto o quitandeiro erguia os punhos.

– Desculpe – disse o garoto, as bochechas vermelhas de vergonha.

– O carro não é nosso, mesmo.

O Supersuiza entrou a toda velocidade na Avenida Pedro II, ziguezagueando pelo tráfego. Os motoristas buzinavam e xingavam a cada ultrapassagem perigosa. Nômio se divertia com tudo isso, um sorriso no canto da boca. Chegou a soltar as duas mãos do volante para descer os óculos de solda da testa para os olhos, o que fez o carro dar uma guinada para a direita. Jerônimo se segurou no assento.

– Preste atenção, moleque.

A cidade passava como um turbilhão do lado de fora da janela. O prédio da Central do Brasil cresceu diante dos olhos, seis dirigíveis atracados em seu topo.

Jerônimo acendeu um cigarro. Pelo retrovisor, viu a figura diáfana da Santa no banco de trás. Soprou a fumaça, esperou que ela falasse.

Olhe para trás e para o alto.

Ele obedeceu. Pôs a cabeça para fora da janela. Viu, por entre os prédios, um giroplano se aproximando depressa. Dois homens equipados com mochilas-foguete e manoplas-de-tiro, um de cada lado da pequena cabine.

– Um giroplano e dois Voadores armados. Vão saltar a qualquer momento.

– Não dá para ir mais depressa do que isso – avisou Nômio.

– Tenho uma surpresa aqui para eles – Jerônimo esticou o corpo para o banco de trás. Havia uma espingarda N12 ali, oculta por um cobertor. Olhou de soslaio para a Santa, mas ela nada disse. Apanhou a arma, engatilhou-a e se posicionou de novo na janela.

O giroplano rugia a menos de quinze metros atrás do Supersuiza, projetando a sombra de suas hélices sobre ele. O tiro da N12 explodiu no vidro da cabine, pegando o piloto de surpresa. Ele perdeu por um momento o controle e precisou virar para uma rua transversal para não ir de encontro aos prédios.

– Vamos aproveitar e sair dessa avenida – gritou Jerônimo. – Estamos muito expostos aqui.

Não haverá tempo, disse a Santa. *Um homem-voador vai aparecer ao seu lado e estourar a cabeça do seu filho.*

Pelo retrovisor, Nômio viu duas trilhas de chamas surgirem por entre os edifícios e encurtarem a distância com velocidade absurda.

– Pai, os Voadores!

– Já vi. Pegue a próxima saída – Jerônimo verificou a quantidade de munição no porta-luvas. A próxima saída veio e se foi, sem que o garoto conseguisse espaço para entrar.

– Desculpe – ele disse, apreensivo.

– Esqueça. Os Voadores vão tentar emparelhar com a gente. Quando isso acontecer, quero que jogue o carro em cima dele.

– Hã?

– Jogue o carro em cima dele quando estiver ao nosso lado.

– Como sabe que ele vai fazer isso?

– Eu sei.

Fora do Supersuiza tudo era um caos sonoro formado por vento, motores, buzinas e pelo estrondo das mochilas-foguete. Nômio viu um deles aparecer ao lado do banco do carona. A manopla-de-tiro apontou direto para seu pai. Não titubeou: jogou o carro em cima do homem, que rodopiou sobre o próprio eixo e, numa manobra arriscada, esquivou-se por cima do teto, apenas para ir de encontro a uma motocicleta que vinha em sentido contrário na outra pista. Motociclista e Voador se transformaram num monte de ferragens, combustível e sangue pela pista.

A Santa estava certa outra vez, pensou Jerônimo, vendo o filho olhá-lo de forma estranha. Ia dizer alguma coisa engraçada para aliviar a situação, mas uma saraivada de balas veio de cima e transformou o teto do Supersuiza numa peneira. No instante seguinte, o segundo Voador os ultrapassou e fez uma curva ascendente até se tornar uma miniatura diante do relógio da Central do Brasil.

– Está machucado?

– N-não – murmurou Nômio, assustado.

– Ele vai voltar – disse Jerônimo, colocando depressa mais munição na N12 e se posicionando outra vez na janela.

Mas é claro que ele vai, ouviu a Santa dizer, com a voz mais suave, encantadora e filha da puta do mundo.

O Voador fez outra curva e desceu de encontro ao carro. Ergueu a manopla-de-tiro e despejou sua carga contra o Supersuiza. Uma linha de balas passou faiscando perto da cabeça de Jerônimo, mas ele teve o sangue frio suficiente para manter o homem bem no centro da mira de sua espingarda e puxar o gatilho. O tiro despedaçou o ombro do Voador. Ele perdeu o controle e tentou arremeter. Sua mochila-foguete desenhou um arco flamejante no ar e o arrebentou contra um edifício.

– Pensei que aquela coisa fosse explodir – comentou Jerônimo, decepcionado.

Saíram da Avenida Pedro II para evitar as viaturas policiais que tentavam controlar a multidão ao redor da Central do Brasil. Tomaram uma rua que seguia sob um oleoduto, indo para os lados da favela da Providência. Abandonaram o Supersuiza ali, onde o giroplano não podia vê-lo, e desapareceram entre as barracas dos vendedores ambulantes.

Uma situação de confronto entre movimentos comunistas e fascistas é o pretexto de que o exército brasileiro precisa para depor o imperador e impedir que a anarquia tome a nação. É de interesse vital para os Estados Unidos da América que a URSS e a Alemanha não estabeleçam posições no continente através de governos fantoches. Esta embaixada orienta a administração Roosevelt a apoiar os esforços dos militares brasileiros, a fim de evitar que tão vasto território, de abundantes recursos naturais como ferro e petróleo, caia nas mãos de potenciais inimigos.

– Da embaixada americana no Rio de Janeiro para Washington, 1935.

10: Primeiros efeitos

Embora o assassino contratado pelo general Vargas tivesse se mostrado mais difícil de ser varrido para baixo do tapete que o esperado, a perseguição protagonizada por ele no centro da cidade não foi um completo desastre para os planos do Exército. Na verdade, foi o oposto. Toda a destruição na Avenida Pedro II – convenientemente próxima da Central do Brasil – acabou sendo posta na conta da ANL ou da AIB, dependendo da orientação ideológica de quem contava a história. Duas vidas haviam sido sacrificadas para isso no processo, mas no xadrez e na política alguns sacrifícios eram necessários. Chateaubriand que socorresse suas viúvas.

Aos olhos da classe média, comunistas eram quimeras prontas para pisar sobre as famílias com seu pão, terra e liberdade, semear a anarquia, queimar os bons costumes e destruir empregos honrados; em contrapartida, os integralistas e seus aliados podiam até ter lá sua razão, mas não hesitavam em tentar atingir seus objetivos com uma assustadora dose de força. O Exército via os dois tipos como cães que muito ladravam, o que sempre gerava um ótimo efeito, prontos para serem atiçados contra o Império fraco e necrosado. Os ingredientes já estavam na panela, como diziam lá no Sul. Quando a fervura começasse, o país se daria conta de que dom Pedro Augusto era só um velho esquizofrênico no trono de um anacronismo que já durara tempo demais.

Mas ainda faltavam alguns lances na partida antes do xeque. O primeiro deles devia estar chegando naquele momento à Difusora Guarani. Chateaubriand garantiu que iria ao ar antes que a censura imperial tivesse tempo de agir. E então não importaria mais se era verdadeira ou não a participação dos comunistas no massacre: um ambiente de desordem civil já teria se instaurado.

Às dezenove horas de um dia abafado e cinzento foi ao ar mais uma edição da Voz do Brasil, uma mistura de narração empostada e filmagens tomadas de empréstimo aos cinejornais. Mas, até aquele momento, nenhuma imagem tinha tido tanto impacto para o país quanto os trinta segundos em preto e branco, de péssima qualidade, que mostravam homens encapuzados bradando 'pão, terra e liberdade' enquanto fuzilavam famílias integralistas, supostamente na sala de convenções da Central do Brasil. "Supostamente" é a palavra a ser frisada, pois a quantidade de especialistas que a acusaram de ser uma impostura é equivalente à daqueles que a tomam por genuína, sem que haja consenso. Infelizmente para os pesquisadores que tentam deslindar os acontecimentos nebulosos daquele período, o filme se perdeu no labirinto de interesses políticos poderosos.

– Trecho de "1936, revolução ou golpe".

Os integralistas tomaram as ruas. A concentração começou aos pés da Central do Brasil. Já não estavam satisfeitos apenas em marchar, bradar palavras de ordem e ameaçar. Agora carregavam paus, pedras, facas. Armas de fogo. Explosivos. Muitos usavam lenços para esconder partes do rosto. Uma mulher com um megafone inflamava a multidão, falava de mártires da causa nacional, da necessidade de um líder forte e, acima de tudo, integralista, para tomar as rédeas do país e extirpar dele a podridão de cunho socialista. Gritos contra o Império espocavam no meio do mar de gente cada vez mais agitado. E, tal qual o mar, a multidão atravessou a Avenida Dom Pedro II como se a polícia fosse nada, paralisando o trânsito, agredindo transeuntes, depredando lojas, carros, monumentos. Ônibus foram queimados no Catete e na Urca, um bonde foi destruído em Santa Teresa. Atearam fogo à sede da ANL. O incêndio atiçou os brios dos grupos socialistas, comunistas e anarquistas que se articulavam em torno da Aliança. Neoluditas destruíram dutos de óleo e braços mecânicos num canteiro de obras na Rua do Ouvidor. Stalinistas e trotskistas apertaram as mãos diante das cinzas simbólicas (e, em pouco tempo, literais) de seu refúgio. A coluna aliancista encontrou a legião integralista no centro da cidade. A polícia estava no meio do distúrbio, mas era preciso bem mais do que isso para estabilizar a situação.

11: O Império tenta contra-atacar

O Presidente do Conselho de Ministros, barão Artur Bernardes, nunca estivera tão cansado. O dia havia sido longo, todos os ministros e deputados ligando ao mesmo tempo. Não estava conseguindo raciocinar direito, os pensamentos tinham se tornado um clarão branco assim que se deu conta do que as imagens que acabara de ver na televisão significavam. Olhou para Lima Carvalho, seu assistente, depois para o imperador deitado em sua cama, a cabeça caindo para o lado, um balão de oxigênio trepidando num suporte próximo. Bernardes sabia que a solução não viria dali. A salvação do Império e a manutenção de seu próprio status viriam de outro Pedro Augusto, cujas fraldas eram trocadas naquele momento por sua ama. Mas precisava ganhar mais tempo.

– Convoque a Guarda Nacional – disse para Lima Carvalho. A cabeça parecia a ponto de explodir. Não queria apelar para aquela alternativa, se as coisas saíssem do controle podiam descambar para uma guerra civil. Aqueles paulistas republicanos bem que iam gostar, liberais com a mãe na zona que eram. Entretanto, não havia opção. Bernardes começava a se sentir como um saco de pancadas, e não gostava disso.

– O coronel Teles Filho está sem recursos para mobilizar e aparelhar um efetivo maior que duzentos homens nas próximas horas, senhor – informou Lima Carvalho.

Bernardes deu um soco na escrivaninha do imperador. Precisava de pelo menos dois mil homens nas ruas, para engrossar a força policial.

– Isso lá é hora de chorar miséria?

– As exportações caíram consideravelmente, senhor. O dinheiro que os coronéis investiam na Guarda Nacional agora estão sendo usados para manter as contas das fazendas em dia. Estão funcionando no mínimo. Minha sugestão é que deixe Teles Filho testar o brinquedo dele nas ruas hoje, senhor. Ele investiu muito tempo e dinheiro naquilo. O nome é Cilindroide, creio. Pode funcionar.

– Mande trazer o que puder.

– Se ele tiver permissão para incapacitar permanentemente uns dez ou quinze...

– Matar, você quer dizer.

– Sim, senhor. Para que os demais vejam que o Império não está brincando e dispõe de recursos para debelar qualquer tentativa de insurreição.

Bernardes sabia que a gravidade da situação exigia bem mais que uma simples dispersão. O Terceiro Reinado marcava um acentuado declínio do poder imperial. As provinciais reivindicavam – e conseguiam – autonomia cada vez maior sem que dom Pedro Augusto ou o Gabinete conseguissem desacelerar a descentralização. A crise financeira enfraqueceu a economia, mas fortaleceu grupos que pregavam novas formas de governo. Matar baderneiros não resolveria problemas muito mais profundos que vidraças quebradas.

– Mas nos daria algumas horas – concluiu, pensando alto.

– Como, senhor?

– Convoque o coronel Teles Filho. Diga para trazer a arma dele. E pode incapacitar permanentemente seus dez ou quinze.

– Claro, senhor.

Lima Carvalho saiu para fazer a ligação. Voltou pouco depois, o rosto lívido.

– Senhor, a milícia de Teles Filho não responde mais.

Bernardes saltou da cadeira:

– O que aconteceu?

O papel do Exército na dissolução do Império, que chegou à década de 1930 mal se sustentando nas próprias bases, pode ser considerado fundamental enquanto catalisador, ou ponto de convergência, de uma série de insatisfações perceptíveis em diversos setores da sociedade brasileira. A crise econômica devastadora que se seguiu à Primeira Guerra Mundial (1914-1921) ainda não havia sido totalmente superada. No Brasil, a crise teve o efeito de expor as fragilidades que havia décadas o Império e suas elites insistiam em maquiar. Apesar da mecanização paulatina observável desde a década de 1860 em províncias como a do Rio de Janeiro, São Paulo e Pará, a maioria dessas fazendas não passava de estações de beneficiamento de produtos primários, como café, laranja e cacau, vendidos a preços muito baixos no exterior. Dizia-se que o Brasil trocava um cargueiro abarrotado de café por um caixote de componentes para cérebros eletrônicos. Era patente para os descontentes empresários sem vínculos com a Corte que a única forma de se conseguir financiamentos era através de investidores estrangeiros. Para conseguir crédito para seus empreendimentos, o Império também recorria a empréstimos de bancos do exterior. Assim, cada máquina e cada chaminé no Brasil tinha um sócio que não era brasileiro. A crise veio cortar o fluxo de dinheiro e mostrar a incapacidade de um governo engessado em sustentar sua economia.

– Trecho de "História econômica brasileira".

12: O que aconteceu, ou Cilindroide versus 13

Duzentos homens do destacamento de Jacarepaguá haviam sido reunidos, com extraordinária rapidez, num casarão construído em uma colina arredondada. O lugar era propriedade do coronel Fonseca Teles Filho, o barão de Taquara. Ele estava de pé diante da milícia em formação, discursando inflamadamente sobre honra, dever e amor à pátria. Pouco tempo antes, estivera desfiando todas as dificuldades financeiras pelas quais o país estava passando e como isso se refletia no substancial corte nas verbas destinadas aos verdadeiros guardiões nacionais. Felizmente, cada soldado, capitão e coronel não se deixavam abater em tempos de crise, e por meios próprios esses homens garantiram o montante necessário para a conclusão da primeira unidade de combate mecanizada cem por cento brasileira, projetada, com muita modéstia, por ele mesmo.

Matias Figueiras, o sargento escolhido para pilotar a máquina, estava nervoso o suficiente para que todo o discurso do coronel soasse como uma grande verborragia sem sentido aos seus ouvidos. Ali havia pelo menos duas centenas de guardas cujos olhos pareciam fixos nele. Esse número era capaz de fazê-lo se atrapalhar com as próprias pernas, que dirá com as alavancas e botões de uma máquina de quatro metros de altura e cinco toneladas. Não gostava de ser o centro das atenções.

Os aplausos cortaram seus pensamentos. Alguns oficiais apertavam a mão do coronel. O discurso acabara, era a hora da demonstração. A um gesto de Teles Filho, ele volveu para a direita e marchou para o galpão que o barão mandara construir na antiga senzala. Entrou por uma portinhola lateral, suando em bicas dentro do macacão preto.

O interior do galpão era como uma ampla oficina cheirando a óleo diesel e pólvora. Ferramentas, galões de combustível, partes de motores e placas de metal se espalhavam pelas paredes, bancadas de trabalho e mesmo pelo chão. Mas o que saltaria aos olhos de quem entrasse ali era o enorme cilindro equipado com metralhadoras, lança-granadas e grandes tenazes nas extremidades de dois braços mecânicos. Apoiava-se sobre duas pequenas e complexas pernas articuladas, conectadas a um eixo que permitia giros de 360°. Tecnologia brasileira, projetada nos menores detalhes pelo coronel Teles Filho. Seu sonho era ver o Cilindroide, como acabou sendo batizado, sendo construído em larga escala e se tornando a principal arma do Império. Para Figueiras, aquela geringonça era muito mais parecida com um barril com braços e pernas que com um blindado, e estava longe de ser perfeita. Os armamentos eram eficientes, como demonstraram as dez vacas transformadas em carne moída pelas metralhadoras e os carros sucateados pelas granadas, mas havia problemas: a) o artefato era pesado demais, o que forçava a redução da blindagem em vários pontos; b) as pernas eram frágeis, tornando-o alvo fácil para qualquer .23; c) era lento, e jamais chegaria ao alvo sem custoso transporte aéreo ou terrestre.

Havia uma escotilha ao final de uma pequena escada na parte de trás do Cilindroide. Figueiras se enfiou por ali. A cabine era apertada, mal tinha espaço para a poltrona. Ajeitou-se nela o melhor que pôde, colocou o capacete e ligou o motor. Lâmpadas se acenderam no painel, mostradores começaram a mover ponteiros, uma pequena ventoinha começou a soprar. Algo morno pingou em seu braço.

– Vazamento de óleo – resmungou ele. Atou o cinto de segurança. Pelo periscópio, viu a porta do galpão se abrindo.

Botou o Cilindroide para andar.

Figueiras respirou fundo. Olhares estupefatos caiam sobre ele como flechas. Teles Filho mal cabia em si de orgulho:

– Apresento-lhes o salvador da pátria.

Uma salva de palmas quase explodiu os tímpanos de Figueiras, amplificada pelo microfone externo. Apontou-o para cima. Ouviu-se um assovio agudo e longo. Figueiras virou o periscópio para o céu.

– Meu Deus.

Algo parecido com um foguete vinha naquela direção. Tentou gritar, mas o impacto foi quase instantâneo.

Três mil metros acima, a bordo do bombardeiro americano *Total Care,* os airbornes comemoraram ao ver por uma tela o táxi-míssil transformar o casarão de Jacarepaguá e a milícia do coronel Teles Filho num monte de ruínas.

A onda de choque arremessou o Cilindroide contra o galpão como se fosse feito de papel. O cérebro eletrônico que gerenciava os mostradores anunciou a falha do transistor principal. Pelo periscópio, Figueiras viu uma parede desabar sobre ele. Acabou preso ao chão. Tentou mover os membros daquela porcaria de barril, em vão. Lâmpadas vermelhas se acenderam na cabine. Sem opções, armou as metralhadoras, torcendo para que os disparos de calibre .50 destruíssem os tijolos sem afetar a blindagem do Cilindroide.

Dentro da cratera que se formou no pátio do casarão do barão da Taquara, o táxi-míssil se abriu. Fora projetado para despejar, intactas, cargas sobre território inimigo, de grandes alturas. Um homem apareceu. O chapéu e o número *13* gravado na estrela em seu peito emprestavam-lhe um ar de caubói. Usava um uniforme camuflado escuro que mais parecia uma armadura, cheias de partes plásticas, metálicas, reentrâncias, protuberâncias, tubos conectados ao capacete. Havia um rifle preso por cabos a uma caixa nas costas. Ele saltou de dentro do táxi-míssil e sacou duas pistolas brutas do cinturão. Esgueirou-se por entre as colunas de fumaças e montes de entulho, atento aos milicianos da Guarda Nacional que tivessem sobrevivido à sua chegada. Viu o blindado tentando se mover sob uma placa de tijolos. Caminhou até ela devagar, engatilhando as pistolas.

Metralhadoras .50 rugiram. Poeira e entulho voaram, pulverizados por projéteis luminosos que riscaram a noite. O Cilindroide se ergueu, as juntas metálicas rangendo. Dentro dele, ainda tonto, Figueiras tentava ajustar o periscópio. Quando finalmente conseguiu, viu a figura se aproximando com as pistolas.

– Droga – ele disse. Balas começaram a ricochetear contra sua blindagem. Puxou a alavanca para erguer a metralhadora. Quando conseguiu, *13* já não estava ali.

O periscópio percorreu depressa as ruínas. Um borrão apareceu de repente e estilhaçou as lentes. O contato visual desapareceu por completo. O Cilindroide mal entrara em ação e já estava cego e operando com metade da força. Figueiras não fazia ideia do que estava acontecendo. Puxava alavancas, girava botões e conferia mostradores na esperança de manter aquela coisa funcionando.

Sentiu o impacto de mais tiros reverberando na parte de baixo do Cilindroide. Quem quer que fosse aquele sujeito, já havia percebido as pernas fracas e estava tentando destrui-las. Um tranco repentino para a esquerda, mais tiros, outra queda para a direita, e muitos, muitos palavrões. O blindado perdeu o apoio e caiu pesadamente no chão. Figueiras verificou a munição do revólver e se preparou para abandonar aquele monte de lata.

– Essa coisa não vai dar nem para o cheiro – disse o Controlador, centenas de metros acima, observando a cena pelas câmeras instaladas nos olhos de *13*. Enviou uma série de comandos para ele com uma mão, enquanto a outra mergulhava habilmente rosquinhas de polvilho numa xícara de café. – Vamos acabar logo com isso. Os brasileiros estão esperando para nos dar uma carona até a casa do rei.

Com esforço, Figueiras conseguiu empurrar a escotilha. Já soltava o cinto quando duas granadas entraram pela passagem que havia aberto. Uma caiu em seu peito, outra abaixo do banco. A última coisa que pensou foi em como odiava aquele barril.

13: Conversa no clube

Os homens conversavam em voz baixa quando Protásio Vargas entrou batendo a porta. Oficiais de carne e osso dividiam uma mesa com telas de conferência onde se viam os rostos austeros de generais baseados em outras províncias. Equipamento caríssimo, cedido por seus aliados magnatas da comunicação, interessados nas oportunidades da nova ordem por vir.

– Soube que distúrbios estão começando a acontecer em outras capitais, Vargas – disparou o coronel Góis Monteiro, dobrando um jornal. – Será que vamos conseguir controlá-los?

Vargas puxou uma cadeira.

– Boa noite para você também, Góis. Aliás, uma ótima noite para o Exército brasileiro. Respondendo sua pergunta: sim, vamos controlar os distúrbios. Destruiremos um lado e estrangularemos financeiramente o outro. E se não funcionar, o *USS Rogers* não está muito longe daqui. Os fuzileiros americanos estão prontos para garantir nossa revolução. Mas não precisaremos disso. Cumpriremos nossa agenda com um mínimo de interferência externa. Para já, gostaria que os senhores aprovassem o rascunho do texto que vamos divulgar nas próximas horas.

Um jovem tenente se adiantou com um papel na mão. Vargas fez um sinal para que começasse a leitura.

– O Alto Comando do Exército Brasileiro declara que, a partir da zero hora de hoje, está abolida a monarquia como forma de governo do Brasil. Considere-se deposto e exilado Pedro Augusto Bragança de Saxe-Coburgo e Bragança, bem como *todo* e *qualquer* parente em até terceiro grau. Uma junta militar assumirá provisoriamente o comando para assegurar a liberdade e a instituição democrática. A partir da mesma hora estão dissolvidas a Guarda Nacional, as assembleias e o Gabinete de Ministros, e que estes sejam detidos até que se certifique de que não são ameaça à nova República. Deus salve o Brasil.

Um burburinho correu a sala. Os oficiais eram silhuetas escurecidas, cujas medalhas e divisas vez por outra refletiam a claridade dos tubos de imagem.

– Esta é a mensagem que circulará pela mídia e pelas repartições oficiais. Tem de ser curta, sucinta. Para falar com o povo vamos ter de adotar uma retórica diferente. Temos de soar como pais zelosos. Já estou redigindo um discurso apropriado, não se preocupem. Após nosso pronunciamento, o presidente dos EUA reconhecerá o novo regime. Uma série de governos ocidentais seguirá o mesmo caminho. Será um efeito dominó. Com isso vamos esvaziar a única jogada do Império para conseguir algum apoio da população, que seria anunciar o príncipe herdeiro e apelar para o sentimentalismo da tradição.

– Aquela coisa não é humana – disse dos militares na tela, a voz cheia de estática. – Foi produzida pelos eugenistas do imperador. Isso é um insulto para qualquer cristão que preze a lei de Deus.

– É isso que a grande maioria dos pais de família pensará – riu Vargas. – O povo teme a Ciência. O Império está acabado.

O Anel de Aviz foi uma sociedade secreta cuja principal função era defender o Império e seus interesses. Teria sido fundada por D. Pedro I logo após a independência, em 1823. Havia um total de nove membros, nunca mais, nunca menos, recrutados de diversos setores e camadas da sociedade. Eram preparados desde a juventude para desempenhar suas funções com a máxima eficiência e lealdade. Podiam ser identificados pelo anel de prata cujas pontas terminavam em flor de lis. Foram particularmente ativos no período das Regências, travando complexas batalhas políticas para enfraquecer a chamada 'experiência republicana'. Rumores dão conta de que a organização teria ligações com a Maçonaria e com o ocultismo. Tais boatos, porém, não condizem com a realidade. As evidências, em sua maioria documentos estrangeiros, apontam para um grupo avesso a conexões do tipo. Em 1936, com o fim do Terceiro Reinado, a sociedade teria sido extinta. O casarão onde estariam seus arquivos secretos foi destruído num misterioso incêndio no mesmo ano.

– Trecho de "O guia dos idiotas para as sociedades secretas".

14: Pode ouvir o fim se aproximando nos ruídos de motor

Observando a lua por cima das árvores na janela principal de sua biblioteca, o velho Miguel Ventura finalmente aceitara o fato de que o Anel de Aviz encontrara seu ocaso. Não haveria mais sentido para a organização quando dom Pedro Augusto viesse a morrer. Muito em breve, como constatara da última vez que o vira. Não tinha certeza de qual seria exatamente seu papel, como o agente de mais alto grau, em relação ao pequeno clone que Belisário Pena conseguiu produzir. Os tempos eram bem mais complexos do que costumavam ser. Pela segunda vez naquele dia, teve a sensação de que era mesmo um homem do século dezenove. A primeira foi quando limpava sua arma favorita e percebeu que era um Colt com cabo de madrepérola.

A porta se abriu. A cabeça da governanta apareceu.

– Seu Ventura? A moça está aqui.

– Peça para ela entrar, por favor.

Joana Brás nunca tinha sido bonita, mas a altivez natural de seu porte a tornavam o centro de gravidade de qualquer ambiente. Quando ela entrou, porém, isso parecia ter desaparecido numa mistura de cansaço e maquiagem mal removida.

– Miguel – ela disse.

– Joana. Você está péssima. Parece que veio até aqui a pé.

– Eu vim.

Miguel não duvidava de que ela fosse mesmo capaz de andar os dez quilômetros que separavam suas casas.

– Estão me seguindo. Não consegui pensar em nada – ela acrescentou, embaraçada.

Miguel deu uma olhada no corredor para ter certeza de que estavam livres de ouvidos curiosos. Trancou a porta, voltou-se para Joana.

– Quem está seguindo você, minha filha?

– Não sei direito, mas desconfio de que seja alguém ligado aos militares. Eu estava lá, Miguel. Testemunhei o massacre dos integralistas. Os atiradores estavam do lado de fora do prédio, e não dentro, como está todo mundo dizendo. Isso é puro teatro. Alguém está jogando os comunistas contra os integralistas para criar uma crise.

– O general Protásio Vargas – disse Miguel.

– Como sabe? – Joana viu-o olhar discretamente para o revólver. Com um movimento brusco, tentou pegá-lo antes. Antes que a mão dela sequer se aproximasse da mesa, ele apanhou a arma e apontou direto para seu rosto.

– Preciso que volte a raciocinar com clareza, garota. O Anel de Aviz está caminhando para um final inglório, mas não entre em pânico – ele abriu uma gaveta e guardou o revólver lá.

Joana estudou seus olhos. Havia tristeza e alguma resignação ali, mas nenhum vestígio do remorso ou da vergonha dos traidores.

– Desculpe, eu... – ela deixou os ombros cair. – Não sei em quem confiar.

– Já faz alguns dias que Teodoro me trouxe evidências de que militares de alta patente poderiam estar envolvidos em alguma conspiração. Uma fonte dele entre os russos lhe passou a cópia interceptada de um cabograma destinado a Washington. Estamos brigando com cachorro grande, Joana. Não temos como enfrentar os americanos, enfraquecidos como estamos. Talvez – sua voz falhou nesse ponto, como se as palavras começassem a custar – seja a hora de nos retirarmos para rever nossas opções.

– Não posso acreditar que estou ouvindo uma coisa dessas.

Miguel suspirou. Retirou do bolso do roupão seis anéis de prata.

– Não há mais um Anel de Aviz. Só restamos nós dois. Um velho e uma mulher confusa.

Joana sentiu as pernas amolecerem.

– E Teodoro? Cícero?

– Cícero foi assassinado esta manhã. Os outros entenderam que não há sentido em morrer por uma Coroa condenada. Desertaram. Teodoro acabou de sair. Foi o último a trazer o anel. Achei que você tivesse vindo fazer a mesma coisa.

– Nunca.

– Fico orgulhoso. Mas acabou, Joana.

Um turbilhão atravessou a cabeça dela. Coisas para dizer, coisas para perguntar.

Lá fora a noite começava a trazer o ronco de motores.

– Estão vindo – avisou Miguel.

– Não precisamos enfrentar os militares e os americanos – ela disse, primeiro para si mesma, depois para ele. – Nossa função é proteger o imperador e o herdeiro.

– Não.

– Como, não?

– Nem ao menos sabemos se aquela criança realmente é humana. Ela foi feita em laboratório. Nossa obrigação morre com o velho imperador.

Joana mordeu o lábio inferior.

– Pelo menos me dê uma arma decente.

– Você vai morrer se for até o Paço.

– Vai me dar a arma ou não?

Ele suspirou. Apontou para um quadro entre duas estantes, que retratava um monte de cabeças com chaminés ao fundo. Havia um nicho escondido na parece atrás da tela, repleto de armas. Joana escolheu uma Tokarev, submetralhadora pouco maior que uma pistola, e escondeu-a sob a roupa. Ficaram se olhando, sem saber o que dizer, até alguém bater na porta com truculência.

– Abra essa porta, sr. Ventura – ordenou uma voz ríspida.

– Esconda-se embaixo da escrivaninha – disse Miguel.

Joana obedeceu.

Ele destrancou a porta, sem pressa. Homens fardados entraram, fuzis em punho. O líder se identificou como capitão e ergueu um documento diante de seu rosto.

– Assine.

– O que é isso?

– Sua renúncia das funções públicas que exerce, oficiais ou não, e uma declaração de apoio à junta militar que está depondo o imperador.

– Não vou assinar nada.

Joana ouviu a pancada surda e o gemido de dor. Reprimiu o impulso de sair de onde estava escondida, atirar naqueles traidores, ajudar Miguel. Mas de nada iria adiantar. Acabaria presa, ou morta, e seria o fim do imperador e da criança. Por isso ela ficou ali, ouvindo o homem que lhe ensinara tudo ser espancado até não aguentar mais. Com tristeza, ela sentiu a vergonha no silêncio que se fez enquanto ele assinava o documento, sem poder mais suportar a dor.

– O imperador voltará – ele grunhiu, pouco antes de ser arrastado dali. Joana entendeu isso como um último lampejo de brio, uma forma de apoiá-la. Miguel não merecia acabar assim. O Anel de Aviz também não.

15: E é por isso que você é um assassino

Dois caminhões pesados do Exército entraram na Avenida Pedro II tomada de gente. Na parte de cima das carrocerias, cabines de tiros equipadas com metralhadoras, faróis e soldados com máscaras de gás. Os militares instavam as pessoas a cooperar com a ordem e voltar para as suas casas.

Um facho de luz passou pelo rosto de Jerônimo Trovão e seu filho. Os dois seguiram adiante, tentando não chamar atenção. O plano era chegar ao píer da Praça Mauá, alugar um barco com combustível suficiente para atravessar a baía até Magé. De lá, subiriam o Iguassú e se esconderiam na cidade homônima quase morta, até a poeira assentar.

Jerônimo abria caminho a ombradas pela calçada. Uma mão ia no bolso grande da calça, onde segurava a Mauser; a outra levava a espingarda enrolada num cobertor e em folhas de jornal. Havia horas não via ou ouvia a Santa. Não podia dizer que estava triste por isso. A cada dia ficava mais difícil disfarçar. O garoto já desconfiava que algo não estava certo. Não queria preocupá-lo. Viver com um pai que cometia crimes para ganhar o pão já era complicado demais.

Nômio vinha logo atrás, a cabeça encolhida entre os ombros, atento a cada risada, grito ou palavrão ao seu redor. Estava faminto. Sonolento. Mas não queria dizer isso para o pai. A vida dele já era complicada demais sem ter de se preocupar com um bebê chorão.

Chegaram ao píer. As tábuas rangiam sob seus pés. O céu noturno estava forrado por uma camada densa de nuvens.

– Está escuro aqui – disse Nômio.

– Melhor assim.

O garoto deu de ombros.

Um barco pequeno apareceu. Guiava-o um velho de camiseta puída, calça comprida e chinelos. Desligou o motor próximo ao píer. Ficou em pé, a mão em concha sobre a testa.

– Isso não vai fazer você enxergar no escuro – disse Jerônimo. – É essa a belezura de barco de que falou?

– Depende. Tem o dinheiro? – o velho falava com um sotaque nordestino, malemolente, quase um cantar.

Jerônimo tirou duas notas grandes do bolso e balançou-as como um leque diante do rosto. O velho saltou para o píer e pegou o dinheiro, afoito.

– Se quiserem, posso levar vocês.

– Não – respondeu Jerônimo, passando para o barco junto com o menino. – Vamos sozinhos. Vamos deixar essa sua lata velha com a irmã Célia, segundo sua especificação.

– Certo, certo. E para onde vão?

– Não é da sua conta – disse Nômio. Sentou-se na proa, enquanto o pai, rindo da resposta malcriada, se ajeitava perto do motor.

O barco foi lentamente engolido pela noite.

Estavam em silêncio havia quase meia hora, o pai e o filho. Apenas ouviam as ondas batendo abaixo do casco. Já estavam a uma boa distância da margem, o suficiente para a cidade do Rio de Janeiro se transformar num amontoado de pontos elétricos piscando contra o negrume da noite.

Nômio sentia frio. Passou os braços em torno dos joelhos e ficou de cabeça baixa, soprando ar quente para dentro da camisa. De vez em quando, espiava o pai com o rabo do olho. Parecia-lhe uma estátua, as mãos na guia do barco, olhando fixamente para adiante. Sentiu uma pontada de vergonha por ter pensado coisas ruins dele. O pai ainda estava no jogo. Tinha óleo para queimar. Pensou em pedir desculpas, mas não teve coragem. O mais próximo que conseguiu chegar disso foi perguntar como era o lugar para onde estavam indo, afinal.

– Eu já disse. Vila de Iguassú. Uma cidadezinha fantasma – respondeu Jerônimo.

Nômio insistiu:

– Isso quer dizer que está deserta?

– Praticamente. É um conjunto de construções em ruínas nas margens do rio. Antigamente era um ponto importante no caminho que o ouro percorria de Minas Gerais até o porto da capital. Mas aconteceram coisas.

– Que coisas?

– O rio ficou raso demais para barcos de porte. Depois vieram as epidemias de cólera morbo, de varíola. Não havia médicos. Quem sobreviveu foi embora. Para completar, o barão de Mauá construiu a ferrovia passando longe. Todo mundo foi morar na beira da linha férrea e abandonou a vila.

– Deus parece não gostar muito de lá.

Nômio viu o pai sorrir. Por algum motivo, isso não pareceu uma coisa boa.

– Pois é para lá que vamos. Depois, quando for seguro viajar por terra, vamos para a província de São Paulo.

O garoto voltou a esconder o rosto entre as pernas e não falou mais nada.

Raios riscaram o céu lá para as bandas da serra.

Seu destino não é a província de São Paulo, homem-sonho.

Jerônimo engoliu em seco. A Santa ocupava o mesmo lugar que ele. A sensação era estranha, mas não arriscou perguntar como isso era possível. Não esperava a presença dela tão já.

Santo Antão em breve acordará de seu sonho. Tudo vai desaparecer. Você. Seu filho. O céu. Tudo, tudo, tudo. Para ser recriado na noite seguinte.

– O que quer de mim agora? – ele sussurrou. Não queria que o filho o visse conversando com uma santa invisível do espaço exterior e o tomasse, com inteira razão, por louco.

Não deve fugir.

– Se continuarmos aqui, meu filho e eu vamos acabar mortos.

Se der as costas para minha mensagem, a morte os alcançará em qualquer lugar. É para lá que deve ir – a Santa se pôs de pé e apontou para a margem distante, o manto azul dançando ruidosamente contra o vento. Jerônimo temeu que o barulho despertasse a atenção do garoto, mas este apenas ergueu um olhar desinteressado e voltou a se encolher, sonolento. Não via nada além do pai, não ouvia nada além do barco singrando as ondas.

Jerônimo Trovão, por sua vez, tinha todos os sentidos excitados pela presença dela; o perfume divinal, a voz rouca, a pele de marfim que contrastava com a sua, cor de café com leite. Ela se virou para o mar aberto. Um pedaço da noite se desmanchou e formou, diante dos olhos dele, a figura gigantesca de uma embarcação bélica voadora. Sabia que ela não estava ali de fato, era outra visão, mas, assim como o Deserto, era real. As canhoneiras longas; as baterias; os giroplanos; os dois mil fuzileiros sombrios com armamento de alta tecnologia; as estrelas; as listras vermelhas e brancas. Tudo era real. Em algum ponto não muito longe da baía havia um porta-aviões americano apenas esperando um pretexto.

Ele também viu – ou sentiu, ou imaginou, nunca saberia ao certo – todos os elos de uma cadeia de eventos que transformaria salvadores em exploradores. Exploradores em desafetos. Desafetos em inimigos. Um sorriso amistoso e vultos ostentando a suástica. Uma guerra terrível devastando todo o globo; clarões imensos vaporizando cidades brasileiras. O Deserto, por fim.

– Vou estar bem longe quando isso acontecer.

Claro que vai. E é por isso, homem-sonho, que você é um assassino.

Ele notou, com terror, que *você é um assassino* saiu de sua própria boca.

– O que foi? – bocejou Nômio. Seu pai conduzia o barco para a margem.

– Temos que ir a um lugar.

Nômio sabia que ele não diria nada além daquilo. O melhor era esperar. Ver com os próprios olhos. Evitar que o pai se aborrecesse. Estava cada vez mais taciturno, conversando baixinho com as paredes, obrigando-o a fingir que não percebia o que estava acontecendo. Mas ele percebia. E isso doía um bocado.

Após um tempo que pareceu mais longo que de fato foi, o pai quebrou o silêncio falando sozinho outra vez. Nômio olhou para o lugar que ele observava, uma reentrância na costa a poucas dezenas de metros. O manguezal coalhado de árvores e raízes se espalhava além das marolas, um cheiro de coisa podre vindo com o vento. Pouco depois, um giroplano sobrevoou a praia, vindo da estrada no alto da encosta, manobrou acima das ondas e pairou sobre o mangue, holofotes acesos.

Jerônimo já estava de pé, tirando o cobertor e as folhas de jornal que envolviam a N12. A espingarda reluziu à luz da lua.

– Você fica aqui – disse para Nômio. Entregou-lhe a Mauser 96.

– Mas...

– Se eu não voltar em dez minutos, vá embora.

– O que está acontecendo?

Seu pai já havia saltado para a água e começava a nadar em direção ao manguezal, o braço direito erguendo a espingarda pouco acima da cabeça. Quando ele se embrenhou na vegetação, Nômio soltou a respiração e se largou sobre a popa. Sentiu o peso da pistola em sua mão. Apontou-a para o giroplano, sentiu o dedo roçar no gatilho.

Um tiro ecoou no manguezal como uma pequena explosão.

– Pai – gritou o garoto. Sem pensar duas vezes, atirou-se ao mar.

16: Não importa como, acaba esta noite

A sala do trono ficava no segundo pavimento do Paço de São Cristóvão. Sempre que Joana Brás entrava ali, geralmente acompanhando Miguel Ventura, admirava-se com a suntuosidade do recinto, seu lustre majestoso de cristal, as colunas como as de um palácio antigo. Acima de tudo, o que a impressionava eram as paredes. Pintadas para causar a impressão de alto-relevo, pareciam saltar sobre ela.

Desta vez ela não tinha tempo para se impressionar. Passar pelos guardas do lado de fora não havia sido um problema. O Anel de Aviz tinha acesso livre ao Paço, garantido pelo próprio imperador. Joana o encontrou sentado numa poltrona acolchoada, entre as duas portas que davam para a sacada. Uma manta cobria suas pernas até a cintura. Parecia ainda mais debilitado, respirando com a ajuda de uma máscara de oxigênio complexa. Não estava só. Uma enfermeira estava de prontidão ao seu lado, preparada para limpar com um lenço a saliva que vez ou outra escorria de sua boca; no colo de uma ama de leite, o Herdeiro; andando de um lado para outro, o ministro-presidente Artur Bernardes; e um oficial da Guarda Nacional, arauto de más notícias.

Joana ajoelhou-se diante de dom Pedro Augusto. Ele a fez se levantar com um vago movimento de cabeça. Tentou dizer algo, mas não havia oxigênio nos pulmões para formar as palavras. Depois de acalmá-lo, ela se virou para Bernardes.

– Ele e o bebê não estão a salvo aqui. Temos que levá-los para um lugar seguro.

– Como? O gabinete inteiro foi preso, sua majestade mal se aguenta de pé. O governo desapareceu de uma hora para outra.

– E a Guarda Nacional?

O ministro-presidente e o mensageiro se entreolharam.

– A milícia mais próxima estava em Jacarepaguá. Todo o

equipamento foi destruído. Estamos neutralizados pelo menos até as primeiras horas da manhã, quando tropas de outras municipalidades ou províncias podem chegar – o guarda falava sem coragem de olhar para qualquer direção além das próprias botinas.

Joana sabia o que aquilo significava: estava sozinha. Não haveria ajuda por muitas horas, se é que haveria. De repente, sentiu um cansaço profundo.

Uma voz quebrou o silêncio que havia se apossado da sala. O imperador tentava falar. A enfermeira retirou devagar a máscara de oxigênio e se agachou perto dele.

– O imperador quer saber onde estão seus ministros e agentes – disse ela.

Bernardes começou a gaguejar uma explicação, mas Joana o interrompeu:

– Majestade, todos os que restaram estão nesta sala agora. O Paço é o coração do Império. Os conspiradores não vão demorar a chegar aqui para apunhalá-lo.

Enquanto ela falava, o guarda foi chamado na porta por um de seus subordinados. Voltou pouco depois.

– Acabo de ser informado de que veículos do Exército estão se aproximando do Paço. Meus homens querem saber o que fazer. Devo lembrar que eles têm famílias e estão em inferioridade.

O imperador murmurou outra vez ao ouvido de sua enfermeira.

– Sua Majestade não quer ver o lugar onde reside a memória de seus pais e avós manchado com o sangue de seus súditos. Todos aqui, criados e guardas, devem se render quando os militares entrarem.

Ouviu-se um estrondo.

Um giroplano desceu de repente diante das janelas, jogando um facho de luz ofuscante para dentro da sala do trono. Um megafone trovejou:

– Aqui é o Exército da República brasileira. O Paço de São Cristovão está cercado. Não há escapatória. Deponham quaisquer armas que possam ter, entreguem o senhor Pedro Augusto Bragança de Saxe-Coburgo e Bragança e a criança.

O bebê começou a gritar. Joana se arrastou até o imperador e apertou sua mão ossuda.

– A passagem do trono... O príncipe... – ele disse, a voz tão baixa que Joana mal pôde ouvir. O velho monarca lhe entregou uma pequena chave dourada. Seu pulso estava cada vez mais fraco. Foi com tristeza que ela reconheceu que o fim dele estava próximo.

Lá fora, os militares já haviam rompido o portão e subiam o caminho até o palácio. Encontraram dezenas de empregados saindo pela porta principal, as mãos sobre as cabeças.

Joana despediu-se de dom Pedro Augusto. Com o coração acelerado, pegou o bebê do colo da ama de leite. A criança chorava. Apertou contra o peito a pequena cópia do velho imperador e caminhou até o trono.

– O que está fazendo? – perguntou Bernardes, os braços para o alto feito pedestre surpreendido por ladrão.

– Vou levar o príncipe para fora daqui. Mas preciso de ajuda – ela encaixou a chave numa discreta elevação no espaldar do trono. Com um estalo, a cadeira imperial deslizou para o lado e revelou uma passagem.

Um tiro de aviso acertou a parede bem acima de sua cabeça.

– Afaste-se daí – rugiu o megafone. Joana se encolheu.

O guarda olhou para ela, depois para o bebê. Sacou a pistola.

– Vá – ele disse. Virou-se e descarregou a arma contra o giroplano. A aeronave recuou alguns metros, um farol estourado.

– Obrigada – respondeu Joana, mergulhando na passagem. Ainda teve tempo de ver uma figura entrar na sala antes do trono se fechar outra vez. Desceu por uma escada o mais rápido que pôde com apenas uma mão livre. Tentava não pensar em tiros e morte.

A descida era mais longa do que ela esperava.

Chegou a uma câmara escura, provavelmente contígua ao gerador que alimentava o Paço, a julgar pelo zumbido elétrico que ouvia. Havia um corredor ali. Joana seguiu por ele, as costas curvadas para não bater a cabeça no teto baixo. Pequenas lâmpadas se acendiam quando ela passava.

O corredor também era mais longo do que esperava.

Calculou ter andado uns quinze ou vinte minutos antes dele terminar numa parede de tijolos úmidos com uma cruz verde pendurada. Aparentemente, a saída era por uma escotilha pouco acima de sua cabeça. Abriu o ferrolho com alguma dificuldade e subiu para um cômodo minúsculo, cuja única porta estava trancada por um dispositivo composto por três travas e um cilindro. O anel era a chave. Colocou-o no cilindro, girou-o. A porta se abriu, fechando-se novamente assim que ela a atravessou.

O halo amarelado da lua começava vencer as nuvens. Tentou entender onde estava. Acabara de sair de um barraco de concreto por dentro e tábuas por fora encravado numa ribanceira, após percorrer quase dois mil metros pelo subterrâneo. Adiante havia um deque, que se erguia sobre as rochas até o mar. Quem olhasse da amurada da estrada lá atrás veria apenas o depósito de um pescador qualquer.

Joana andou até a beirada do deque. Onde deveria haver uma lancha esperando pelo imperador, apenas ondas lambendo as pedras. Ela desceu até a faixa estreita de areia que ia recortando a praia até um manguezal. Não sabia o que fazer, nem para onde ir, o chorinho fino do bebê perfurando seus ouvidos. Estava com medo. Não teve muito tempo para pensar nisso, porém: um giroplano passou voando baixo em direção ao mar.

Joana correu o mais rápido que pode. Embrenhou-se no manguezal. Os pés afundavam na lama. Segurava o bebê com uma mão, enquanto com a outra tentava destravar a Tokarev. O giroplano sobrevoou a vegetação labiríntica, fazendo-a a rastejar por um emaranhado de raízes. Luzes de lanternas passavam bem perto.

O bebê começou a berrar outra vez. Ela o puxou para bem perto do rosto, implorando baixinho para que ele não chorasse, por favor, ou morreriam os dois. Por um milagre, ele ficou em silêncio, observando-a com grandes olhos azuis. Joana ia sorrir, mas um clarão repentino desceu sobre ela, obrigando-a a fugir. O mar apareceu por entre os ramos embolados.

Não havia para onde ir.

Resignada, parou de correr.

Pouco antes do giroplano se afastar e desaparecer atrás da estrada, viu um vulto saltar dele para a lama e depois se erguer pesadamente. Havia uma estrela em seu peito. Estrela de xerife, chapéu de caubói. Luvas de borracha chegavam quase até os cotovelos e serviam como isolante para o estranho fuzil elétrico que ele apontava em sua direção.

Joana ergueu a Tokarev, mas não foi rápida o suficiente. Um raio elétrico atravessou seu peito, derrubando-a de costas na lama. O sangue se espalhou depressa. Tudo ficou frio, menos o bebê, de repente irradiando um calor de sol.

Pobre bebê.

A estrela cresceu no campo de visão dela. Lembrou-se de um personagem de um suplemento de aventuras, como era mesmo o nome dele? Usava uma camisa branca, malha vermelha, calção azul, uma máscara sobre os olhos. Misterioso e bonito.

Democrata, ela quis dizer.

O rifle elétrico colocado diante de seu rosto não assustava tanto quanto o som crescente da eletricidade se acumulando. Detestava tomar choques.

Jerônimo Trovão acertou em cheio a estrela com sua N12. O americano cambaleou para trás, mas não caiu. Parte do tecido do uniforme desapareceu, deixando a placa de cerâmica reforçada à mostra. *Assassino,* Jerônimo disse a si mesmo. Sabia que aquele homem ia erguer a arma e explodir sua cabeça no próximo segundo se não aproveitasse a chance. Ergueu um pouco a mira e atirou outra vez. Um misto de faíscas e algo parecido com sangue explodiu no pescoço dele. O americano caiu sobre os joelhos, depois tombou para o lado.

Mais fácil do que Jerônimo esperava. Precisava sair dali antes que os ocupantes do giroplano percebessem o que estava acontecendo. Agachou-se perto da mulher. Reconheceu-a. Um rio de sangue brotava de seu peito e de sua boca. Jerônimo podia ouvir um assobio baixo quando ela tentava respirar. Mesmo agonizando, não soltava a criança que soluçava em seu braço. Ela agarrou a camisa de Jerônimo e tentou dizer alguma coisa. Só o que saiu foi um som gorgolejante.

Pegue o imperador, homem-sonho, disse a Santa, o manto azul chicoteando como se estivesse vivo.

– Não posso fazer isso – disse Jerônimo.

Ele vai morrer se deixá-lo aqui. Mais uma morte na sua longa lista. Morte que nunca vai deixar de atormentá-lo. Morte que vai trazer outras mortes. Salve-o, ele vai lhe mostrar o caminho. Não deixe que morra, homem-sonho.

Não deixe que morra. A sentença amorteceu seus pensamentos. Perseguia-o havia muito tempo, trouxera-o a este lugar. Não deixe que morra.

Joana não respirava mais. Seus olhos estavam vítreos. Jerônimo retirou o bebê de suas mãos. O pobrezinho estava encharcado, os beicinhos roxos. Tiritava de frio.

Homem-sonho, gritou a Santa.

Jerônimo mal teve tempo de erguer a cabeça. O coturno de *13* veio de encontro ao seu nariz e o arremessou a três metros de distância, onde a lama já desaparecia sob a água do mar. A visão estava turva, o manguezal girava. O bebê não estava mais em seus braços. Podia ouvir seu choro bem perto, misturando-se ao tagarelar histérico da Santa avisando-o de alguma coisa. Eu sei, ele queria dizer, mas o americano já estava outra vez por cima, segurando-o pelo colarinho.

– *I'll kill you with my own hands, monkey* – disse ele, a voz parecendo sair de um rádio mal sintonizado. Estava tão perto que Jerônimo podia sentir o líquido morno que escorria do pescoço aberto pingar em sua pele. Não era sangue. Era óleo. O americano não era totalmente de carne, afinal. Pensou em cuspir na cara daquele estrangeiro, como faziam os heróis dos magazines que seu filho adorava. Mas não havia nenhum herói ali, e só o que ele pôde fazer foi fechar os olhos e tentar suportar os socos que começaram a arrebentar seu rosto. Um, dois, três, sete, dez deles em sequência, avassaladores como golpes de marreta.

Depois começou o lento afogar.

Mãos de aço forçaram sua cabeça para baixo.

O ar deixando seu peito dolorosamente. Os pulmões se tornando como tijolos. A voz da Santa filtrada pela água.

Hora de morrer, pensou ele.

Não ainda.

Só o que Deuteronômio Trovão se lembraria mais tarde era de ter fechado os olhos e apertado o gatilho até seus dedos doerem e a munição acabar. E também se lembraria de alguém dizendo: *eu guiarei a sua mão.*

Foram nove tiros e muita sorte.

13 cambaleou, desorientado, o receptor remoto destruído pelas balas. Incapaz de receber comandos de seu Controlador, desabou na lama.

Nômio procurou pelo dono da voz. Parado perto de um bebê

que chorava, um homem alto o encarava. Camisa branca com uma grande estrela no peito, malha vermelha, calção azul, uma máscara sobre os olhos. Aquele era Democrata, seu herói favorito. No meio da lama, falando com ele. Seu herói favorito. Esfregou os olhos. Ele continuava ali.

Precisa pegar seu pai e a criança antes que aqueles homens cheguem, Democrata disse, apontando para a estrada lá longe. *Ou as coisas vão se complicar.*

Nômio pegou o bebê no colo.

– Ajude-me a levá-los para o barco.

Não pode voltar para o barco. O giroplano estaria sobre vocês antes que conseguissem percorrer trinta metros. Virariam peneira.

– Então, o que eu faço?

Acalme-se. Vou guiá-los por um caminho completamente novo.

– Com quem está falando? – grunhiu Jerônimo. Parecia um bêbado tentando ficar de pé.

– Com o senhor Democrata.

– Que senhor Democrata?

– Ele está bem aqui, pai. Do meu lado. Vai mostrar um caminho pra gente fugir.

Jerônimo apoiou-se nas raízes. Olhou ao redor, depois para o filho. Ele segurava a criança nos braços, a pistola enfiada no cinto da calça, pouco acima da água. Não havia ninguém ao seu lado.

Quando finalmente entendeu, Jerônimo Trovão desatou a rir. Era sua forma de entrar em pânico.

17: Sinfonia

O general Vargas ouvia ópera.

Era como se sua música se espalhasse por todo o mundo.

Fechou os olhos para apreciar os violinos.

Depois, vieram os oboés, os fagotes, as metralhadoras militares abatendo integralistas e aliancistas às dúzias.

Um coral de vozes angelicais.

Motor de um barco rio acima. O bebê finalmente havia se acalmado. Estava enrolado no cobertor que antes cobria uma espingarda. Jerônimo Trovão e o filho estavam em silêncio havia muito tempo, rumo ao esquecimento em uma cidadezinha perdida num interior qualquer. O matador e seus meninos.

Pratos, bumbos, trombones.

E a madrugada morria. As primeiras manchas alaranjadas começavam a aparecer na parte baixa do céu, derramando-se sobre o porta-aviões que manobrava na baía. O almirante havia recebido congratulações de seu presidente, satisfeito com os resultados obtidos nos testes de campo. Apesar dos danos sofridos pelo protótipo *13*, felizmente resgatado a tempo, soldados controlados à distância por rádio se mostraram viáveis. Muito longe dali, porém, sentados em seus tronos de crânios e ossos num prédio obscuro da Universidade de Yale, os verdadeiros governantes dos Estados Unidos da América queriam muito mais.

Em algum lugar do tempo, do espaço ou da memória, Santo Antão despertou para enfrentar os demônios do Deserto.

Após o desmoronamento do Terceiro Reinado e a vitória do plano político dos militares, o General Protásio Vargas assumiu a chefia do que foi chamado Governo Provisório do Brasil Novo. Ele nomeou interventores para as províncias, agora redefinidas como estados, minando a influência das oligarquias agrárias locais. Apesar de contar com um gabinete e prometer eleições para uma Assembleia Constituinte, o Brasil Novo foi marcado pelo autoritarismo e pelo centralismo. O plano de desenvolvimento nacional visava a tornar o país uma potência regional tutelada pelos Estados Unidos. O apoio americano viria na forma de investimentos na infraestrutura e na indústria nacionais, transferência de tecnologia, treinamento militar e equipamentos bélicos. Mas a guerra estourou na Europa, e as relações começaram a azedar. Os americanos precisaram concentrar os esforços de sua indústria no abastecimento da Inglaterra, que se via combatendo sozinha as forças alemãs após a tomada da França. Mas o Brasil Novo não podia esperar o conflito terminar para, enfim, saltar para a grandeza à qual achava ter direito no cenário geopolítico. Uma grande quantidade de dinheiro fora desviada de setores vitais e investida na compra de armas americanas. A encomenda nunca foi entregue. Após uma série de adiamentos e desculpas diplomáticas, ficou claro para o Brasil Novo que a Inglaterra era um parceiro muito mais importante. Começou, então, a aproximação entre Vargas e Hitler, que jogaria o Brasil de cabeça na Segunda Grande Guerra, ao lado do Eixo. E assim se preparou o terreno para a invasão americana em larga escala do nosso território, da qual tentamos nos recuperar até hoje.

– Trecho de "Passos do homem brasileiro: manual do professor", 1959.

AMÉRICA DIZ NÃO! PARA O GOVERNO ROOSEVELT, A PRIORIDADE NO FORNECIMENTO DE ARMAMENTOS É DA INGLATERRA.

– O Globo.

PRESIDENTE VARGAS NEGOCIA COM A ALEMANHA ACORDO PARA COMPRAS DE EQUIPAMENTO MILITAR.

– O Estado de S. Paulo.

DIREITO À AUTODETERMINAÇÃO AMEAÇADO: ESTADOS UNIDOS PRESSIONA VARGAS A ROMPER RELAÇÕES DIPLOMÁTICAS COM PAÍSES DO EIXO.

– Jornal do Brasil.

BRASIL ABRE SEUS PORTOS À MARINHA GERMÂNICA. "HITLER AMA O POVO BRASILEIRO", DIZ GOEBBELS.

– Diário de Notícias.

PRESIDENTE AMERICANO ORDENA FIM DO ENVIO DE RECURSOS BRASILEIROS AO TEATRO DE OPERAÇÕES EUROPEU.

– O Estado de S. Paulo.

TRAGÉDIA NO MAR: NAVIOS DA MARINHA MERCANTE BRASILEIRA SÃO TORPEDEADOS A CAMINHO DA EUROPA.

– O Globo.

O BRASIL É UMA AMEAÇA QUE PRECISA SER NEUTRALIZADA ANTES QUE NOS ENGULA, DIZ WINSTON CHURCHILL.

– Jornal do Brasil.

ESTADOS UNIDOS DECLARA GUERRA AO BRASIL.

– Diário de Notícias.

NATAL NAS MÃOS DOS INIMIGOS! AMERICANOS JÁ CONTROLAM BOA PARTE DO NORDESTE EM MENOS DE UM MÊS DE GUERRA.

– O Globo.

RIO DE JANEIRO SOFRE TERCEIRO DIA CONSECUTIVO DE BOMBARDEIOS.

– Jornal do Brasil.

VARGAS ABANDONA A CAPITAL E SE RETIRA PARA O SUL.

– O Estado de S. Paulo.

BEM-VINDO, TIO SAM: COMO A DEMOCRACIA AMERICANA PODERÁ DESTRONAR O AUTORITARISMO DA DITADURA VARGAS.

– *O Globo.*

LIBERTADORES: A ROTINA DOS FUZILEIROS AMERICANOS EM DEFESA DOS IRMÃOS BRASILEIROS.

– *O Globo.*

10 RAZÕES PELAS QUAIS UMA ADMINISTRAÇÃO AMERICANA É A MELHOR COISA PARA NOSSO PAÍS.

– *O Globo.*

EUA INTENSIFICAM BUSCAS POR TERRORISTAS DAS FLORESTAS DO TINGUÁ.

– *O Globo.*

VIVA A AMÉRICA!

– *O Globo.*

PARTE DOIS:

DEUTERONÔMIO TROVÃO CONTRA A TENEBROSA TRINDADE DO MAL

1 9 4 4 (METRALHADORAS RUGEM)

Com um oferecimento
do TÔNICO DE UVA MENINO
MAROTO, que fortalece e faz
crescer, apresentamos uma
ELETRIZANTE, SANGUINOLENTA
e EXTRAORDINÁRIA aventura da
FAMÍLIA TROVÃO! UMA ARDILOSA
ABDUÇÃO! A DERRADEIRA
BATALHA NO MEDITERRÂNEO!
A ASSUSTADORA ARMA DO
ARMAGEDOM!
ALITERAÇÕES! EXCLAMAÇÕES!
EXPLOSÕES!

Com a prodigiosa participação de

O PAI: Hipocrate Jones, um sinistro senhor da ciência, capaz de destrinchar os mistérios da mente e da alma.

A FILHA: a perigosa potencializadora de poderes psíquicos, a bela e mortal ameaça asiática.

O ESPÍRITO: o fantasmagórico farejador de mentes, um demônio em corpo decrépito.

DEMOCRATA: o Campeão da Liberdade.

REPUBLICANA: a Guardiã da Justiça.

E ainda:

O HOMEM DE BRONZE: o Cavaleiro Teutônico do Ódio.

A SANTA: Nossa Senhora do Hiperespaço, a que vigia por nós.

Não perca mais tempo!

O Rio de Janeiro não tinha mais a cor dos cartões postais. Era uma ruína de concreto, pulverizado pelas bombas, engolido pelos incêndios e velado pelos contornos mortiços da Central do Brasil, para onde os dirigíveis não iam mais.

Um giroplano sobrevoava a cidade. Dentro dele, tingido pela luz esverdeada, um homem analisava seus estranhos medidores. Hipocrate Jones era um capelão e um psicobiofísico. Seus aparelhos emitiam um zumbido baixo e se conectavam a duas outras figuras atrás dele: uma mulher de traços asiáticos e um homem magro, pálido, carcomido por um câncer agressivo na garganta.

A Filha e o Espírito. Jones era o Pai. Juntos, triangulavam a zona infestada de terroristas logo abaixo.

A Trindade do Mal estava caçando.

1: Você aguenta isso, campeão

Deuteronômio espirrou café com leite pelo nariz ao ouvir a piadinha suja que Marco contou em alto e bom som pelas ruínas da praça destruída pelos bombardeios. Eram oito homens ali, sentados em caixotes vazios, conversando enquanto punham em ordem as armas, alegres naquela manhã de maio. Tinha sol e luz, menos fumaça e até um pouco de toucinho no feijão, e entre as notícias que chegavam dos outros bandos espalhados pelo litoral estava a de que Roosevelt, o sacana aleijado, estava morto. Com isso, esperava-se que o fim da guerra não estivesse longe. Os sorrisos e os gracejos rudes brotavam da esperança de voltar para casa e dormir em paz, longe dos sonhos embalados pela cantoria das Browning.

Dois dias antes a guerrilha conseguira tomar dos ianques quatro quarteirões, resultando na aquisição de um rádio, pacotes de Lucky Strike, uísque, baralhos indecentes e quatro ou cinco exemplares de *Liberty Comics,* o que era na realidade bem satisfatório. Um ataque aéreo viria mais cedo ou mais tarde para desentocá-los feito baratas daquele armazém, mas a ordem era esperar os reforços que vinham costeando a baía em pequenos grupos e formar uma cabeça de ponte para, dali, tentar forçá-los de volta para Niterói. As coisas provavelmente esquentariam em pouco tempo, então era melhor distrair a mente.

Um grupo jogava futebol em meio aos montes de entulho e lixo com uma bola feita com lona de tenda de campanha e meias velhas, usando Thompsons como balizas. Se o velho Zé Carlos visse uma coisa daquelas, passaria um sermão sobre a sacralidade de um Thompson e os colocaria para correr ao redor do edifício, já que existia tanta disposição para exercícios físicos. Mas Zé Carlos tivera a cabeça estourada por um rifle uma semana antes, e tudo o que os homens podiam fazer por ele era beber uns tragos, jogar cartas cujas apostas envolviam cigarros e rolar umas partidinhas de futebol de vez em quando. Usando Thompsons como balizas.

Sem paciência para o futebol, Deuteronômio só tinha as revistas. Os americanos recebiam carregamentos quinzenais do melhor que seu país tinha para oferecer em matéria de entretenimento – ou o melhor que um soldado podia ter na terra arrasada em que se tornaram as ruas outrora amigáveis do Rio de Janeiro. As barras de chocolate não duraram muito e foram responsáveis por algumas disputas desagradáveis entre os homens, mas com as revistas – ah, com essas ninguém se importava. A maioria ali trabalhava como agricultor nos laranjais da Baixada Fluminense antes de entrar para os bandos, e seriam agricultores outra vez quando a guerra terminasse. Não precisavam saber ler ou escrever, só apertar gatilhos, girar manivelas e manejar enxadas. Estavam felizes com isso. Revistas não eram úteis, a não ser como fonte de folhas no formato certo para uma boa limpada no traseiro.

Ele não permitiria um crime desses. No seu turno de guarda, separou todos os exemplares da *Liberty Comics*, enfiou por baixo da camisa e foi para o andar superior, onde havia uma janela que lhe permitia observar toda a rua em ruínas. A luz do dia chegava cinzenta pelos fios de fumaça e nuvens de pó.

Lá em cima, na distância, sete dirigíveis militares de reconhecimento.

Lá embaixo, alguém cantando uma modinha de viola.

Dispôs as revistas sobre uma mesa suja e observou as capas. Homem esbofeteando um japonês com cara de vampiro. Estátua da Liberdade liderando uma frota de navios em direção ao Pão de Açúcar. Soldado metralhando dúzias de nazistas por trás de cercas de arame farpado. Macacos vestidos de verde e amarelo raptando loura exuberante. E a que mais chamou sua atenção: um mascarado forte socando a cara de um vilanesco oficial alemão, enquanto uma mulher de colante e capacete se enroscava em suas pernas.

Sentiu um calafrio subindo pela espinha. Quase tudo era propaganda e tentativa de ridicularizar os inimigos da América, mas aquele personagem... Conhecia *aquele* personagem.

Abriu a revista.

As colunas de texto eram na língua ianque. Merda. Também, queria o quê? Era um magazine gringo. Mas queria tanto ler. Queria mesmo. Imaginou que tipos de aventuras estariam escondidas naquelas páginas, e se seria traição gostar de histórias de um povo que estava queimando seu país. Não seria menos brasileiro por ler uma revista, seria? Teodoro Puro diria que sim. Vivia matraqueando sobre pureza cultural ou algo do tipo, quando os bandos se reuniam na serra do Tinguá para receber instruções.

Mas aquele era o Democrata, tinha certeza. Suas histórias saiam no *Magazine de Aventuras* e no caderno semanal *O Menino*. Lia sempre. Conversava com ele de vez em quando, ouvia seus conselhos. Conversava de verdade. A calça vermelha, a camisa branca com a estrela no peito. A máscara ao redor dos olhos, o queixo quadrado. Não havia dúvida. Seu herói favorito, o homem que o ajudara a salvar o pai uma vez. Pena que a história estava em outra língua.

Continuou a folhear as revistas. Apreciou os desenhos. Viu um crocodilo monstruoso chamado Soviet Alligator. Anúncios de walkie-talkie com garotinhos sorridentes. Canivetes suíços. Democrata e Republicana. Leu para si mesmo: de uord greateste eroes. Queria entender alguma coisa. Olhou pela janela. Voltou para a revista. Bátle for de fri uord. De menáce ofe Bronzemann.

Americano era uma língua estranha.

Sentiu o sono chegar.

Adormeceu com o silêncio do quarteirão em ruínas. O espocar característico das metralhadoras.

Eles chegaram chutando a porta e gritando ameaças. Quebraram mobília, copos e o que encontraram pela frente.

Deuteronômio acordou assustado. Vários homens, os rostos ainda desfocados pelo seu sono, se amontoaram sobre ele. O pensamento clareou: os ianques, meu Deus, os ianques. Tentou levantar, recebeu coronhadas, socos, chutes. O nariz explodiu em sangue, os olhos incharam, um dente se quebrou. Em segundos, tornara-se irreconhecível. Tentou falar, protestar, se defender. Mas era inútil: amarraram-no, puseram um saco com cheiro de remédio em sua cabeça e o levaram dali.

Tudo agora era cor de chumbo e estranhas figuras dançavam no cinza. Eram ianques, aqueles bandidos? Ou ingleses? E o ataque aéreo? E os companheiros? As algemas cortavam seus pulsos, o ronco de motor o ensurdecia. O que importava se eram americanos ou ingleses, se o destino era o mesmo?

Ouvia ainda as metralhadoras rugindo.

Tentou gritar, mas sentiu dores fortes no maxilar. Também, para que gritar agora? Gritaria muito nas próximas horas. O tempo começava a se embaralhar. Não, o tempo não era importante, não tanto quanto ser forte e não entregar nenhum companheiro. Horas? Vai saber.

Sentiu quando o veículo parou. Arrancaram-no de dentro e o arrastaram. Para onde? Um porão, um dos temidos porões dos quais tantos rumores ouvira. Nem sempre era um porão literal, mas um porão de alma, de dor, de angústia. Queriam o quê?

Uma porta bateu atrás dele. O eco não deixou dúvidas: tratava-se de uma sala grande e vazia. Um porão.

Amarraram suas pernas, os brutos. Depois o prenderam pelas algemas e pelos joelhos a uma barra de ferro e o deixaram suspenso no ar embolorado. O começo do suplício, ele pensou, estou num pau-de-arara. E como doía, depois de um tempo. Doía tanto que só dava para pensar no calor na parte de trás dos joelhos e na pressão monstruosa nos pulsos.

Por um longo tempo ele ficou sozinho, ouvindo uma goteira insuportável despencar sobre algo metálico, até que passos trovejaram no corredor. Deuteronômio preparou o espírito para aguentar a dor e não dizer nomes. Sobretudo, não dizer nomes. Não. Dizer. Nomes.

Arrancaram o saco de sua cabeça. Ele forçou os olhos para enxergar na luz fraca do porão. Duas pessoas sentadas em cadeiras, ocultas pela penumbra. E mais dois de pé, *marines* em trajes civis, dava para ver pelas colunas retas e as caras de poucos amigos. E um padre. Talvez um padre. Militar, sem dúvida, de suíças enormes, testa alta e olhar perscrutador.

– Quer dizer que você é o caçula do bando de monos – ele disse, num português enrolado. – Muito prazer em conhecê-lo. Eu sou o Pai.

Deuteronômio não respondeu.

O Pai continuou:

– É cristão, seu macaco? Devia agradecer a Deus. A gente só precisava de um de vocês. Podia matar o resto. Achou mesmo que os fuzileiros dos Estados Unidos da América recuariam diante de meia dúzia de pretos dançarinos simpatizantes de chucrutes? Armamos isso. Mel para as moscas. Mas, sabe, você pode viver. Conte-me onde se escondem os outros bandos. Onde se reúnem para tramar suas covardias. Diga-me se há outros como você.

– Não.

– Não? Sabe que vou descobrir, não sabe? Sabe que tenho formas de fazê-lo falar, não sabe?

Ele sorriu. Olhou para as pessoas sentadas e mostrou um fio elétrico. Perguntou:

– É apropriado, Filha?

– Sim – disse uma voz de mulher de olhos puxados. – Mostre a ele o que nós temos.

O primeiro choque fez Deuteronômio se contorcer no pau-de-arara e vomitar café azedo. Ferimentos na boca arderam como fogo.

– Que prazer você tem em entregar sua gente, suas pobres crianças, suas mulheres, suas riquezas, para os nazistas? Olhe só o que conseguiu, olhe só a sua cara. Toda amassada, inchada, roxa. Nem sua mãe o reconheceria. Não se envergonha?

– Não.

– É só o que sabe dizer? Não? Não, não, não?

– Não.

– Ok.

Outro choque. Deuteronômio achou que o coração ia parar de funcionar. Estava com medo.

Mais alguém estava na sala.

Seja forte, garoto. Malha azul branca vermelha estrela no peito máscara. *As coisas vão piorar.*

Foi uma tarde de choques, afogamentos e unhas arrancadas. O Pai perguntava tudo com um tom tão tranquilo, parecia um pediatra. A Filha, por sua vez, enfiava um capuz em Deuteronômio e derramava água em sua cara e ele gritava de raiva e dor e tudo estava se tornando tão difícil de suportar. Mas não abria a boca, não comprometia ninguém. *Você aguenta isso, campeão, pode acreditar.* Ele aguentou. Até que a paciência do torturador se esgotou e ele se preparou para as mutilações.

A Filha mostrou a tesoura enferrujada com a qual costumava decepar dedos. Balançou-a no ar em tom de ameaça.

– Vamos começar com uma orelha. As suas são grandes, acho que um lóbulo a menos não fará diferença.

Deuteronômio suspirou.

Ele quer assustar você.

– Não vou aguentar isso, senhor Democrata.

Vai aguentar sim. Você é forte.

A tesoura tocou seu rosto.

– Eu falo. Não precisa fazer isso.

Não sem uma pontinha de decepção, a Filha deixou a tesoura de lado. Acendeu um cigarro e soprou a fumaça.

– Sabe, nunca entendi isso de esperar os machucados ficarem realmente desagradáveis para abrir a boca. Se não está disposto a suportar, não é melhor falar antes do trabalho começar? Pouparia um bocado de dor. Mas tudo bem, estamos esperando – disse ela.

Não fale nada, rapaz. Muita gente boa vai morrer por sua causa.

– Você é um deles, senhor Democrata. É um ianque.

Não existe essa coisa de ianque entre nós, filho. Sou seu amigo. Apenas isso.

Deuteronômio sentiu a brasa do cigarro contra sua pele. Gritou.

– Não durma, macaco. Está balbuciando e revirando os olhos feito um maldito epiléptico. Onde estão os outros? Onde os bandos se reúnem? Que trilha eles usam?

– Eu atirei no seu robô.

– Como?

– O robô. De chapéu de vaqueiro. Voz de rádio. Atirei nele.

O Pai estudou seu rosto. Virou-se para o homem na cadeira. – James, está pronto?

– Sim. O Espírito está pronto – respondeu a ruína humana chamada James, os olhos encovados, a pele de cera.

O Pai meneou a cabeça.

– É hora de ligar as máquinas. Quero o padrão mental dele decodificado em nas próximas dez horas. Não pode haver interrupções. Vou dispensar os soldados. Dois fuzileiros são mais que o suficiente – ele disse. Depois subiu as escadas e desapareceu pela porta.

Uma gota vermelha pingou do nariz de Deuteronômio e formou uma mancha no chão.

Agora sabem que foi você quem acabou com o soldadinho de chumbo deles.

– É, senhor Democrata, eu sei. Fizemos um grande trabalho naquele dia, não foi?

Você tem vinte e dois minutos antes dele voltar e começar.

– O que podemos fazer?

O que quer que eu faça?

– Que me diga o que aconteceu. Naquela revista, quero dizer. Me conte aquela aventura. Eu queria tanto ler, mas está em americano. Não entendo americano. Pode fazer isso?

O senhor Democrata sorriu.

Claro que posso.

2: Um Artefato para o Apocalipse

A bordo do submarino U-Blücher, Mar Mediterrâneo, perto da costa francesa, 13 de maio de 1943.

Resumindo, a cena era mais ou menos essa: Rupert Stefan Leisermann, conhecido como o Homem de Bronze, o sobretudo preto da SS balouçando ao vento, apontando sua Mauser diretamente para a cabeça da professora Finley, ameaçando explodir seus miolos ao menor movimento de Democrata ou Republicana. Mas talvez você queira um pouco de drama e contexto antes de falar dessa parte.

Pois vá lá.

A chuva havia aumentado, tornando o mar cada vez mais revolto. Ondas varriam o convés e obrigavam Republicana a se segurar nas frestas do casco para não ser arrastada pelas águas. Dois metros a sua frente, Democrata permanecia altivo como uma escultura romana, indiferente ao tempo ruim que fazia a embarcação sacolejar como se feita de isopor. O Alto Comando lhes confiara a missão de resgatar o Dispositivo de Ignição do Experimento Filadélfia, roubado pelo principal operativo nazista, o Homem de Bronze – que levara junto a principal cientista do projeto. O vilão havia escapado do país dentro de um barco pesqueiro dinamarquês e planejava entregar o artefato e a mulher em Berlim pessoalmente. Para isso, o submarino *U-Blücher* precisava transportá-los em segurança pelas vigiadas águas do Mediterrâneo.

Tudo sairia conforme o planejado, se dois dos oficiais a bordo da embarcação não fossem Democrata e Republicana, a Dupla da Liberdade, disfarçados.

Antes que o submarino pudesse imergir, teve início uma terrível luta entre os heróis e os alemães. Aproveitando-se da confusão, a professora Finley se libertara dos guardas que a seguravam e correra em direção a Republicana, enquanto Democrata liquidava o último marinheiro no convés.

– Agora é entre nós – Republicana tinha dito, pouco antes de *Herr* Homem de Bronze arremessar seu Escudo Gótico com um movimento preciso e atingi-la no peito. Com o susto, Finley caiu chorando a meio caminho de seus heróis e de seu sequestrador.

– Perdoe-me, *Fräulein,* mas não posso permitir que esta mulher volte para seu país – ele disse. O escudo retornou à sua mão. Uma onda enorme atingiu o convés, levando para o mar vários dos marinheiros inconscientes. Democrata segurou a mão de Republicana e a ajudou a se levantar. Depois se voltou para o vilão, os olhos rutilantes de fúria:

– Não há mais nada que você possa fazer para evitar outra derrota vergonhosa de seu *Führer.*

– Não, meu caro Democrata. Desta vez, a derrota não é aceitável. Só a vitória interessa, e estou disposto a chegar até as últimas consequências para garanti-la. Até mesmo usar um desprezível arma de fogo em nosso honrado duelo – o Homem de Bronze sacou a Mauser do coldre com certa tristeza e apontou para a aterrorizada professora Finley. – Se derem mais um passo, eu disparo.

E aqui estamos.

Democrata não podia esconder a surpresa. Leisermann podia trabalhar para os nazistas, mas era um cavalheiro. As lutas entre os dois foram sempre limpas e honradas, quase um esporte, e não importava a natureza da tarefa que Hitler lhe confiasse, Leisermann jamais ultrapassava os limites do comportamento que considerava apropriado para um aristocrata de sua estirpe. Isso incluía não usar armas de covardes em adversários de seu nível. E agora lá estava ele, empunhando uma pistola diante do único homem nessa guerra inútil que considerava digno de sua atenção. Só um motivo muito forte o levaria a quebrar assim seu código de honra.

– Devolva o Dispositivo e eu prometo negociar o perdão para você em troca de colaboração – ofereceu Democrata.

– Você me ofende insinuando que eu possa me tornar traidor de meu país, *Herr Demokrat.* Além do mais, eu seria muito ingênuo se acreditasse que os porcos ingleses, americanos e eslavos poupariam minha vida em troca de colaboração. Nem mesmo você acredita nessa besteira. Eles me torturariam para que eu falasse, depois me matariam como um cão. Não. Minha vida não vale mais que minha honra.

– Então não há nada a fazermos a não ser lutar – suspirou Democrata. – De novo.

O Homem de Bronze sacudiu a cabeça.

– Não há nada a fazermos a não ser lutar. E desta vez a vitória será minha.

Democrata crispou os punhos e avançou:

– Lamento despontá-lo.

Mal completou o primeiro passo e uma bala passou a raspando a cabeça da professora Finley.

– Sua pele é dura como aço. Mas esta arma não é para você, ao contrário do que pensa. Falo sério. Vou matá-la se você e sua parceira não partirem do submarino. – Um pelotão de soldados armados surgiu pela escotilha e se juntou ao Homem de Bronze no convés. Conversaram rapidamente em alemão e se posicionaram atrás dele, armas em punho, enquanto três deles arrastavam a Professora Finley de volta para o interior do submarino. – Não teremos que lutar, afinal. Receio que esta seja a última vez que nos vemos. Foram adversários valorosos, você e a mulher, podem se orgulhar disso. Adeus, e tenham uma boa morte.

Ele desceu pela escotilha, protegido por uma coluna de metralhadoras.

Republicana olhou para Democrata, enquanto a escotilha se fechava. A gargalhada do Homem de Bronze ecoou pelos corredores de ferro. No segundo seguinte, Republicana estava chutando caras e quebrando ossos.

As sirenes soaram. O submarino começou a imergir. Democrata estava gritando alguma coisa, mas quem podia ouvir alguma naquele pandemônio? Republicana sacudiu a cabeça e olhou ao redor. Se o *U-Blücher* imergisse antes que eles dessem um jeito de entrar, as coisas iam ficar bem complicadas.

– O que vamos fazer? – ela perguntou, largando inconsciente o último soldado.

– Precisamos forçá-los a continuar na superfície até pegarmos o artefato e a professora – Democrata encostou o ouvido no chão e escutou. Sorriu como se tivesse encontrado o que procurava e, beijando o punho direito, mandou a parceira se preparar. Abriu um rombo no casco do submarino com um soco tão poderoso que fez a embarcação inteira tremer.

Logo abaixo, os soldados que escoltavam a professora Finley se perguntaram se um torpedo os atingira.

– Não, seus inúteis – grunhiu em alemão o Homem de Bronze. – Isso é coisa do...

O casco se abriu. A água começou a invadir tudo, causando pânico entre os homens. Democrata e Republicana saltaram no meio deles. Um a um, os soldados caíam sob seus golpes. Eles funcionavam muito bem juntos, pensou Republicana, mas tratou de espantar os pensamentos antes que se tornassem uma distração.

O Homem de Bronze agarrou Finley pela mão fugiu com ela dali, trancando a pequena porta ao passar. Seguiram rápido por um corredor até uma escada de ferro. O alemão fez sinal para que a mulher descesse.

– Para onde vai me levar? – ela perguntou.

– Para um lugar seguro.

Ela obedeceu, ele seguiu logo atrás. Por todo o *U-Blücher* ouvia-se o barulho de metal retinindo e rangendo, como se o navio inteiro estivesse se retorcendo sob a ação da água, misturando-se ao som de metralhadoras e imprecações gritadas em alemão.

Ao fim da escada podia ser vista uma nova escotilha. O Homem de Bronze ordenou que fosse aberta, no que foi prontamente atendido. A portinhola abriu-se devagar, revelando um pequeno cubículo que servia como ponte de comando.

– *Hail,Herr Leisermann* – grunhiu o oficial em comando, um homem chamado Scholz. Não era velho, mas seu rosto estava tomado por rugas cansadas e olhos desanimados. – O que está havendo? Sofremos um impacto, mas não detectamos nenhuma embarcação ou avião inimigo. Fui informado de que o *U-Blücher* está fazendo água. Afundaremos em pouco tempo se nada for feito.

– Mantenha o curso na superfície.

– Mas assim nos tornamos presa fácil para...

– Faça o que estou dizendo, homem. Não muito longe daqui há uma esquadrilha da *Luftwaffe*. Eles nos darão cobertura até Hamburgo – atalhou o Homem de Bronze, ríspido. Ele não tinha os oficiais da nova geração em alta conta. Todos não passavam de parasitas que sugavam o leite do *Reich,* incapazes de retribuir de qualquer forma a não ser com o sacrifício de suas vidas miseráveis.

Finley foi entregue aos cuidados de um jovem oficial.

– Quem é esta? – perguntou Scholz.

– Cuidem dela. É preciosa – o Homem de Bronze respondeu. Virando-se de costas, acrescentou: – Acertarei as contas com aqueles dois de uma vez por todas.

Um soldado surgiu pela porta voando feito saco de batatas. A estrela azul do Democrata brilhou rapidamente no escuro do corredor. Os marinheiros correram para fechar a passagem, mas mal chegaram a tocá-la: uma barra de ferro arremessada por Republicana atingiu um deles diretamente no peito, depois ricocheteou no teto e atingiu o outro no alto da cabeça.

O Homem sacou a pistola e disparou três tiros para o corredor, mas sabia que era um movimento inútil. Conhecia a dupla o suficiente para saber que Democrata, invulnerável, viria na frente de Republicana protegendo-a com o próprio corpo. E de fato estava certo: as balas resvalaram no peito do herói sem nenhum efeito além de um leve hematoma, e ele entrou na cabine como um touro indomável, derrubando todos que encontrava pela frente.

– *Gott in Himmel* – berrou Scholz, antes de voar de costelas no periscópio. Democrata servia como a fonte de força bruta, liquidando a maior quantidade de adversários possível e atraindo toda a atenção e artilharia que pudesse, deixando a sutileza para a parceira, cuja pele não era invulnerável como a sua. Apesar disso, Republicana também era uma arma mortal: sua velocidade era dez vezes maior que a de um homem médio e seus movimentos eram precisos e eficientes como os de uma ginasta. Ela podia reduzir um pelotão nazista a um bando de bebês chorões em poucos segundos.

Democrata suspendeu dois marinheiros pela gola e fez com que batessem as cabeças sem dó, depois arrancou um cano de ferro do teto e começou a usá-lo como porrete nas costas dos que ainda encontrava de pé. Enquanto isso, Republicana vinha atrás certificando que cada um daqueles derrubados pelo parceiro permanecesse inconsciente – chutando alguns narizes quando necessário.

– Onde está o Homem de Bronze? – perguntou Democrata. Um vulto negro desceu veloz das sombras entre os tubos do teto e o atingiu no rosto, depois no estômago, depois no fígado, depois no pescoço, rápido o suficiente para não ser atingido pelos contragolpes cegos e pelo chute felino de Republicana. Acompanhar os movimentos dos três era impossível.

– Eu poderia ter matado a mulher enquanto estive no alto, *Herr Demokrat*. Não o fiz em consideração a você – gargalhou o Homem de Bronze, empurrando Republicana com seu Escudo Teutônico.

– Que gentil – resmungou ela, empurrando-o de volta.

Republicana era mais veloz que dez homens, mas o Homem de Bronze era mais veloz que onze. A mulher recebeu um golpe no estômago, um no seio e outro na têmpora esquerda. Com um salto curto para trás, Leisermann fugiu da investida taurina de Democrata, que enterrou o punho num aparelho cheio de ponteiros.

A água começava a chegar até ali. Ao ver isso, Scholz praguejou e tentou manter o submarino acima do nível do mar, amaldiçoando todas as gerações de nascidos na América desde 1776.

Republicana chutou os joelhos de Leisermann; este bloqueou com a sola do coturno, fazendo a mulher gemer com a dor. Democrata arrancou os punhos do aparelho. Vidro, ponteiros e faíscas voaram para todos os lados. O Homem de Bronze era um sujeito difícil de acertar: no primeiro soco ele esquivou se agachando depressa como um raio; no segundo ele saltou tão alto que alcançou o teto e, pendurando-se, chutou o rosto de Democrata com os dois pés juntos, fazendo-o recuar alguns passos, tentando consertar a máscara que saíra do lugar e agora atrapalhava a visão. O escudo da águia e da cruz explodiu contra sua testa, deixando-o tonto.

O vilão apontou a Mauser para o olho do herói e roçou o gatilho. Republicana atirou-se contra ele e ambos rolaram pelo chão. A Mauser caiu. Escorregou para os pés do capitão. O Homem de Bronze esticou a mão para apanhá-la, mas o balanço do submarino a fez deslizar na direção do periscópio. Ele então girou o corpo e parou por cima da mulher, imobilizando-a, mas Democrata chutou suas costelas com a força de um trem. O alemão soltou todo o ar de uma vez e caiu de lado. Levantou-se depressa.

– Altere a rota desse submarino para a Inglaterra – bufou Democrata, sem tirar os olhos de Leisermann. Eram como dois tigres se encarando.

Republicana se levantou e foi até os comandos. Scholz rugiu feito um louco. Ela o segurou pelo pescoço e bateu sua cabeça nos painéis até que ele desmaiasse.

O *U-Blücher* começou a virar lentamente. O vazamento havia diminuído, mas ainda não cessara. Os tripulantes berravam por ajuda no rádio que só transmitia estática.

Republicana se posicionou atrás de Democrata.

– O Dispositivo, Leisermann – disse ela. – Você não sabe com o que está lidando.

Rupert Stefan Leisermann abriu os botões do casaco de couro negro e jogou-o no chão, revelando o dorso marcado por cicatrizes e ferimentos. A partir dos ombros, seus braços haviam sido substituídos por aberrações mecânicas de ferro, engrenagens e parafusos cor de cobre. O Homem de Bronze bufou e cerrou os punhos. Centelhas percorrerem os braços artificiais, que começaram a vibrar e a zumbir como um motor ligado.

– A Grande Guerra não fez muito bem a você – observou Democrata. Leisermann arremessou-se sobre ele como uma carga das antigas cavalarias do *Kaiser*, empurrando-o violentamente contra os controles, reduzindo-os a ferro-velho. Uma saraivada de golpes, rápida e forte demais para ser humana, atingiu seu estômago. Democrata sentiu o gosto de sangue na garganta. A visão escureceu, as pernas fraquejaram.

Os danos no painel tornaram o *U-Blücher* um animal incontrolável.

Democrata acertou o cotovelo no rosto de Leisermann, produzindo o ruído agudo de choque entre metais. O alemão desequilibrou-se por um momento, o suficiente para Democrata assumir a iniciativa da luta e desferir sua tempestade de socos.

E enquanto isso, Republicana tinha seus próprios problemas.

Quando o Homem de Bronze pressionou Democrata contra a parede, ela precisou saltar de lado para escapar da colisão dos dois supersoldados. Desistiu de manobrar o indolente submarino. Voltou-se para a professora Finley. Precisava tirá-la dali em segurança. Agarrou-a pela mão, mas Finley, estranhamente, resistiu. Como se não quisesse ir. Está assustada, pensou Republicana, e ia se virar para encorajá-la quando foi golpeada na testa com uma barra de ferro, a mesma que antes fora usada por Democrata.

– Tire essas mãos de mim, sua cadela – a professora tinha fúria nos olhos. – Eu não vou com vocês para lugar algum. Não vou deixar Stefan sozinho.

A cabeça de Republicana tinha se transformado no saco de pancadas preferido de todos. Sua visão estava turva. Duas doutoras pálidas se embaralhavam diante dela, como naquela vez em que bebera demais para comemorar o ano novo.

– O que...?

Finley golpeou-a uma segunda vez. Na terceira tentativa, Republicana arrancou a barra de ferro de sua mão, irritada.

– Vadia traidora. Você não foi sequestrada. Veio por vontade própria. Vendeu-se.

A súbita coragem de Finley esmoreceu. Transformou-se em medo.

– Não me vendi a ninguém. Eu amo Stefan – sussurrou, tímida.

– Do que está falando? Como pôde se apaixonar por um monstro como Leisermann?

– Ele não é um monstro, é um homem bom. Um soldado defendendo o próprio país. Ele me levaria para Dresden e, quando terminasse a guerra, íamos nos casar.

– E você acreditou nele? No fim da guerra você receberia um tiro na nuca.

– Stefan jamais faria isso. Ele também me ama.

– E você está disposta a trair sua gente por isso? Nada pode estar acima da pátria, Finley.

– O que a pátria fez por mim além de me trancafiar num laboratório frio e sugar tudo o que podia? Com Stefan descobri um sentimento bom. Você sabe como é amar, Republicana. A gente não pensa em nada – Finley abriu o casaco e apontou uma arma para a ex-aliada. – Vocês são inimigos do homem que eu amo, então são meus também. Você não é invulnerável como Democrata.

Republicana suspirou. Considerava aquela mulher uma amiga, mas agora ela estava ali lhe apontando uma arma. No entanto, não era apenas isso que pesava no fundo de sua mente; não era a ameaça de morte, nem era o *U-Blücher* navegando em círculos, ou o Dispositivo nas mãos dos nazistas. Eram as palavras *você sabe como é amar.*

Ela amava Democrata. Por isso vinha se sentindo estranha perto dele ultimamente, consumida por uma vontade de ser notada, logo ela, um soldado que nunca se importara com nada disso. Engoliu em seco. Não era fácil para uma mulher lógica – fria e sem sentimentos, acrescentariam alguns soldados e ex-pretendentes – de repente se dar conta de que poderia estar sentindo aquilo. Olhou para os dois homens engalfinhados.

Encurralado, o Homem de Bronze levava a pior: uma vintena de cruzados amassava seu crânio. Democrata continuava golpeando e golpeando, obrigando-o a recuar. Ele caiu, o rosto encharcado de sangue, o maxilar partido, os olhos esgazeados.

Democrata apoiou-se na parede para recuperar o fôlego. Os punhos estavam rubros. Olhou-os com vergonha.

Braço esticado, trêmulo, o zumbido mecânico entrecortado pelo caos da tripulação no convés acima, o Homem de Bronze estava arruinado. Caiu sobre os joelhos. Enfiou a mão no bolso do capote e ergueu um pequeno objeto diante do rosto.

O Dispositivo.

Olhou para Finley, desculpando-se. Ela balançou a cabeça como quem diz *vá em frente*.

Ele apertou o botão.

A gigantesca explosão congelou-se numa bola de fogo amarela e vermelha diante dos olhos de Republicana, como uma imagem paralisada de cinema. O estrondo pareceu soar por trás de sonhos brumosos. Num piscar de olhos, a devastação do *U-Blücher* tornou-se um imenso quadro emoldurado por uma brancura sem fim pairando na distância. Lá seu grande amor e dezenas de nazistas eram apagados da existência.

Republicana sentiu seus ossos amolecerem e a pele aquecer e esfriar. Fenda cronal, o coronel dissera na sala de comando, explicando o Projeto Filadélfia mil séculos antes. Cada molécula gritava, enquanto as tripas se contorciam, tentando sair pela boca. A pressão vinda de todos os lados queria esmagá-la, fazendo o sangue fluir na direção contrária, luzes e raios estalavam ao seu redor cada vez mais rápido, acelerando em direção ao ponto onde ela penetrara na fenda, causando a desagradável sensação de que caía por um tubo – embora a brancura e o movimento incessante de seu próprio corpo impedissem qualquer orientação. Republicana sacudia os braços na vã esperança de se segurar, mas não havia nada ali. A bolha de fogo agora não passava de um ponto minúsculo, tão distante que parecia ser preciso um milhão de anos para alcançá-la, até que desapareceu completamente, e isso enterrou em definitivo qualquer possibilidade dela saber se descia ou subia, se ia para o norte ou para o sul, para o leste ou para o oeste.

Não havia ar naquele tubo de luz, mas ela podia ouvir a turbulência sonora golpeando seus ouvidos e preenchendo suas entranhas.

Republicana mal podia acreditar. Estava respirando som – a ideia quase a enlouqueceu. Sempre fora uma mulher racional, acostumada com divisões *panzer*, metralhadoras, *Wehrmacht* e afins. Fendas temporais e alterações das leis da física definitivamente não eram com ela. Socos, chutes e cotoveladas eram mais a sua área. Agora estava ali, caindo infinitamente por um tubo de luz, sem a companhia de seu parceiro Democrata, seu apoio nas horas difíceis, seu amigo e parceiro. A simples possibilidade de ele estar morto fez seu coração doer e ela gritou. Maldito Hitler, malditos nazistas, maldita guerra.

– É assim que termina? – perguntou Deuteronômio. Não sentia os braços ou as pernas ou os joelhos.

O senhor Democrata piscou por baixo da máscara.

O que quer dizer?

– A cientista, o Homem de Bronze, os nazistas. Você. Tudo explodiu. Isso foi uma derrota. Histórias não podem acabar com a derrota dos heróis.

Não foi derrota. Estou aqui agora, rapaz.

– Não. Não. Eu sei que você não está aqui. Você é de maldição. Desculpa, mas é. Diz as coisas, elas acontecem.

É. Talvez seja isso. Mas você está certo em uma coisa: a história não deve acabar assim.

– E como acaba?

Talvez só saibamos quando sair o número novo, daqui a três ou quatro semanas.

– Acho que até lá estarei morto. Amanhã estarei morto. Hoje de noite, quem sabe. Eles estão me olhando esquisito.

É, isso não é bom. Neste exato instante aquele Pai está aguardando instruções sobre o que fazer com você. A posição dos bandos tornou-se secundária. Eles têm nas mãos, por acaso fortuito, um dos macacos que leem o futuro.

– Não sou macaco.

Não se ofenda. É só modo de dizer. A essa altura, já sabem de você lá em Natal. Talvez na terra dos americanos. As coisas obscuras que reinam por lá já deram suas ordens. Mais homens virão a este lugar, cheios de instrumentos e médicos que vão estudar sua cabeça.

– E por quê?

Por que eu vejo as coisas para você.

– E eu faço o que agora?

O que quer fazer?

– Fugir.

E como faria isso?

– Republicana me ajudaria.

Republicana?

– É.

Gostaria de ver isso.

3: De como um Trovão nunca se esquece

Gostaria? É só imaginar: quando a tormenta acabou, o que havia para ela era só uma desolação, vasta, seca, dolorosa. Um infinito de terra esturricada e horizonte distorcido. O *U-Blücher* estava ali, semienterrado, o esqueleto de uma baleia de metal lentamente engolido pela ferrugem. Devagar e sempre.

O céu era uma lâmina de vidro, uma lupa concentrando os raios de sol.

Procurou na carcaça do submarino. Não havia ninguém ali. Nem ossos, nem roupas, nem o menor vestígio de coisa alguma. Chamou pelo rádio, gritou até a garganta doer. Não havia realmente ninguém ali. Em níveis mais profundos que apenas ausência física.

Cobriu o rosto com as mãos.

Tudo acabara e só havia Republicana. Ou ela própria terminara e por alguma crueldade só um tantinho seu restava para lamentar a perda de si mesma. Havia sido arrastada para fora do mundo, a ausência era ela.

Deixou o *U-Blücher* para trás. Caminhou o quanto deu, um pontilhado de pegadas na areia desenhando seu vagar. Andava, primeiro. Depois cambaleava, e por fim se arrastava, apoiada nos cotovelos esfolados.

Largou-se de bruços. Já que ia morrer, queria olhar aquele céu maníaco. Antes mar, agora aridez.

E o sol, aquela infinitude de explosões atômicas fingindo ser um círculo perfeito de calor e luz. Um rosto de mulher subitamente o bloqueou. Os traços eram como os de pinturas italianas, a mesma beleza, a mesma gravidade. A mesma *santidade*. Um véu ocultava seus cabelos. Republicana os imaginou negros, dourados, vermelhos. Depois não imaginou nada: o coração cheio de espinhos da mulher gotejava sangue, que evaporava ao tocar o solo, era mais impressionante do que qualquer coisa. Republicana tinha tanta sede, a garganta parecia um incêndio. E a mulher, com seu perfume suave e sua barriga exposta, tinha um cantil na mão. Ela apoiou sua cabeça no colo e deu-lhe de beber. É minha mãe, pensou Republicana. É a mãe de Deus.

– Beba, filha.

O líquido escorreu pelo pescoço e peito de Republicana, enquanto ela sugava cada gole como se fosse a chuva fria. Quando se deu por satisfeita, afastou o cantil e mergulhou nos olhos sombreados da mulher.

– Esse deserto – disse. – Estou perdida aqui?

– Essa é a porta hiperespaço, onde vivem os santos. O paraíso, o inferno, o futuro e o passado, esse mundo e os outros vivem nessas areias quentes. Não está perdida aqui. É o seu lar. Sua vinda até significa que devo levar uma mensagem.

A voz da mulher era serena, e confortou Republicana enquanto ela morria.

Quando o bote passou perto do manguezal, um pai se lembrou dos filhos. Do maior, teimoso como uma porta e com a infeliz tendência de seguir seus passos, que nunca traziam nada além de sofrimento; e do menor, apenas um menino, a paz para a qual ele retornava e pela qual lutava mais uma vez.

O Rio de Janeiro na linha do horizonte era uma mancha mais escura que a própria noite ao redor. Não havia energia na cidade, era uma zona de guerra onde cada ponto de luz seria um belo alvo para os ataques de ambos os lados. Terra de ninguém, isso é que era. Desgoverno. Os ianques estavam entrincheirados em Niterói; a Baixada Fluminense era território dos bandos de guerrilha, que ganhavam o máximo de tempo para o exército regular que se reorganizava em Porto Alegre, com apoio da Argentina e da Alemanha.

Havia mais três homens no bote com Jerônimo Trovão. Também estavam ali para proteger suas terras e suas famílias dos desmandos estrangeiros. A tarefa era levar dez caixotes de munição para o grupo de Teodoro Puro. Margeavam a baía para evitar as patrulhas americanas e os giroplanos de dupla hélice. Uma rota difícil, sendo possível só até certo ponto. Não era raro que os barcos fossem alvejados e todo mundo acabasse morto no leito lamacento. Seguiam mergulhados cada qual em seu próprio silêncio, as velhas Gewehr 98 repousando tensas sobre as coxas.

O pai carregava sua própria arma, uma carabina N12. Matara bons homens com ela. E alguns homens maus. Até gostava, no começo. Agora fugia disso, mas a morte parecia alcançá-lo não importava aonde fosse. Pessoas precisavam morrer e ele precisava matá-las. Era bom nisso.

Não me ignore, homem-sonho. Estou aqui.

Ela estava ali, é claro que ele sabia. Por isso estava nervoso, preocupado. Não responderia. Não com os homens olhando para ele daquela forma. Fingia observar as águas preguiçosas. Mas observava os olhos dela. Ouvia suas palavras.

Seu filho o chama. Enviou um pedido de socorro ate mim em forma de história. Está preso com seus inimigos. Está sofrendo. Estará morto até o amanhecer e seu cérebro será levado para a América, onde se tornará um vilipendiado objeto de estudos. Sei como encontrá-lo, posso seguir seu rastro: ouça seu chamado.

– Você está bem? – perguntou o Silva.

– Estou ótimo – grunhiu Jerônimo.

Essa história não seria publicada na Liberty Magazine, disse o senhor Democrata.

– Não. É a minha história. De como um Trovão nunca se esquece.

Tantos eletrodos na sua cabeça, menino. Eles querem saber o que tem aí dentro. Como eu existo. Como converso com você. Como sei das coisas.

– Na minha cabeça só existem personagens e aventuras.

Ali perto, o Pai observava as telas e conferia os riscos que as agulhas faziam no papel.

Os olhos do Espírito eram bolhas brancas. Saliva escorria pelo canto de sua boca fina e retorcida, enquanto captava os padrões da mente de Deuteronômio e os transmitia para a Filha, que pacientemente os transcrevia.

– A mente do macaco está funcionando em níveis anormais. Parece Khartonov – ela disse.

– Adoraria abrir essa cabeça e ver o que podemos aprender com ela – respondeu o Pai, bebendo um pouco de café.

Estão conversando em americano, constatou o senhor Democrata.

– Eu queria entender. Ia poder ler mais histórias – Deuteronômio já não sentia os pulsos, as pernas, as costas. Respirar era tão difícil.

Esqueça o americano, por enquanto. Tem suas próprias histórias. São boas. Gostaria de saber como continua a que está me contando.

– Ah, sim. O bote entrou pelos emissários do esgoto. Numa galeria fedorenta e cheia de ratos e bosta, Jerônimo Trovão encontrou Teodoro Puro. Era um homem velho e meio misterioso. Comandava a maior parte dos grupos que atuavam na zona de conflito. Ele ficou satisfeito com a munição. Precisava dela para continuar a atormentar as patrulhas ianques que se arriscavam na cidade. Apertaram as mãos e se despediram com poucas palavras. Silva e os outros ficariam. Meu pai seguiria seu próprio caminho.

Jerônimo Trovão seguiu por seu próprio caminho. Saiu dos esgotos perto do centro. Esgueirou-se pelas ruínas e pelos becos, evitando os jipes e as motocicletas americanas. A Santa apontava-lhe a direção, seguindo-o feito um fantasma por entre os escombros.

Um tanque percorria a Avenida da República, antiga D. Pedro II, obrigando-o a esperar quase meia hora enquanto a jamanta se arrastava no asfalto agora esburacado pela guerra, um facho de luz percorrendo as janelas arrasadas onde atiradores poderiam se esconder. Um soldado atrás de uma metralhadora cantarolava Carmen Miranda.

O lugar é esse, homem-sonho.

Jerônimo observou o edifício baixo do outro lado da avenida. O tanque não estava ali à toa. Circulava pelo quarteirão, era parte da escolta. Ou talvez fosse apenas coincidência.

– Perto daqui. Muito perto – urrou o Espírito. – Alguém.

O tanque seguiu o caminho após um marine à paisana sair do prédio e mandar parar a cantoria. Era coincidência, afinal. Houve uma breve discussão. O marine voltou para a porta alguns minutos depois. Encostou-se no batente e acendeu um cigarro, observando os inconvenientes do tanque se afastarem. Alguma coisa bem dura – o cabo da N12 – afundou seus dentes. A boca destruída o impediu de gritar. Viu um homem sobre ele. Tentou pegar o rifle. Recebeu três chutes na cabeça antes de apagar de vez.

Jerônimo Trovão saltou o corpo e entrou no pequeno corredor, a espingarda pronta para atirar. A Santa vinha atrás, sussurrando louvores. Chegaram ao pequeno saguão empoeirado.

– Meu filho está aqui?

Está, homem-sonho. No fim da escada há um porão e...

– E?

Não há como saber. Um vazio. Um vazio poderoso lá.

Ele desceu pelas escadas, os degraus de madeira rangendo sob os coturnos.

Chegou à porta.

Abaixe-se.

Abaixou-se, e quinze furos apareceram na folha da porta, acompanhados dos estampidos secos.

Sua vez. Atire de volta.

Atirou. Arrebentou o peito do soldado do outro lado. Empurrou a porta, entrou no recinto. Quatro pessoas ali: Deuteronômio, encarapitado num pau de arara, cheio de fios pela cabeça; um diabo branco sentado numa cadeira, conectado ao filho; um velho de suíças, mistura de padre e militar; um fuzileiro dois passos atrás do soldado de peito estourado, a cara num esgar de fúria, o dedo no gatilho.

Jerônimo Trovão, mais rápido no gatilho, acertou seu ombro e depois o pescoço, derrubando-o morto. O Espírito foi o próximo: convulsionava na cadeira, babando e espalhando o vazio que fazia a voz da Santa se calar. Em outra ocasião, seria grato pelo silêncio dentro de sua cabeça, mas agora não: precisava ouvir o que ela tinha a dizer, precisava dela para arrancar o filho dali e sair vivo. Atirou no Espírito, matou-o e assim os Três viraram Dois.

A voz retornou no mesmo instante: *homem-sonho, seu olho.*

Vai fazer seu pai se ferir na sua história?, perguntou o senhor Democrata, observando a cena que se desenrolava logo adiante.

Virou-se para Nômio, dedo em riste, sobrancelhas arqueadas. *Porque é o que vai acontecer, rapaz.*

– Não vai – Nômio, meio desacordado. – Na minha história, meu pai vive. O suspense é necessário.

Não é mais uma história. Nunca foi. Será que não percebe?

Jerônimo Trovão não vira a Filha se esgueirando pelas caixas cobertas de teias de aranha. Ela estava exatamente atrás dele agora, o Colt M1911 em punho. Atirou: o balaço rasgou-o entre a orelha e o olho esquerdo. Ele cambaleou para a frente, surpreso com o coice e a súbita escuridão em metade de sua visão. O Pai também tinha uma arma, e estava prestes a estourar o crânio daquele estúpido de pele amarronzada que agora caia sobre os joelhos, a mão trêmula sobre a ferida.

Ele rastejava, o sangue escuro descendo pelo rosto e encharcando o piso empoeirado, tonto pela dor que agora o invadia em golfadas poderosas. Tateava em busca da espingarda, incapaz de alcançá-la; atrás dele, numa paródia grotesca de brincadeira infantil, a Santa gritava as direções nas quais ele devia mover a mão.

A Filha chutou a N12 para longe e já ia descarregar a pistola em sua cabeça quando o Pai a interrompeu:

– Espere.

A Filha o olhou, furiosa:

– Esperar? Ele matou o Espírito. James. O coitado nem uma arma carregava.

– Sim, soldado. Mas isso é uma guerra. As pessoas morrem, principalmente as que não carregam armas. James se sacrificou pela liberdade da América. E olha o que temos aqui, graças ele e a seu maravilhoso dom de Farejar: dois cérebros com potencial enorme. Não pode sentir as ressonâncias lá no fundo da sua mente? O nível de atividade aqui nesta sala? – o Pai se agachou ao lado de Jerônimo, observando com curiosidade o sulco aberto pela bala em sua cabeça. – Espero que sua impulsividade não tenha inutilizado esse espécime. Vejamos: o projétil foi desviado pelo osso occipital, o que foi uma sorte. Mas o olho esquerdo está condenado.

Viu?, ralhou o senhor Democrata. *Seu pai está machucado. A culpa será sua se ele morrer. Você está influenciando os acontecimentos, rapaz.*

Nômio já não sentia o próprio corpo, sua consciência pairando acima das próprias dores. As extremidades estavam ficando escuras, como se o sangue estivesse se acumulando nelas. O sofrimento era grande, mas não maior que a angústia de ver o pai caído entre aquelas pessoas.

Posso ajudar, se você quiser.

– O que está esperando?

O senhor Democrata meneou a cabeça e ajeitou as luvas. Caminhou até o meio do porão. Circulou invisível entre o Pai, a Filha e Jerônimo. Examinou os dois soldados mortos, as poças vermelhas crescendo em círculos. Encontrou uma faca Bowie. Serviria.

Ergueu os olhos na direção da Santa. Ocupavam planos diferentes naquela mesma sala e, embora não pudesse vê-la, sentia seu desespero e seu medo na forma de pequenos pontos cintilantes que iam e voltavam.

Avise a seu homem que há algo chegando, ele disse para as luzes, torcendo para que ela pudesse ouvi-lo.

... ele... sabe... – foi a resposta, longínqua e fantasmagórica.

Foi o suficiente. A faca tremeu na bainha, deslizou lentamente pelo couro, ergueu-se no ar, cruzou a sala e pousou diante do olho ainda inteiro de Jerônimo. Seu filho Deuteronômio foi o único capaz de ver por trás da mágica da Bowie flutuante a mão do senhor Democrata.

Depois disso, foi tudo muito rápido: Jerônimo apanhou a faca, Jerônimo usou a faca.

O som que ela produziu ao cortar carne, ossos e cartilagem foi algo que Nômio jamais esqueceria. Um grito medonho e interrompido. A Filha estava petrificada de pavor, vendo a expressão atônita do Pai engasgando ruidosamente com o próprio sangue, a garganta aberta até mostrar parte da traqueia, abatido como um porco.

Foi a vez da N12 levitar e chegar ao alcance da mão. Jerônimo a engatilhou e colocou a Filha na mira, uma silhueta dupla e embaçada. Mas a mulher também o tinha na ponta da pistola.

A diferença é que ela era firme, feita de ferro, e ele sentia o corpo prestes a desabar, a se liquefazer e a se esparramar na poeira como seu olho esquerdo. Não suportaria muito tempo.

– Larga isso, moça – ele grunhiu.

A Filha gritou algo na própria língua, algo estridente e irritado.

Ela vai atirar, homem-sonho.

– Abaixe isso.

Ela vai atirar, homem-sonho.

– Estou avisando, dona.

Atire, homem-sonho. Atire, atire.

– Vamos, gringa. Não quero ter que matar você.

A Filha continua berrando.

Atire, atire, atire, atire, atire, atire.

– Droga, sua vaca.

Atire, atire, atire, atire, atire, atire...

Foram dois, os tiros. Uma da Filha, outro de Jerônimo, espaçados por uma fração de segundo: a N12 abriu um rombo na parede pouco acima da cabeça dela; a pistola mudou de direção com o espasmo de susto, e sua munição se perdeu no teto.

Jerônimo ainda apontava a N12, embora ela pesasse como os pecados do mundo. A Filha, porém, deixara cair sua arma, e espalmava as mãos feito criança para proteger o rosto do chumbo.

Atire nela, homem-sonho.

O olho doía tanto, tanto, e essa Santa falava e falava.

– Vá embora, sua rameira. Vá embora antes que eu me arrependa.

Vai se arrepender.

A Filha entendeu o gesto que ele fez com o cano da espingarda. Caminhou de costas, devagar, desconfiada. Sentiu a porta atrás de si, desapareceu por ela.

Jerônimo deixou os ombros caírem, aliviados.

– Pai – chamou Deuteronômio, um fio de voz.

– Que diabos aconteceu aqui? – resmungou Jerônimo. Usou a Bowie ensanguentada para cortar as cordas que laceravam a carne do rapaz. Não era mais criança, era homem feito. E um soldado. Ainda assim, a vontade era a de aninhá-lo nos braços e cuidar de suas feridas. Era o que faria, e desapareceria no esgoto antes que o tanque, as motocicletas ou os Voadores aparecessem, o que não demoraria muito.

O pai saiu, levando seu filho.

Atrás deles, o cortejo de seus fantasmas, suas maldições, seus santos, seus demônios e seus heróis, todos eles personagens de suas histórias.

Os Estados Unidos foram empurrados ainda mais para longe do paralelo 38º após os bombardeios da última semana, e já se avizinha no horizonte a possibilidade de uma vergonhosa retirada da Coreia. O norte comunista vem recebendo apoio logístico da URSS e humano da China, dificultando as ofensivas militares americanas na península. Sem os reforços do Reino Unido e em vias de enfrentar uma insurreição no Japão, o comando militar americano fica dividido entre aceitar um empate embaraçoso ou mergulhar de vez no conflito, concentrando mais recursos e recrudescendo o esforço de guerra. A opinião pública do país, no entanto, está insatisfeita com os rumos que a situação está tomando, receosa de que mais jovens americanos sejam enviados para morrer em um país estrangeiro. Analistas políticos acham improvável uma participação mais ativa do exército russo, por uma questão estratégica. Aos russos ainda não interessa um choque direto com os Estados Unidos. O ponto de interesse para os brasileiros é: a situação delicada na Coreia pode afetar a ocupação americana de nosso país?

– Rádio Nacional do Rio de Janeiro, 1947.

O acordo que pôs fim às operações militares americanas na Baixada Fluminense se deveu muito mais ao espírito inquebrável dos grupos de resistência que operavam a partir da região do que à habilidade diplomática de Vargas. Os estrangeiros sentiram que era uma grande oportunidade de sair por cima, como se praticassem um grande ato de benevolência para com o povo brasileiro. Os guerrilheiros depuseram suas armas, mas o furor libertário ainda lhes queimava o peito, e ressurgiria pouco tempo depois com a questão da grilagem de terras.

– Trecho de "História econômica brasileira".

PARTE TRÊS:

O REI ÀS MARGENS DO RIO

1946 (CLANGOR DAS ESPADAS)

Encontrei Excalibur no Rio das Velhas. O pai diz que o nome é esse, Rio das Velhas, porque umas senhoras pretas que eram escravas lavavam roupa lá, e elas cantavam e gargalhavam e se divertiam o dia inteiro, enquanto batiam os panos nas pedras. Não tinham sabão, por isso usavam as pedras pra tudo ficar bem limpinho. Nômio disse que sabão é feito com banha de porco e soda cáustica, mas acho que é mentira, a banha é fedida e o sabão é cheiroso e faz bolhas. Banha não faz, nem quando a gente usa pra fritar. E é por isso que chamam o rio, que é um rio bem pequeno com uns torrões de terra que saem dele e brotam uns matos floridos, parecendo ilhas pequenas, de Rio das Velhas. As velhas pretas já morreram, o pai disse que há muito tempo, mas o nome continuou. Nomes duram muito mais tempo que pessoas.

Na minha família, os nomes são de um tipo especial. Ninguém tem nomes iguais aos nossos. O meu é Levítico, que era um cara da Bíblia que destruiu cem gigantes com uma queixada de jumento, uma coisa assim. Foi o Nômio, meu irmão, quem disse. Ele tem mais de vinte anos, já. É homem feito. Não sei o que querem dizer com isso exatamente, como se os homens não nascessem prontos e fossem se formando com o tempo, igual jaca ou manga. Gosto de manga, que é uma fruta que vem da Índia. Nômio não gosta. O nome verdadeiro dele não é Nômio, é Deuteronômio. Esse é outro cara da Bíblia, mas nem matou muitos gigantes. Eu escrevo fácil Deuteronômio, mas pra falar é difícil, acabo engolindo letra, trocando o *eu* por *ô*. Prefiro Nômio, é bem mais fácil. O pai não tem nome bíblico. É Jerônimo. Ele lutou na guerra contra os gringos e perdeu um olho quando uma explosão fez um tijolo voar que nem foguete na cabeça dele. Agora é obrigado a usar um tapa-olho igual a um pirata. Ele não fala muito e tem uma barba com uns fiapos cinza.

E tem meu cachorro, Merlin. Fui eu que bolei esse nome, por causa de um sonho que tive duas vezes. O pai achou estranho, disse que isso não era nome pra botar num cachorro, que cachorro de verdade tem que se chamar Rex ou Duque. Fiquei pensando se ele não tinha razão, se eu devia trocar o nome. Afinal, o pai é bom em batizar coisas. Nômio disse que eu não devia dar ouvidos, ou ia acabar tendo um mascote chamado Jeroboão ou Apocalipse. Dei de ombros e deixei Merlin mesmo. É um cachorro muito esperto, com uma pelagem castanha e um focinho meio pontudo que está sempre farejando. Não é muito grande, nem forte, mas é bem rápido. Ele corre feito raio pelas trilhas da mata, não tem espinho, cipó ou buraco que o pare, menos ainda se estiver no rastro de preá. Merlin gosta muito de preá, mas tem medo de mão-pelada. Eu também. Mas isso não é coisa que a gente fica falando, porque o pai já disse que não é pra ficar contando intimidades da gente pros outros. Nem nosso sobrenome de verdade. Tem muita gente perigosa por aí.

– Não fala pra ninguém que você é um Trovão – ele dizia, quase sempre empoleirado na borda do poço, chupando cana ou fumando seu cachimbo. Ele me contava histórias de coisas que ele fazia na guerra contra os americanos e às vezes coisas que ele tinha feito bem antes, na Argentina e na capital. Nômio balançava a cabeça, ora rindo, ora emburrado, como se o pai estivesse ferindo ele de algum jeito. Nessas horas, ele e o pai trocavam uns olhares estranhos, depois cada um ia para um lado, resmungando. O pai se enfiava dentro de casa. Nômio descia para a cidade para beber cachaça e jogar baralho até ficar mais bêbado que um gambá. Voltava tropeçando nos calcanhares. Se me encontrasse acordado, fingia que tinha um revólver e atirava balas de coco na minha cama. Quando me pegava dormindo, ele aproveitava para gritar com o pai – que também gritava com ele. Eu escutava tudo. Merlin ficava de orelha em pé, e às vezes uivava. A briga sempre terminava com Nômio gritando:

– Mas a gente é o que é.

Depois ele deitava na rede e ficava a madrugada inteira falando sozinho.

Eu queria saber por que não podia dizer meu sobrenome. O verdadeiro, Trovão, não o Santos, que é falso.

– A gente é o que é – eu repetia baixinho, fascinado com o mistério contido no interior dessas palavras. Os olhinhos vermelhos de Merlin me observavam do pé da cama. Ele também era um Trovão.

Um dia, eu e o pai estávamos indo de carroça buscar lavagem pros porcos. Lavagem é como se fosse uma sopa estragada. Um pessoal da cidade junta pra gente (mas não é a gente que come) todo o resto de comida, casca de fruta, legume e outras coisas. Duas vezes na semana, eu e o pai ou eu e o Nômio recolhemos tudo com a carroça e deixamos azedando num tonel velho de óleo. A gente alimenta os porcos com isso. Eles gostam, porque fazem a maior festa. Fico com vontade de cuspir.

Nômio estava meio bravo ainda, e não quis ir buscar a lavagem. O pai chamou ele de vagabundo e acabou me levando. Foi bom porque pude ver a cidade sendo reconstruída, agora que botamos os gringos pra correr. Tem muito barulho de motor lá e máquina de todo tipo. Os balões de passageiros passam logo acima da cidade, que agora é rota para a Estação Central do Brasil, lá na capital. Era dia de feira, e tinha cheiro de churrasco e gasolina misturados. O pai disse pro Teodoro Puro, que estava parado tomando caldo de cana, que era o progresso chegando em Nova Iguassú. Os laranjais dos arredores estavam sendo mecanizados outra vez pra começar a produzir suco concentrado, que tem um gosto meio amargo, mas se misturar com água e um pouco de açúcar fica bom. O pai diz que gosta mais de cavalo, porque é bicho vivo, mas já vi ele espichando o olho pra camionete do Teodoro Puro. Ia ajudar bastante no sítio. Mas a gente não tem dinheiro pra comprar uma. O pai lutou na guerra, perdeu um olho, levou tiro, e nem medalha ganhou, imagina dinheiro. Nem dá pra pedir emprestado nos bancos da capital. O Nômio disse que é porque ninguém gosta da gente lá, o que deixou o pai muito irritado. Acho que eles não gostam mais um do outro.

Enquanto o pai carregava os baldes de lavagem, Teodoro Puro me pagou um guaraná e um pedaço de chouriço. A gente ficou andando pela feira, vendo as mercadorias dos ambulantes. Merlin vinha atrás da gente, todo suspeitoso. Uma mulher tinha esticado um lençol azul no chão e estava vendendo exemplares ensebados do *Gibi*, enciclopédias faltando volumes e livros meio amassados. Um deles tinha a capa azul desbotada, com um cavaleiro erguendo a espada no meio de um clarão de luz. Não liguei muito, estava namorando um boneco de chumbo tombado ao lado do livro. Gosto de livros e de histórias, mas gosto mais de bonecos.

– Você quer esse livro? – perguntou Teodoro Puro, parando perto de mim e apontando com a bengala para o livro azul. Ia dizer que não, mas fiquei com vergonha, ameacei abrir a boca e acabou saindo um *sim* meio rasgado. Ele pegou umas moedas do bolso e deu na mão da mulher. – *A morte de Artur.* Tem um bruxo aí com o nome do seu cachorro – ele folheou as páginas e parou no desenho de um velho muito barbudo. Quando o rei retornar, o anel espera por ele.

Agora eu tinha um livro. Abri um sorriso amarelo e saí sem agradecer. Enrolei o livro e guardei no bolso. O pai já me esperava na carroça.

– O que é isso aí?

– Um livro de rei – respondi. – Teodoro Puro me deu.

– Livro de rei, né? – ele disse, com aquele jeito de falar que nunca dá pra saber se ele está reclamando ou só pensando alto no que a gente falou. – Teodoro Puro só anda trazendo mau agouro, ultimamente. Cuidado com isso.

A carroça voltou carregada de lavagem, um fedor que parecia queimar o nariz. Merlin ia margeando a estrada, sumindo no mato aqui e aparecendo ali, no encalço de bicho que só ele sabia qual era. E o pai só olhando de esguelha:

– Esse aí é filho do demônio.

Eu não respondia mal ao pai, como o Nômio. Mas não gostava quando ele falava assim. Era implicância com os olhos do Merlin, que à noite brilhavam vermelhos. Confesso que eu tinha um pouco de medo quando isso acontecia, mas era só a luz refletindo. O pai sabia disso também, que ele não é besta, mas ainda assim ele repetia: filho do demônio. Merlin Filho do Demônio. Era como um sobrenome. Ou uma alcunha, que é como um nome, mas não de verdade.

Enquanto subíamos a estrada, eu olhava a cidade diminuindo na estrada atrás. Muitas bombas e tiros caíram em Nova Iguassú durante a guerra. Nômio diz que, quando os americanos bombardearam o Rio de Janeiro, o presidente Vargas escapou para o Rio Grande do Sul, mas muitos resistentes, as pessoas normais que não gostaram da invasão, ficaram espalhados pela Baixada Fluminense. Porque tem muita mata, morro e gente comum, o que facilitava na hora de se disfarçar e atacar. Ele e o pai lutaram na guerra. Eu queria ter lutado, mas ainda era pequeno. Mas me lembro muito bem de ver os clarões e os assovios lá pros lados do Morro do Vulcão. Os buracos de granada, casas destruídas e marcas de tiros ainda estão lá. A cidade é feita de cinza, cimento e barulho das máquinas voltando a trabalhar, soltando umas colunas de fumaça preta pro céu. Pequenininha lá longe.

De volta ao sítio, encontramos Nômio consertando o gerador. Havia um vazamento de óleo, e por conta disso havíamos perdido quase toda a cota de diesel da semana. Ele estava com a cara toda suja. Quando ergueu os óculos de proteção, a única coisa que não estava manchada eram os olhos. Ele e o pai ficaram conversando sobre como ligar a máquina de solda sem a eletricidade fornecida pelo gerador. Era o mês de julho e estava muito frio, mas o pai arrancou a camisa e foi ajudar o Nômio.

– Levi, dá comida pros bichos – ele mandou.

Deixei o livro que Teodoro Puro me deu na mesa da cozinha e fui pro terreiro. Joguei milho pras galinhas e pros patos, depois fui pegar a lavagem na carroça. Era a parte que eu menos gostava, porque o troço fedia muito e parecia com a comida que o pai fazia. Enchi os baldes e despejei tudo no chiqueiro. Os dez porcos vieram guinchando e roncando, disputando espaço no comedouro, empurrando, forçando, mergulhando a cara na comida. Era engraçado. Merlin ficava nervoso, latia o tempo inteiro e eu ficava mandando ele calar a boca.

De noite, jantamos à luz de lampião. Era sopa de legumes com pedaços de carne de porco boiando. Só comi o pão. O pai e Nômio beberam cachaça pra limpar os pulmões da fumaça do gerador. Eu bebi suco de laranja concentrado.

– Vamos ver aquele livro – disse Nômio.

Ele leu pra mim até quase meia-noite, contando a história do jovem chamado Artur, destinado a ser o rei das Inglaterras, que tirou uma espada da pedra e formou um grupo de valentes cavaleiros chamados Távola Redonda. O mago Merlin deu pra ele uma espada mágica chamada Excalibur, com a qual ele venceu muitas batalhas. Artur e os Cavaleiros da Távola Redonda encontraram um copo que tinha o sangue de Nosso Senhor e era sagrado.

O pai mandou a gente dormir, porque amanhã era dia de trabalho e essa coisa de rei era besteira. O Pai não gosta de reis nem de generais.

Eu queria ter uma espada mágica. Sonhei que tinha uma.

Pouco depois do sol nascer, peguei minha espingarda de chumbinho, botei um naco de carne seca no bolso e fui com Merlin caçar preá na mata dos fundos de casa. Havia uma trilha aberta até o Rio das Velhas, aonde o pai às vezes ia. Ele não gostava que eu fosse até lá, porque tinha uma cabana velha que servia de depósito dos caçadores da região. Tinha muita arapuca por ali, que é um tipo de cano cheio de pólvora com uma linha escondida no capim. Quando um bicho pisa, toma um tiro e cai morto. O pai tem medo disso e me proíbe. Mas eu vou assim mesmo, porque lá tem uns preás bem gordos. Só não vou à cabana, sei lá o que tem lá dentro.

Entrei no matagal, espingarda embicando para onde Merlin apontava o focinho. Segui pela trilha por mais de hora sem ver nem sinal de bicho. A terra estava molhada da chuva da noite, quase virando um lamaçal. O Rio das Velhas não estava longe, dava pra ouvir ele chiando nas pedras. Merlin estacou de repente, orelhas em pé, farejando o ar.

– É preá?

Mal perguntei, Merlin disparou a correr pra dentro do mato, fazendo uma algazarra nos arbustos. Um socó saltou das folhagens e fugiu aos pulos pela trilha cada vez mais estreita, as penas eriçadas. Antes que Merlin conseguisse alcançá-lo, a ave agitou as asas e foi parar no alto das árvores. Fiz mira e atirei – o chumbo passou longe, longe. O socó sumiu de vista, mas devia estar por ali, pois Merlin botou as patas dianteiras no tronco da árvore e começou a latir e a rosnar. Depois deu a volta na árvore e então eu escutei um barulho muito alto e um gemido interrompido. Corri pra ver. Merlin tinha pisado numa arapuca, e um tiro acertou seu peito. Ele estava caído, as folhas respingadas de sangue.

Lembro de ter gritado como se uma faca tivesse entrado na minha barriga. Queria correr, chorar, tudo de uma vez, minha perna dava um passo, voltava, ia pro outro lado, e eu não saía do lugar, aterrorizado. Antes que eu percebesse, estava com Merlin no colo, o sangue empapando minha camisa, correndo desembestado pela trilha. A mata acabou, passei por baixo da cerca de arame. De longe, vi a figura do pai, do Nômio e de mais dois homens de terno conversando no portão. Gritei por ajuda, todo mundo se virou, assustado, viu que era eu e voltaram a conversar algum assunto mais importante que o cachorro morto nos meus braços. O pai vociferava com eles, Nômio estava agitado, parecia bêbado ou com vontade de quebrar a cabeça de alguém. Tombei de joelhos, já não aguentava o peso de Merlin. Deixei-o no chão e fui chorar perto do pai, puxando-o pela camisa, apontando o cadáver. O pai me deu um solavanco, eu caí sentado.

– Tem que bater é nesses filhos da puta aí – gritou Nômio, me puxando pelo braço.

– Você cala a boca – disse o pai.

– Mas esses caras chegam aqui e dizem que são donos da casa dos outros – Nômio gritou ainda mais alto.

Os homens balançavam papéis amarelados na cara do pai, que parecia sussurrar com alguém invisível ao lado dele.

– Temos a escritura que prova que o sr. Abílio Constâncio é o proprietário legítimo dessas terras. Ele a quer de volta, é direito dele, sr. Santos.

Trovão, o sobrenome era Trovão, eu sabia muito bem.

– Isso aí é só um papel de limpar a bunda – disse Nômio. – Vocês são uns grileiros safados, isso é que vocês são.

Mais tarde descobri que grileiro era um sujeito que falsificava documento pra roubar terra. Aqueles caras queriam roubar a nossa. Por isso o pai e o Nômio estavam bravos. Mas eu estava era preocupado com o Merlin.

– Assine a notificação, sr. Santos – disse tranquilamente um dos homens, como se estivesse habituado a roubar a casa dos outros. – Não pode desobedecer à Justiça. Cedo ou tarde, o senhor vai ter de sair. Pode acabar preso. O que vai ser dos seus filhos se isso acontecer?

Havia um sorrisinho debochado abaixo do bigodinho dele. Isso foi o suficiente para fazer Nômio explodir. O soco no estômago fez o homem se curvar e tossir feito um tuberculoso.

– Está maluco, moleque? – disse o pai, agarrando Nômio pelos braços.

– Deixa eu agir como homem pelo menos uma vez – ele respondeu. Olhava fundo no olho do pai, disputando território. O pai sustentou a encarada:

– Pega seu irmão e entra na casa.

Nômio respirava forte, parecia que ia engolir alguém. Por fim, cuspiu no chão, agarrou meu braço e saiu pisando duro.

– Podemos esquecer esse incidente desagradável se assinar a notificação de despejo, sr. Santos – um dos homens sugeriu, amparando o colega agredido.

– Essa terra é minha – o pai estava de pé feito um Cavaleiro da Távola Redonda, bloqueando a passagem dos invasores Saquensões.

Os dois homens balançaram a cabeça.

– Pois bem. Como o senhor quiser. Voltaremos amanhã com o subdelegado. Passar bem.

O pai ficou lá até os homens desaparecerem na estrada. Depois veio na direção da casa.

– Se prepara, Levi. Ele vai entrar aqui cuspindo marimbondo. O pai anda cuzão demais – disse Nômio.

Mas o pai entrou em casa e foi direto tomar um copo de pinga. Ficou um tempão olhando para o crucifixo na parede. Bebeu mais.

– Pai... – choraminguei.

Ele entornou o terceiro copo. Olhou pra mim. Respirou fundo, soltou o ar carregado de álcool.

– Eu sei. Precisamos dar um enterro digno pro filho do demônio.

Merlin foi enterrado no terreiro, debaixo da mangueira de que tanto gostava. Anoitecia. Não tinha estrela no céu, só o rastro iluminado dos dirigíveis acima das nuvens a caminho da Central do Brasil.

Choveu.

Tomamos sopa outra vez à luz de lampião. O pai não deixou Nômio beber além de duas doses da cachaça cheirosa dele. Pela primeira vez, vi os dois conversando sem muita rispidez. Fiquei um pouco feliz. Mas o que eles falavam não era coisa boa: em toda a Baixada, as pessoas estavam sendo expulsas de suas casas por grileiros que falsificavam documentos e compravam ordens de despejo.

– Ontem na cidade, Teodoro Puro disse que a polícia despejou a família do Apolinário. Semana passada, fizeram o mesmo com o genro do Tibúrcio. O velho me alertou que os próximos seríamos nós e os Silvanos. Esperava que Teodoro Puro estivesse exagerando. Não estava.

– Pra que eles fazem isso, pai? Tomar a terra dos outros – eu quis saber.

– A região está crescendo, filho. Aqui só tinha mato, pântano e malária. O povo chegou, limpou a terra, drenou os charcos, tornou o solo bom pra plantar. Agora que a guerra acabou, as cidades estão crescendo, as fábricas estão chegando, o valor das terras subiu. Mas a minha ninguém vai tomar.

Vi um sorriso na cara de Nômio.

O pai mostrou uma arma. Ele disse que o nome era Mauser. Era dele havia muito tempo, desde antes de eu nascer. Às vezes, ele a tirava de dentro de uma caixa e passava horas limpando. Acho que ficava lembrando.

– Quantas pessoas o senhor já matou com isso? – perguntei. Recebi uma cotovelada de Nômio nas costelas.

– Hora de dormir, moleque – respondeu o pai.

Nômio deitou na rede e começou a ler o livro do rei Artur. Os Cavaleiros da Távola Redonda (que é um tipo de mesa sem canto, pra que cada cavaleiro tenha a mesma importância) haviam se reunido e planejavam sair numa busca pelo copo onde José de Arimateia, que era muito parecido com Teodoro Puro, havia recolhido o sangue de Jesus. O nome da busca era A Demanda do Santo Graal, que era o nome desse copo. Os cavaleiros enfrentaram muitos perigos atrás dele, mas só um cavaleiro puro de coração poderia encontrá-lo. Eu gostava de um cavaleiro chamado Galvão, mas ele não era livre de pecado, e quem acabou encontrando o Graal foi Galaaz, um chato, o único que conseguiu sentar na Cadeira Perigosa sem morrer.

– Pra que servia esse Graal, Nômio?

– Ele podia consolar os que sofriam.

– Mas como um copo podia consolar os que sofriam?

– Enchendo de cachaça, talvez.

Eu ia rir, mas vi o vulto do pai aparecer na soleira da porta.

– Respeita as coisas de Deus, moleque – ele disse. – O Graal tinha a água da vida. Alimentava quem tinha fome e iluminava quem estava nas trevas.

– Eu poderia ressuscitar o Merlin com essa água da vida, se eu encontrasse o Graal?

– É só uma história, filho.

– Eu sei, pai. Eu sei.

– Agora dorme. Eu e seu irmão precisamos conversar na cozinha.

Não foi fácil dormir. Sonhei a noite toda com Merlin latindo, Merlin pulando, Merlin ganindo, Merlin morrendo. Sonhei que era mais que um cavaleiro, era um Rei, e meu castelo era aqui no alto do morro, meu reino era a terra lá embaixo, Tinguá, Guandu, Vila de Cava, Miguel Couto, Grama, Queimados, Caxias, a Baixada inteira, e Merlin era meu mago, minha montaria, meu escudeiro.

Acordei de madrugada com o vento uivando na janela, uma friagem me fazendo trincar os dentes. Nômio já roncava na rede, pelo jeito havia tempos. A lua iluminava a parede do quarto. Cobri a cabeça com o lençol para espantar o medo, tentei voltar a pegar no sono. Foi quando ouvi um latido baixinho. Parei para prestar atenção. Era mesmo um latido, vindo lá do terreiro. Olhei pela janela e vi, embaixo de um raio de lua, Merlin vivinho da silva. Parecia me chamar.

Eu o queria de volta, fantasma, espírito, coisa ruim ou filho do demônio que fosse. Fiz o sinal da cruz, entreguei-me para a Santa do Pai e saltei a janela, com cuidado para não acordar Nômio.

O terreiro ainda estava molhado pela garoa do comecinho da noite. Uma neblina leve havia coberto as árvores. As únicas coisas que não me deixavam crer que estava sonhando eram os grilos no mato e os roncos dentro de casa. E o frio que subia pela terra úmida e me fazia tremer o espinhaço. O que eu estava fazendo ali não sabia. Ou era de muita valentia ou burro que nem porta. Mas lá estava o Merlin, balançando o rabo e se revolvendo como quem pede pressa. Meu olho foi direto na cruz de pau no lugar onde o enterramos. Fui chegando mais perto. Ele se deitou, todo humilde, o rabo entre as pernas. Não tinha marca de tiro ou mancha de sangue, muito menos parecia com alma penada. Era o Merlin como que vivo, só que mais brilhante.

Majestade, cumprimentou ele. Ao me ver recuar, acrescentou: não precisa ter medo. Estou aqui para servi-lo.

– Você fala.

Ele assentiu: sim, majestade.

– Você é anjo ou diabo, então?

Nem um nem outro, senhor. Sou apenas um cão.

– Um cão morto.

Mortíssimo, majestade.

– E você acha que está certo assim, um bicho morto teimar em andar por aí?

Desculpe, majestade. É que me pediram um favor.

– Favor?

Uma mariposa atravessou o raio de luz e tornou a desaparecer no breu do mato. Merlin latiu para ela.

Preciso lhe mostrar, disse ele, e saiu correndo na direção da trilha onde caçávamos preás. Eu não devia ir, podia ser o Diabo me atraindo para a morte no matagal. Mas algo me dizia para segui-lo, e eu segui.

Foi assim que acabei no fim da trilha, no meio da madrugada, olhando para a cabana mofada na curva do rio.

É aqui, majestade, latiu Merlin, apontando o focinho para a cabana dos caçadores. Não estava trancada. Quase nunca tinha nada lá dentro pra isso.

Entrei.

A parede de ripas era cheia de buracos e capim crescia no chão de terra. Era um pouco difícil respirar ali dentro, era frio e pesado e escuro.

– O que é isso?

Sua herança, Merlin respondeu. A Herança do Encoberto.

Veio então um clarão. Fechei os olhos, e ainda assim um rodamoinho de cores atravessou minhas pálpebras.

A luz se transformou em barulho, e quando abri os olhos era Nômio que estava em cima de mim, gritando, me sacudindo, no chão do quarto de casa. O pai estava abaixado sob a janela, enchendo de munição a velha N12 enquanto me olhava nervoso.

– Ele tá acordando, pai – gaguejou Nômio. A voz vinha de longe e parecia uma vitrola de baixa rotação.

Acho que ouvi o pai falar algo do tipo: a Santa disse que a sina do menino não é que nem a nossa. O caminho dele é obscuro.

– Seu Santos, seja razoável. O senhor tem uma criança aí dentro.

Era o subdelegado quem gritava na frente de casa. Já era dia, e os dois homens cumpriram a promessa de retornar com a polícia. Mas o pai também ia cumprir a sua. Não entregaria a nossa terra. Havia uma caixa de balas aos seus pés. Portas e janelas estavam fechadas, apenas com uma fresta por onde enfiar o cano da espingarda. Estávamos encastelados. Era nossa Camelot.

– Nômio – sussurrei –, eu sei quem é o rei dessas terras, sabia? Merlin me contou.

– Pai, ele tá delirando – a Mauser na cintura de meu irmão brilhava tanto.

Tanto.

Tive que proteger os olhos.

Voltei para Merlin.

A parede da cabana estava coberta de recortes de jornais com fotos do imperador dom Pedro III. O Globo, Jornal do Brasil, Diário de Notícias, todos exaltando o gosto do monarca por negras, a estação Central do Brasil para onde afluíam dirigíveis do mundo inteiro, a inteligência, o refinamento, a es-qui-zo-fre-nia, o filho estranho gerado na velhice, o golpe militar.

O último rei do Brasil, disse Merlin, farejando a cabana e meus pensamentos. Um bom homem. Mas agora o rei é você. Precisa recuperar o trono.

Fiquei observando-o mijar no canto. Um fedor forte subiu e suplantou o cheiro de mofo.

– E como eu faço isso?

O Encoberto renascerá na Hora Negra de seu povo.

– Como o rei Artur.

Você é um rei Artur.

– E você é Merlin, o Filho do Demônio.

Ele balançou o focinho.

Tenho algo para o senhor, majestade. Algo que espera há muito tempo para retornar às suas mãos. Venha comigo.

Segui Merlin para fora da cabana e para dentro da noite. A mata havia silenciado. Uma poeira silenciosa formava um caminho fantasma pela beira do rio. Tive medo de escorregar e desaparecer nas águas, mas, guiado por Merlin, cada passo era sólido.

Chegamos numa elevação na margem. Tinha capim-limão e flores vermelhas. Um perfume adocicado no vento, como se a água fosse amaciante de roupa. Eu estava lembrando. O rio corria no escuro, mas o movimento das águas refletia a lua. Estava lembrando.

Merlin e eu estávamos lado a lado, olhando a correnteza.

Sua majestade está encantado no Graal-Pedra. Aguardando-o. Precisa libertá-lo de lá. É sua missão.

Merlin ficou rodando atrás do próprio rabo.

– Tá, mas como eu faço isso?

Ele espichou o focinho para o rio, onde algo começava a acontecer. As águas borbulhavam. Algo emergiu do Rio das Velhas. Uma lâmina reluzente. Uma guarda de aço e ouro moldada na forma de um leão de olhos esmeralda. Bela e brilhante. Um braço de mulher se projetava para fora do rio e nos oferecia a espada. Excalibur. A mão delgada voltou à profundeza, enquanto a lâmina pairava no ar feito truque de mágica. Lenta como música triste, Excalibur flutuou até mim. Uma corrente elétrica correu por meu corpo quando ela tocou-me os dedos.

Eu a empunhei, e os socós levantaram voo e os trovões explodiram no céu.

– Os filhos da puta estão atirando – disse o pai. Havia três buracos de bala na porta por onde o sol entrava. Nômio me arrastava pelo chão da cozinha, para evitar ser alvejado. Escondeu-me atrás do fogão e voltou rápido para junto do pai.

– Levi tá desmaiando e acordando toda hora. A gente precisa conseguir um médico, pai. Se ele ficar se tremendo todo assim vai acabar estourando alguma coisa na cabeça dele.

Mais uma saraivada de tiros acertou a casa, fazendo Nômio soltar um palavrão. Duas ou três balas atravessaram a janela e foram se alojar na parede oposta. O quadro do Sagrado Coração de Jesus se espatifou no chão.

O pai apoiou a N12 na fresta da janela e respondeu ao fogo. Tapei os ouvidos.

– Aguenta aí, moleque – Nômio disse para mim, enquanto rolava pelo chão e se posicionava na outra janela. Ao contrário da N12, os disparos da Mauser eram suaves, gostosos de ouvir.

Lá fora, o subdelegado ameaçava invadir e matar todo mundo se a gente não entregasse as armas e saísse com as mãos na cabeça. O pai parecia muito preocupado. Cápsulas vazias voavam da N12, mas seu único olho estava sempre em mim.

Feito uma lua brilhante.

O rio estava serpenteando na mata lá embaixo. Merlin e eu estávamos no alto de uma colina. A lua esburacada era como um olho observando a terra. As estrelas espraiadas lá em cima eram desenhadas com cinco pontas.

O Graal-Pedra está lá, disse Merlin, apontando para outra colina, do outro lado do rio. Ele é guardado pelo Rei Pescador, mas para chegar até lá é preciso atravessar o Jardim de Von Eschenbach.

Excalibur zumbia na bainha em minhas costas. Era grande demais para a cintura.

– Posso atravessar um jardim.

Não é tão simples. Sem um Coração Puro e de Moral Cristã, é impossível viver em Von Eschenbach. É o lugar mais perigoso de todos. Basta um pensamento ruim, e o Inferno tenta te arrastar com ele.

– Mas tenho Excalibur agora.

Sim, você tem. Venha, precisamos seguir andando.

Merlin continuou subindo o morro. Eu ia logo atrás, botando os pulmões para fora. Aos poucos, a colina foi se tornando menos íngreme e as estrelas mais próximas. Dava pra ver as linhas que as seguravam. As flores eram feitas de papel colorido, dobradas com cuidado.

– Parece que tudo é de mentira.

A vida é uma mentira, comentou Merlin. Olhe. Ali está o que viemos buscar.

Caído entre as flores de papel, um cavaleiro de armadura verde. Sua espada, cravada na terra, tinha tanta ferrugem que parecia estar ali havia séculos.

Olhei para Merlin. Ele fez um sinal para que eu seguisse adiante.

Respirei fundo. Cheguei perto do cavaleiro. Embaixo do peitoral, da malha e das manoplas só havia ossos esbranquiçados. Levantei a viseira do elmo e encarei o crânio sorridente.

Ele ergueu a cabeça e me encarou de volta.

Saltei para trás.

Quem perturba o sono do Cavaleiro Verde?, ele grunhiu, pondo-se de pé. Parecia o som de colares de contas caindo em um balde de ferro.

O Cavaleiro Verde tinha uns três metros de altura. E era um esqueleto. Um esqueleto coberto por uma armadura completa e com uma voz cavernosa.

Merlin deu um passo adiante e respondeu: o Rei Encoberto, o

Futuro Desencantado, Aquele Que Vai Libertar A Terra, Senhor do Quinto Império, Dom Pedro Augusto Miguel Rafael Sebastião e assim sucessivamente, e estamos aqui para reivindicar, em nome do juramento que o cavaleiro fez, sua Armadura Verde e Indestrutível.

Olhei para o cachorro, atônito.

O Cavaleiro Verde aproximou o crânio colossal de mim. A mandíbula se projetava para a frente, os dentes trincados.

Este merdinha é o Encoberto?

Como que respondendo ao insulto, Excalibur saltou assobiando para minhas mãos. Sem eu nem pensar, um golpe atingiu a fronte do Cavaleiro Verde e fez voar o elmo. O esqueleto cambaleou para trás, sem acreditar no que acabava de acontecer.

– Não acredito no que está acontecendo – gritou o pai, lá no meio do terreiro. – A gente não tem paz nunca?

Nômio acabara de sair de casa comigo nas costas. Meu corpo inteiro doía.

– A polícia vai matar a gente por isso – disse ele, parando diante do corpo do subdelegado. Mais quatro cadáveres estavam espalhados pelo terreno. A terra chupava o sangue feito uma vampira. Não se brincava com o Pai.

– A gente não teve escolha. Os putos chegaram atirando. Iam tomar nossa casa.

– Ninguém vai querer saber disso. Matamos o subdelegado, pai – Nômio estava cada vez mais assustado. Antes de sentir o corpo começar a tremer de novo, vi o pai, a cara dura de sempre, chegar perto de Nômio e ralhar com ele.

Estrelas de papel laminado.

A Armadura Verde se ajustou ao meu corpo misteriosamente. Merlin me ajudou a vesti-la. Era como se eu estivesse usando pedras de gelo sobre as roupas. Depois que Excalibur quase partiu seu crânio, o Cavaleiro se tornou a caveira mais humilde do mundo. Ajoelhou-se, me chamou de majestade e disse que apenas duas coisas no mundo podiam perfurar a Armadura: Caledfwitch, que era o nome pelo qual ele conhecia Excalibur, e a Lança de Longinus, porque esta, se furou Cristo, furava qualquer coisa. De bom grado ele cedeu a armadura, mas alertou que, em dois anos e um dia, mesmo o futuro Desencantado precisaria pagar o preço:

– Um golpe de morte, sobre você ou sobre quem lhe é caro – ele avisou, antes de seus ossos desabarem outra vez no chão.

Armado como um cavaleiro, desci com Merlin até o Rio das Velhas.

Nômio e o pai atravessaram com a água batendo na cintura. Minha calça estava molhada, mas as costas de meu irmão eram tão quentes.

Lua pintada.

Merlin pediu ajuda para desamarrar a corda que impedia o barco de ir embora pelo rio. Havia a cabeça de um cisne esculpida na proa, branca como marfim. Desfiz o nó, e logo estávamos navegando pela corrente. O Sol apareceu, percorreu o céu e deu lugar à Lua mais de cem vezes antes da viagem terminar. Merlin cantou canções populares, desfiou histórias sobre os Doze Pares de França, explicou detalhadamente a Matéria da Bretanha, contou da Batalha dos Três Reis, suas causas, sua preparação, suas estratégias. Eu ouvia e imaginava.

Numa das vezes em que eu cabeceava de sono, um bando de cisnes passou voando sobre o barco, deixando um rastro espiralado e brilhante de plumas. Foi como ver anjos em revoada.

Irmã Célia era como um anjo. Não era bela, mas era gentil e doce. Às vezes, meio brava. Talvez o pai não a amasse, mas era ela a quem recorria nas horas difíceis. Ela nunca se negava a nos ajudar. Dizia que eu era um menino bonito. Não conheci minha mãe. Queria que fosse ela.

Eu estava deitado em sua cama. Minhas roupas estavam secas. Nômio estava do meu lado, segurando *A morte de Artur*. Acho que estava lendo pra mim outra vez.

– Quando o rei retornou, o anel esperava por ele.

Essa parte mexia comigo, não sei bem a razão.

Acima da voz de Nômio, eu escutava Irmã Célia censurando o pai, chamando-o de burro, perguntando onde ele estava com a cabeça para matar um subdelegado e arruinar outra vez a própria vida e a dos filhos. Ele tentava se justificar dizendo que os homens estavam querendo roubar sua propriedade com grilagem e a polícia estava sendo conivente, que eu não sei o que é. *Quando o rei retornou, o Anel estava com ele.* Foi a primeira vez que ouvi Irmã Célia xingar daquela forma, dizendo que certo ou errado o subdelegado era um homem da lei e que sua morte não ia passar sem consequência, que na Baixada Fluminense inteira os grileiros estavam despejando pessoas e tomando suas terras para lotear e revender, que aqui nas margens do Rio de Janeiro o pobre estava ao deus-dará. Mas nada justificava matar um homem.

– E o que eu posso fazer? – explodiu o pai, quebrando o copo de café na parede.

Irmã Célia se calou.

– Desculpa – ele disse, olhando para dentro do quarto, direto para mim.

– Você podia fazer uma petição para a Superintendência de Política Agrária.

– Burocracia.

– Ou se encontrar com os homens da FALERJ[4]. São todos homens do campo lutando por suas casas, como você. Podem te dizer o que fazer. Teodoro Puro é um deles.

Nômio fechou o livro de repente. Perguntou se eu estava bem. Parecia assustado. Berrou pelo pai.

Água de plástico azul.

Merlin olhava pra mim da proa, curioso.

Você está tendo pesadelos, disse ele. É culpa desse lugar.

O barco havia chegado a um porto sombrio, que se erguia das margens lamacentas do Rio das Velhas. Atrás dos bancos de areia, entre espectros de árvores e máquinas a diesel, era possível ver o ponto mais alto das velhas indústrias de beneficiamento de laranja. Saltamos para o deque apodrecido. Eu ia amarrar a corda, mas Merlin me disse que não era preciso: não voltaríamos mais. Seria injusto abandonar o barco-cisne para morrer aprisionado naquele lugar horrível. E assim o barco seguiu seu caminho pelas águas.

Mas parte do "não voltaríamos mais" me pareceu bem desagradável.

Era um parque industrial abandonado da antiga Vila de Cava. Atravessamos o pátio principal entre as construções em ruínas. Os únicos sons eram os passos suaves de Merlin no chão de concreto, o rangido metálico da Armadura Verde e, de vez em quando, uma janela batendo ao longe. Parecia uma cidade fantasma, e me causava arrepios.

[4] *Federação das Associações de Lavradores do Estado do Rio de Janeiro.*

Olho vivo, majestade. Coisas terríveis habitam o que restou dessas fábricas, coisas piores que o Espírito do Capitalismo.

Demoramos noventa e nove horas para chegar ao meio da cidade arruinada. À noite, acendíamos uma fogueira com móveis velhos de escritório e ficávamos ouvindo o Espírito do Capitalismo uivando com o vento. O cheiro de lixo e fuligem era muito forte. Merlin ficava de guarda enquanto eu dormia. Saímos quando o Sol aparecia por entre a fumaça.

O caminho entre os enormes galpões ia ficando mais estreito. As paredes, o reboco despencando em diversos pontos, as fileiras de chaminés cuspindo fantasmas, tudo isso fazia meus cabelos se arrepiarem. Chegamos a um espaço de pouco mais de cinco metros de largura, onde o chão de lajes dava lugar a um longo trecho de bocas de lobo.

Os intestinos do parque estão aí embaixo, disse Merlin. Cuidado onde pisa.

As grades gemiam conforme eu pisava.

Excalibur veio parar em minha mão.

– O que é isso?

Uma nuvem preta subiu das bocas de lobo e nos encobriu. Vi a silhueta de Merlin rosnar, antes de ser engolida completamente pela fumaça. Senti minha garganta entupindo, os pulmões ficando pesados. Achei que fosse desmaiar. Mas o elmo da Armadura Verde se fechou e consegui respirar outra vez.

Corra, latiu Merlin.

A fumaça preta se fechou como uma mão gigante ao meu redor e se lançou para o ar feito um míssil, me levando junto. Vi as fábricas se tornarem pequenas feito maquetes, o chão cada vez mais distante. Meu braço escapou por entre os dedos esfumaçados. Excalibur, brilhando e zumbindo, atacou alucinadamente a coisa, mais me controlando do que eu a ela. Abria rasgos no negrume por onde era possível ver o azul antes que a fumaça preenchesse os rasgos outra vez. Minhas forças acabaram. O último dos cortes revelou a paisagem mais maravilhosa do mundo logo adiante. Árvores altas, frondosas, pássaros multicoloridos, cascatas, um arco-íris: o Jardim de Von Eschenbach.

Cavaleiro Verde, disse a fumaça. Deixe-me penetrar os seus

orifícios com meus tentáculos de fuligem. Um rosto perverso sorriu pra mim e acrescentou: você vai adorar.

O pânico e a raiva me deram uma última carga de força nos músculos. Excalibur riscou o ar, um corte tão profundo que decepou a fumaça ao meio, e foi além: abriu um brevíssimo talho no sonho. Através dele, vi Irmã Célia me olhando, e atrás dela o pai e Nômio.

– Esse menino precisa ver o médico. Isso não é normal.

A mão de fumaça perdeu a solidez e me vi despencando no vazio, sacudindo braços e pernas como se fosse um besouro. Fui caindo, caindo, o chão cada vez mais perto... Uma bolha brotou da Armadura Verde e me envolveu. Flutuei pelo ar, apreciando a vista do Jardim de Von Eschenbach, até tocar suavemente o solo, onde Merlin me guardava balançando a cauda.

Eu avisei para tomar cuidado, latiu ele.

Toquei a bolha com a ponta da espada e ela estourou sem ruído.

– Você disse pra ter olho vivo.

É a mesma coisa.

– Não é não.

Acordei com sede. Era madrugada. Pedi água. Nômio, que estava de pé ao meu lado, encheu um copo e me deu.

– Onde a gente está?

– É a casa da Irmã Célia – Nômio respondeu, medindo minha temperatura com as costas da mão. – Como você tá se sentindo?

– Enjoado.

– O pai arrumou um médico. Bom, na verdade um veterinário. Não é a mesma coisa, mas... Ele disse que você ia sentir náusea e dor no corpo por causa das convulsões. Pode ser alguma coisa na sua cabeça, moleque.

– Quero ver o pai.

– Ele não tá aqui. Foi se encontrar com o pessoal da FALERJ, pra ver se consegue tirar a gente desse lugar. A polícia tá querendo nosso couro.

– Quero ver o pai – repeti, nervoso.

Nômio tentou me acalmar. Leu mais um pouco do livro. Fiquei olhando pra ele. Tive um pouco de pena.

– Levi? – ele chamou, assustado.

O Jardim de Von Eschenbach era cercado por muros brancos.

Havia um portão de ferro fundido, cheio de anjos estilizados, encimado por uma inscrição que não entendi.

É latim, disse Merlin. *Quando o rei retornar, o anel estará esperando por ele.*

Com um rangido, o portão se abriu e revelou uma estrada de tijolos amarelos entre ipês azuis e vermelhos.

Entrei, mas Merlin ficou no limiar.

Virei-me para ele, enquanto o portão se fechava entre nós.

– O que foi?

Não posso ir além daqui.

– Por quê?

Sou o Filho do Demônio, Majestade. Minha alma não é pura. Nossos caminhos se separam aqui. Fiz o que me pediram.

Pavões andavam pelo jardim, alheios a qualquer ameaça que pudéssemos representar.

– Merlin...

Seus olhos estavam brilhando quando uma nuvem apareceu e o levou embora.

Eu estava vomitando num balde, amparado por Nômio. Meu estômago parecia conter um mar bravo que ondulava, remexia e subia para a garganta em vagas.

Alguém entrou no quarto, vi pela sombra que a lamparina projetava na parede. Um cheiro forte de hortelã e alho, a pisada leve no chão de terra. Irmã Célia era incapaz de surpreender alguém além do pai. Tinha um rosário na mão, dos tempos em que fora noviça. Agitava-o nervosamente entre os dedos. Avisou que vinha gente subindo a estrada a cavalo.

– Quem é? O pai? – o olho de Nômio foi direto para a Mauser sobre a mesa. Ele sabia que não era o nosso pai, e eu sabia que ele pensava que o pai nem estava mais vivo.

Irmã Célia balançou a cabeça.

– Vou lá ver quem é. Vocês fiquem aqui – disse.

– Eu fico na retaguarda, escondido perto da porta. Só por garantia. Levi se esconde embaixo da cama.

Claro que não obedeci. Embaixo da cama seria o primeiro lugar onde alguém mau ia procurar, todo mundo sabia disso. Cambaleei atrás deles.

Irmã Célia estava no alpendre, enrolada na manta pra se proteger da friagem. Mais além, um homem apeou do cavalo.

– É Teodoro Puro – sussurrou Nômio, mesmo antes de ver com clareza a figura que vinha falar com Irmã Célia. – Mas e o pai?

– Jerônimo Trovão me mandou buscar o menino.

Irmã Célia olhou para Nômio.

Teodoro Puro chamou o pai de *Trovão*, eu ouvi. Meus joelhos viraram pudim.

De tanto andar pela estrada.

As árvores do Jardim de Von Eschenbach cantavam. Era música suave, murmúrio de folhas e flores pela brisa fresca a me acompanhar enquanto caminhava. Mas nem isso, ou os pássaros de plumagem colorida ou os macacos exóticos, atraía mais a minha atenção após tanto tempo. Já estava exausto. A Armadura Verde parecia pesar como um boi. Por isso, foi com muita alegria que vi a estrada de tijolos amarelos penetrar numa clareira, circular uma enorme rocha e voltar de onde veio.

Não era uma rocha comum. Era uma esmeralda maior que três homens, com veios de ouro e prata. Emanava o perfume dos santos, o brilho do Empíreo e a paz do Cordeiro. O Graal-Pedra, o lugar onde minha Herança estava Encoberta. Senti falta de Merlin. Ele me diria o que fazer agora. Ajoelhei-me e rezei.

Então o Cavaleiro Verde, Rei Sob o Véu, Soberano às Margens do Rio, finalmente está aqui – alguém disse. A primeira coisa que vi surgir de trás da esmeralda foi o par de pernas roliças. Depois, as costas curvilíneas, os cabelos ondulados, a pele escura. O Rei Pescador era uma mulher belíssima. Usava um manto de seda e uma coroa de flores metálicas. Dançando em sua mão, uma lança.

É um menino ainda, ela disse, caminhando como um gato em minha direção.

Ela me circundou, um olhar muito agudo a me medir e pesar. Já não conseguia mais lembrar as palavras da prece. Ela era linda e me fazia sentir coisas – vontades – que nunca sentira até então. Comecei a suar sob a Armadura Verde.

Parece aflito, majestade, ela sibilou ao meu ouvido. A ponta quente e úmida de sua língua tocou meu pescoço. Com a boca próxima da minha, ela disse seu nome: Morgana Klingsor. Quando ela sorriu, o manto se deslocou um pouquinho e exibiu seu ombro. Foi aí que percebi que certas partes minhas não estavam sendo Puras e de Moral Cristã.

O jardim desapareceu, substituído por um lugar desolado. Gritos atormentados ecoavam ao longe, colunas de enxofre e focos de incêndio se espalhando pelo que antes eram árvores cantantes. Os troncos dos ipês tinham a forma de pessoas retorcidas, agoniadas. O céu era alaranjado, pendendo pro vermelho. O Graal-Pedra parecia agora só uma imagem, como se não estivesse mais ali de fato. A mulher gargalhou e me empurrou no chão. Ria da facilidade com que me envolvera. Precisou apenas de um minuto.

Levantei-me, a armadura pesando horrores. Morgana Klingsor ergueu os braços e, declamando versos estranhos, conjurou um esquadrão de Mouros Mortos. Eles se ergueram da terra esturricada, primeiro as mãos cadavéricas, depois as cabeças, por fim os corpos. Fizeram um círculo ao meu redor, cimitarras em punho. Usavam elmos, retalhos de túnicas e cotas de malha. Todos com uma vasta barba na cara defunta.

São esses os Sem Descanso do Alcácer, os Frutos da Batalha dos Três Reis, os Amaldiçoados que Esperam o Retorno do Encoberto para devorar-lhe as tripas.

Os Mouros Mortos gemiam e babavam, esperando a autorização da bruxa. Quando ela veio, através de um silvo agudo, Excalibur já estava saltando para minha mão. A espada riscou o ar. Duas cabeças e três braços voaram. Outro golpe, e mais pedaços de corpos voando. Ainda houve um terceiro antes que as cimitarras se chocassem às dúzias contra a Armadura Verde. Fui soterrado pelos inimigos. Mas tinha um detalhe: a armadura era mágica. Nenhum golpe me feriu. Excalibur se enfureceu. Começou a girar enlouquecida, golpeando mais rápido do que eu jamais conseguiria, decepando e fatiando tudo o que tocava. Mouros Mortos começaram a voar, despedaçados. A espada continuava sua batalha, alheia ao fato de estar presa à minha mão, até que só restassem pedaços de carne e ossos ao meu redor.

Sujo de sangue e gosma, virei-me para a bruxa e gritei:

– Nada pode me ferir enquanto eu usar a Armadura Verde. Nada, exceto Excalibur e...

...a arma do centurião Longinus, a bruxa completou. A lança nas mãos dela se enterrou na minha barriga, perfurando a Armadura Verde como se fosse de papelão. Mas Morgana Klingsor não pôde comemorar: a lâmina quente de Excalibur estava fincada em seu coração. Ela me encarou, surpresa. Escorreu sangue de sua boca. Uma cascata vermelha. A bruxa foi escorregando, escorregando.

Caiu morta ao chão. E eu não ia nada bem. Um buraco no estômago é coisa que dói um bocado. Minha boca também estava cheia de sangue.

A visão estava turva.

Indo e voltando.

– São ordens do seu pai, fedelho. Preciso levar o menino para um lugar seguro antes que a polícia chegue aqui – disse Teodoro Puro.

– Seu mentiroso. Não sei o que fez com o pai, mas não vai levar meu irmão – respondeu Nômio.

– Deixe de ser idiota. Não pode me impedir.

Nômio apontou a Mauser 96 para o rosto do velho.

– Isso pode.

Com a expressão serena, Teodoro Puro arrancou a pistola de Nômio como quem toma o doce de um bebê e o derrubou no chão. Foi sua vez de apontar a Mauser.

– Como eu disse. Não pode me impedir.

Engatilhou a arma.

– Eu posso – disse o pai, quebrando uma cadeira nas costas de Teodoro Puro.

Minhas mãos ensanguentadas deixavam impressões no Graal-Pedra, que estava lá outra vez. Eu não sabia como tirar dele minha Herança. Merlin nunca havia me dito. Chutei a pedra. Soquei a pedra. Gritei para a pedra. Cuspi na pedra. E só então fiz o óbvio: ergui Excalibur sobre a cabeça e desferi o golpe mais forte que pude.

O Graal-Pedra se abriu de cima a baixo com um grande clarão.

Protegi os olhos do pequeno sol. Alguma coisa ligou na minha cabeça feito um motor de Supersuiza. Eu sabia por que me chamavam de majestade. Lembrei de um monte de coisas, sem conseguir organizar as imagens que me vinham aos borbotões. Os detalhes. Da batalha do Alcácer, da ferida mortal entre as costelas. Da travessia do oceano para escapar das garras de Napoleão. Do Império do Brasil. Do corpo novo que os maiores cérebros da Alemanha e do Brasil projetaram para o Retorno do Rei Eterno de Portugal, Algarves e Brasil. Dos generais que me derrubaram. Da mente escondida dentro da mente, esperando o gatilho certo para vir à tona.

Quem saiu da Pedra não foi Artur ou dom Sebastião, mas eles dois e ainda outros. O Velho Rei era todos os Reis Desejados pelos povos e nações, todos os messias que vieram e que virão. Ele me amparou e, com carinho, tirou a lança de mim. Eu envelhecia e ele se tornava mais jovem. Eu morria e ele vivia. Desaparecia Levítico Trovão e retornava dom Pedro Augusto de Saxe-Coburgo e Bragança.

Eu renascia sendo Outro, e ainda assim Eu, e mais ainda, Rei.

A chuva caia forte. O terreiro se transformara num atoleiro e arena para Jerônimo Trovão e Teodoro Puro se engalfinharem. Eu conhecia os dois, assim como conhecia o rapaz caído no alpendre e a mulher encolhida aos prantos, segurando uma pistola. Apanhei a arma de sua mão e mirei. Ainda não estava acostumado a um corpo tão jovem.

Disparei.

Lá longe, Jerônimo Trovão caiu.

Teodoro Puro se virou, surpreso.

Por um tempo, ficou imóvel. Parado sob a chuva, os olhos arregalados. E então finalmente entendeu.

Correu até mim. Beijou-me a mão infantil.

– Quando o rei retornar, o anel espera por ele – disse eu.

– Sou o que resta do Anel de Aviz, majestade. Perdoe-me despertá-lo antes que seu novo corpo estivesse maduro, mas são tempos difíceis e a oportunidade acaba de surgir. A Baixada Fluminense está se sublevando contra os militares, agora que estão enfraquecidos. Seu povo precisa de você. Precisa do imperador.

Um relâmpago, um trovão, dois anos e um dia. Em algum lugar da noite, um cão uivava.

Não faz cinco anos que nosso belo país sofreu uma invasão estrangeira. As tropas americanas e seu armamento infinitamente superior devastaram nossa capital, obrigando o grande general presidente, Protásio Vargas, a se retirar estrategicamente para Florianópolis. De lá, organizou e liderou com bravura os grupos de resistência que atuaram como espartanos na zona rural do Rio de Janeiro, arrancando das mãos americanas um armistício que, se não era nos melhores termos, ao menos impediu mais derramamento de sangue de brasileiros e a dizimação do complexo industrial nacional. E agora, o que fazem os pedristas? Violam o armistício, arriscando-se a incorrer na ira do gigante do norte outra vez. No meu tempo de menino, chamávamos isso de cutucar a onça com vara curta. Não queremos guerra outra vez. Meus jornais e revistas apoiarão com orgulho nosso presidente Vargas e o Brasil Novo.

– Trecho do editorial de
Assis Chateaubriand para
a revista "O Cruzeiro".

PARTE QUATRO:

CERCO AO REINO ALEGRE

1948 (QUEM CANTA ORA DUAS VEZES)

1: Revolucionários do mundo, uni-vos

O velho seguia na frente, olhos semicerrados para se proteger do vento, as mãos enfiadas nos bolsos de um casaco comprido enquanto lá embaixo o mar se agigantava, indeciso entre a calmaria e a revolta. Mirava longe, bem para lá da arrebentação, onde as águas escuras começavam a desanimar, e via o mar também dentro de si, aquela incerteza sobre força ou gentileza, fluidez ou imensidão, fazer deslizar um navio sobre a linha d'água ou arrastá-lo para as profundezas. Era um velho diferente dos outros velhos, uma velha sequoia cujos ramos iam cada vez mais longe.

Mais onze pessoas desciam com ele pela trilha, evitando os torrões de terra molhada e os pensamentos sobre cama seca, espectros meio encobertos pela atmosfera nebulosa da madrugada. Quatro homens e cinco mulheres. Eles, antigos companheiros da guerrilha nas matas do Tinguá, do sangue que correu junto pelas folhas e da comida meio podre repartida com alegria. Elas, freiras Piedosas com imperturbáveis rostos de porcelana e cabeças cobertas, crucifixos de madeira pendurados sobre o peito, vez ou outra murmurando uma prece para que o Senhor guiasse cada passo daquele encontro e que ninguém precisasse morrer. Não por elas, que as Piedosas não tinham medo. Estavam preparadas para derramar sangue, seu e dos outros. Carregavam espingardas penduradas nas costas, mas acima de tudo confiavam que suas almas estavam a salvo e que gozariam de uma vida espiritual plena ao lado de Cristo no Paraíso.

Protegido pelas freiras e pelos homens, o velho alcançou a praia.

Inspirou o ar salgado com desgosto.

– Odeio o mar – disse, enquanto os homens se espalhavam pela areia e as Piedosas se ocultavam nas rochas mais altas. – Lembrem-se, meus caros, somos todos amigos até eu indicar o contrário.

O velho caminhou até a beira da água, deixando as marcas de suas botas impressas na areia. Parou a poucos centímetros do ponto em que as ondas mais ousadas desistiam e se recolhiam de volta ao oceano. Pensou por um momento em como a escuridão havia engolido sua escolta, quase como se não estivessem lá, e o mundo inteiro era um punhado de estrelas e o chiado de um mar sombrio. Espantou essa imagem para longe, da mente. Tocou no revólver que trazia na parte de trás da calça e sentiu-se mais aliviado. Mais jovem, até.

Empertigou o corpo e esperou, guardado pelas miras telescópicas das Piedosas.

Esperou mais um pouco, até uma luz piscar três vezes, bem além de onde as ondas se erguiam. O velho deixou um sorriso nascer, rangendo feito uma dobradiça enferrujada.

– Amigos até eu indicar o contrário – ele disse outra vez. Puxou uma lanterna do bolso e respondeu ao sinal com três outras piscadelas. Depois observou por um binóculo.

Um bote vinha em direção à praia, deixando para trás um rastro de espumas brancas e a silhueta do que o velho julgou ser talvez um submarino. Exatamente como seus novos patrocinadores haviam combinado.

Tentou distinguir se o bote trazia o que fora prometido, e se era possível perceber algum sinal de hostilidade nos sujeitos a bordo. Mas era impossível. Mesmo se tivesse a visão de seus melhores anos, ainda assim seria impossível enxergar alguma coisa na distância e no breu. Um punhado de estrelas lúgubres e um mar sombrio, pensou outra vez.

O bote avançou até quase a praia e parou. Três homens saltaram da proa e, com água pela cintura, puxaram-no até a areia, gritando uns com os outros no que o velho julgou ser o mais legítimo idioma da Mãe Rússia, embora não fosse capaz de diferenciar o russo do polonês ou do mandarim. Mais quatro marujos desembarcaram, entre eles o que parecia ser o oficial. Tinha uma respeitável barba preta e usava um gorro. Vestia-se melhor, observou o velho, e tinha um charuto na boca, o que por si só já o alçava a uma categoria muito diferente dos moleques pálidos e alourados trajando roupas de marinheiro. E que empunhavam fuzis, ele também notou. Ficou apreensivo. Os russos provavelmente não sabiam o que encontrariam naquela praia, uma arapuca ou algo do tipo. Patrulhas americanas circulavam por essas águas com muita frequência. Não seria nada bom esbarrar com uma delas a essa altura. Os rapazolas estavam tensos. Um gesto mais brusco, uma palavra fora de hora e alguém ia apertar um gatilho.

Voltou os olhos para o oficial diante de si. Estendeu a mão para cumprimentá-lo.

– Vai me perdoar por não falar espanhol – disse ele em francês, soprando fumaça para o alto.

O velho sentiu um cheiro leve de álcool. Deixou passar o lugar--comum e respondeu:

– Meu francês não é dos melhores, mas creio que o senhor me entenderá sem dificuldades, capitão.

– Aprendeu com as putas dos bordéis de Paris, a julgar pela pronúncia.

– Com as putas dos bordéis da Urca, para ser mais exato.

– Então seu dinheiro foi bem gasto. Línguas e bocetas sempre andam juntas, dizem por aí – o capitão apertou sua mão. – Sou seu contato. Por enquanto, sem nomes. Não estamos aqui, nunca estivemos aqui.

– Mas é claro. De nossa parte, todavia, não temos nada a esconder. Sou Teodoro Puro, protetor de sua majestade imperial dom Pedro Augusto de Saxe-Coburgo e Bragança.

– Sim, estamos bem informados sobre isso — o russo lançou um olhar na direção dos homens espalhados pela areia. Não podia vê--los, mas não era ingênuo. Sabiam que estavam ali. – Que bom para o imperador que seu protetor seja sábio o suficiente para andar com uma escolta armada.

– Minha vida é importante para o imperador.

– Imagino que seja.

– Assim como sua segurança deve ser importante para o Kremlin.

O russo gargalhou.

– A carga que trago talvez seja importante, meu amigo. Eu, nem tanto – disse, dando as costas ao velho e gesticulando para seus homens. – Existem centenas como eu em meu país, apenas operários na construção da Grande União Soviética.

Os russos desembarcaram três dúzias de caixotes largos de madeira e o empilharam na praia. O oficial apanhou o pé de cabra e abriu um deles. A tampa estalou quando os pregos se soltaram.

– Chamamos essas de PPSH – ele puxou algo comprido de debaixo das tiras de pano que protegiam o conteúdo dos caixotes e depositou nas mãos de Teodoro Puro. – É um fuzil-metralhadora. Destroçou pelotões inteiros de nazistas em Stalingrado, camarada. Puf, puf, puf, cabeças estouraram como melões maduros.

– Não são muito bonitas – disse Teodoro Puro, fazendo mira para o nada, alisando o cabo lustrado da arma, sentindo o peso. O cano era largo e um tambor enorme para munição ficava logo adiante do gatilho, como as velhas latas de goiabada.

– Quem precisa de beleza? Essas coisinhas são letais. E não há beleza na morte. Na miséria talvez haja, mas na morte não. Seus companheiros vão apontar isso e puf, puf, puf, cabeças explodindo, setecentos a novecentos tiros por minuto nos inimigos do seu imperador. Não é belo o suficiente? Não é uma visão tão quente quanto as pernas abertas das putas parisienses?

– É claro. Quantas dessas nos trouxe?

– Trezentas unidades prontas para uso, e munição para começar uma pequena guerra – o russo ergueu as mãos para a pilha de caixas como se fosse um mestre do picadeiro anunciando o espetáculo.

– Que bom – respondeu Teodoro Puro. – Porque uma guerra é exatamente o que vamos recomeçar por aqui. E esperamos continuar contando com a cordial colaboração de nossos irmãos soviéticos.

O russo fez uma mesura.

– Moscou ficará feliz em auxiliar um país tão grande e belo quanto o seu contra os porcos americanos que o infestam.

– Nós seremos gratos. Derrubaremos os militares corruptos e colaboracionistas que se instalaram no poder e restauraremos o trono ao imperador.

– O imperador. Sim, é claro.

Teodoro Puro não conseguiu descobrir se havia sarcasmo no sorriso do russo, mas pouco se importava desde que as armas continuassem vindo. Russos e americanos eram todos farinha do mesmo saco. Nenhum deles estava interessado em ajudar a causa do Reino, apenas em se atrapalhar mutuamente e estender longos dedos cobiçosos ao país alheio. Que assim fosse. Tão logo os ianques fossem escorraçados, o Brasil seria blindado contra a influência estrangeira, tão perniciosa.

– Traremos mais quatro carregamentos, um a cada quinze dias – avisou o russo, fazendo um gesto para seus homens puxarem o bote para a água outra vez.

– Diga aos seus chefes que precisaremos de mais que apenas fuzis-metralhadoras. Pode ser que os gringos se metam na nossa briga. Eles têm brinquedos bem eficientes. Quem tem mais brinquedos, ganha. É o que dizem.

O russo tragou seu charuto.

– Traremos alguns brinquedos interessantes, também. Daqueles que vão fazer os porcos morrerem de inveja. Bonecas russas. Matryoshkas.

– Seria maravilhoso. Estaríamos prontos em três meses.

O russo voltou para o bote e se acomodou na proa.

– Até a próxima, sr. Puro. Que os deuses da guerra abençoem seu imperador mais do que abençoaram o nosso.

Todos os malditos russos gargalharam. Dessa vez Teodoro Puro não teve dúvidas sobre o tom de escárnio. Mas continuava sem se importar. Ficou olhando a embarcação quebrar as ondas de volta para o mar aberto. Ainda ouvia ordens distantes em russo e um ruído de ferro se retorcendo. Ou imaginava ouvir.

– Até a próxima, seu ateu bêbado do inferno – resmungou, dando as costas para o oceano e caminhando devagar para onde seus homens o aguardavam.

– Tudo certo, senhor? – um deles perguntou, um mulato sem dois dentes na frente.

– Graças ao bom Deus. Vamos colocar todas as caixas nas camionetes antes que amanheça.

– Sim, senhor.

Teodoro Puro estudou o céu. Amanheceria em uma hora, talvez uma e meia. Ele subiu de volta o penhasco, as juntas começando a protestar. Encontrou o imperador de pé sobre uma pedra alta, os olhos voando lá para além do mar, rodeado pelo Anel de Aviz.

– Majestade, recebemos o carregamento – disse o velho. O imperador tinha o corpo de um menino, mas um porte tão altivo e voz tão empostada que os joelhos de Teodoro se dobravam automaticamente. Era como se um espírito antigo ocupasse seu corpo.

– Fico feliz, Maior Entre Meus Pares. Vamos libertar nosso povo e convocar o exército dos pobres. Esta terra será varrida pelos ventos do Senhor – o imperador respondeu, estudando cada rosto perto de si. – Que o Espírito de Santo Antão desça sobre você e ilumine seus pensamentos – ele ergueu um galho que carregava e tocou a fronte de Teodoro. Depois se voltou para a mais velha das freiras: – Que a Santa Virgem aqueça seu coração, Diaconisa Lúcia, superiora das Piedosas e a primeira a abraçar com devoção este menino retornado por Deus, a que põe a espada nas mãos das irmãs para que lutem pelos humildes – a freira repousou a arma sobre o colo e deixou-se tocar pelo galho.

– A Virgem Maria me avisou em sonho, meu imperador – ela disse. – Nossa Senhora não me falta.

– Que São Sebastião afie suas lâminas contra os que odeiam os justos, mestre Anísio. Ele perdoará cada um dos seus pecados – o homem chamado Anísio fez o sinal da cruz, prostrando a cabeça na terra, cabos de peixeiras saindo de seu cinto.

O imperador se voltou para o último dos quatro. Arnaldo, um caboclo que devia ter sido enorme, mas que agora não tinha mais pernas, amputadas por uma granada. Seu corpo estava encaixado no eixo de uma esteira Caterpillar, que ele usava para se locomover de lá para cá como uma cadeira de rodas.

– Cure-me, senhor – ele disse.

– Sua cura virá com o Reino, Cavaleiro – disse o Imperador. – Vestirá uma das armaduras. A mais importante delas. Tenha fé.

– Eu tenho – respondeu Arnaldo, a voz trêmula.

– Sua fé trará a cura. Oremos, agora meus Pares.

O imperador chamou as Piedosas e pediu uma prece. Ajoelharam-se na areia, mãos dadas, entoando graças e pedindo a vinda do Reino enquanto as caixas cheias de armas passavam em direção aos veículos e a guerra voltava a se anunciar no horizonte.

2: Quixote

Um pé de vento levantou uma nuvem de poeira que veio percorrendo a Praça da Liberdade como se tivesse saci dentro.

Eita, porra, pensou José Paladino quando seu caldo de cana se encheu de areia. Deitou o copo no balcão outra vez e bateu a sujeira da camisa.

– O tempo tá é virando – disse o Antunes do boteco.

José Paladino suspirou. O Antunes disse o que todo mundo atrás de um balcão diz quando não há nada a ser dito. O bloco de notas estava ali perto, com um lápis esperando ser apontado. A pauta da semana do Correio da Lavoura estava ali. Programação da quermesse da igreja, o porco que supostamente comeu um matuto lá para o Guandú, a jiboia de três cabeças, as abóboras maravilhosas do sítio Inhabuçú, as brigas nos campos dos sem-terra de Figueira e Vila de Cava. O de sempre.

– E diga lá, quando sai o seu jornal? – perguntou o Antunes.

– Semana que vem. Se chegarem as bobinas de papel. Está assim tão ansioso para ler sobre os novos pesticidas dos laranjais?

– Eu queria ler sobre cérebros eletrônicos.

– Não no meu jornal.

O Correio da Lavoura era o único jornal de Nova Iguassú, e José Paladino, o único repórter, editor, impressor, ilustrador, distribuidor e fotógrafo – mas só quando valia a pena gastar filme. Também fazia as palavras cruzadas e desenhava o jogo dos sete erros.

Uma galinha passou voando no meio do vento.

– Caramba, viu aquilo? – apontou Antunes.

– Vi. Talvez eu tenha encontrado minha primeira página – José Paladino foi até a porta do boteco e ficou observando a galinha aterrissar, confusa, no meio da rua. Logo em seguida, uma buzina roncou e uma camionete apareceu do nada, quase atropelando o bicho. Mas a galinha não interessava mais.

O carro estava cheio de Piedosas penduradas. Mais estranho: elas carregavam espingardas.

– As freiras estão armadas – disse Antunes. – E com muita pressa. Tô dizendo que esses rodamoinhos têm o diabo no meio.

José Paladino enfiou seu material na bolsa, engoliu o caldo de cana numa talagada só e correu.

– Não precisa ter pressa, a galinha não vai sumir – ainda ouviu o Antunes dizer.

Ele correu pela rua, até a cerca onde sua bicicleta estava presa com cadeado. Apalpou os bolsos, a chave não estava ali. Correu de volta para o Antunes.

– Aqui tu não deixou nada.

Voltou correndo para casa, subiu até o sobradinho em cima do açougue, revirou tudo, não encontrou a chave. Desistiu, irritado. Mesmo que saísse pedalando feito um Hermes por aí, não saberia para onde as Piedosas tinham ido. Era uma grande vida de merda, essa. A primeira notícia em meses.

Voltou para o Antunes. Pediu outro caldo de cana.

– Adivinha só – disse o Antunes, ligando a moenda. – A chave tava aqui, sim.

Paladino não teve ânimo de responder.

Ficou por ali fazendo hora, até o dia passar o suficiente para que pudesse tomar uma cachacinha sem sofrer nenhuma censura.

Um cachorro veio e se foi. A galinha, alguém levou embora. Um caminhão de gás cruzou a rua. O carteiro andou para lá e para cá, conferindo endereços, enfiando correspondência por baixo das portas.

Veio na direção do boteco. Entregou um bolo de envelopes para o Antunes.

– Contas, contas, contas – ele resmungou. – Só assim o governo lembra da gente.

– Conhece o Correio da Lavoura? – perguntou o carteiro.

Paladino ergueu as orelhas como um perdigueiro.

– É em cima do açougue – Antunes respondeu. Limpava laboriosamente o balcão.

– Eu trabalho lá – disse Paladino. – Na verdade, atualmente sou o único que ainda trabalha lá. Não é como se eu tivesse opção, na verdade.

O carteiro balançou a cabeça, concordando seja lá com que o homem tivesse dito.

– José Paladino Ferreira?

– Eu mesmo.

– Tem alguma identidade?

Paladino abriu a carteira e mostrou seus documentos. Só depois que o carteiro preencheu uma folha cheia de letras miúdas é que ele pôde colocar as mãos em dois telegramas.

O primeiro dizia: *SE QUER NOTICIAR A GRANDE RETOMADA DAS TERRAS ROUBADAS VG ESTEJA ESTA TARDE NA FAZENDA SOSSEGO PT*

E a segunda: *TEMOS TRABALHO PT ENVIO DAS INSTRUÇÕES PELOS CANAIS NORMAIS*

José Paladino guardou os telegramas na bolsa. Olhou para Antunes.

– Cadê a chave da minha bicicleta?

3: O exército do povo

As tendas e barracos nascem do chão como grama, observou o imperador.

A terra era grande, começando lá na estrada e indo dar no charco, mas o solo era pedregoso demais para plantar e o mato não era bom para boi. Nem coronel nem grileiro a queriam. Era o que sobrara para os pobres espoliados de lares de uma vida inteira. Pequenos agricultores e operários dos parques industriais que agora não tinham mais nada.

Ele estava indignado vendo a forma como as famílias estavam vivendo naquele acampamento. Um espaço superpovoado, cômodos de trapos, gravetos e papelão, onde se espremiam oito, nove, dez pessoas, homens esquálidos, mulheres desesperadas, muitas prenhas, crianças com barriga d'água, cachorros magrelos, porcos a chafurdar numa vala negra.

Todos paravam para vê-lo percorrer, principesco, os espaços entre as casas, uma capa azul sacolejando na brisa fétida. O Anel de Aviz seguia-o de perto, sempre pronto para ampará-lo caso fosse necessário. Mas o Imperador dera de ombros. Estaria com seu povo onde o povo estivesse.

– Eu não vim das profundezas escuras onde estava aprisionado para temer lama e sujeira. Estarei com eles onde eles estiverem – ele havia dito.

Agora ele estava ali, no meio daqueles que foram expulsos de suas terras, convocando a todos para o seu banquete.

As Piedosas vieram com cestos de pão fresco. Formou-se uma multidão.

– Menino beato – gritou alguém. Voz de gente idosa.

– Eu reparto o pão de minha casa com vocês – disse o menino, a voz cheia de esperança, como se viesse afastando as nuvens de chuva e molhando a terra seca. Dezenas de mãos se agitavam, tentando alcançar um pouco do alimento desejado.

Todos comeram. Quando o pão terminou, o imperador mandou vir as caixas. Teodoro Puro e Diaconisa Lúcia abriram uma delas. O povo soltou um suspiro que era de admiração e medo a um só tempo.

– Eu não vir trazer a paz, mas a espada – ele disse, apontando para os fuzis. – Aqui perto há uma fazenda.

– A fazenda Sossego – alguém completou, depois escarrou e cuspiu no chão.

– Uma fazenda feita das suas terras. Terras que eram de seus pais e que seriam de seus filhos. E eles vieram, apoiados pelo governo que está aí, mostraram documentos falsos e tomaram suas propriedades.

Todos tinham uma história triste para contar. O imperador ouviu cada uma delas.

– O que pode fazer por nós, menino beato? Pão vai encher nossas barrigas apenas por um dia – o homem que falava não tinha dentes. Mas tinha fúria. O imperador depositou um fuzil em suas mãos.

– Isso é o que posso fazer por você. Vamos expulsar os ladrões da terra de seus pais.

Houve um breve momento de silêncio, um instante antes da queda. E então veio o brado coletivo e os primeiros soldados do exército do povo estavam ali.

O dia de ontem viu o que pode ser o primeiro de muitos conflitos armados entre trabalhadores sem terra e latifundiários. Integrantes do movimento pedrista liderado pelo ex-líder da guerrilha do Tinguá, Teodoro Puro, invadiram as usinas de beneficiamento de laranja da fazenda Sossego, perto do Distrito de Vila de Cava. Eles cobram a devolução de todas as terras que a Justiça vem reintegrando a antigos proprietários. Segundo testemunhas, o bando carregava armamento pesado e houve intensa troca de tiros. Quatorze pessoas ficaram feridas, onze delas empregados da fazenda. Este repórter tentou entrar em contato com os líderes da ação, mas foi impedido de entrar na propriedade pelos invasores. Já o sr. Abílio Constantino, dono das terras, afirmou estar indignado com o que considera um crime e vai acionar a justiça, pois é "proprietário legítimo e não um grileiro infame". Este jornal relembra que o ilustre sr. Constantino vem sendo cada vez mais associado à grilagem de terras, inclusive sendo citado no processo do assassinato do subdelegado Arlindo Feitosa e seus assistentes.

– Jornal Correio da Lavoura.

4: Gambito do Rei Aceito

– O que eles pensarão quando me virem, madre? – perguntou o imperador, encolhido no banco de trás do velho Chevrolet, assustado demais para olhar pela janela e ver a multidão lá fora. – Não sou o que eles esperam.

A Diaconisa Lúcia olhou para o imperador, pouco mais que um menino enfiado numa casaca militar cheia de medalhas, meio trêmulo, os olhos tornados pequenos planetas de angústia. Às vezes ele falava com a gravidade de um homem maduro, exalando aristocracia, afetação e autoridade; e outras vezes estava assim, como quem pede colo e proteção. Sentiu uma súbita e inadequada vontade de acariciar seu cabelo penteado de lado e dizer que tudo ficaria bem, que espantasse o medo, do jeito que se faz com criança no primeiro dia de aula.

Mas dizer isso seria humilhar o imperador e piorar sua instabilidade de humores. Nunca o faria.

– O povo o amará, majestade. É o imperador que todos esperam – ela respondeu.

O menino aquiesceu e desviou o olhar para a ponta dos sapatos lustrosos, pensativo.

– Veja só como gritam lá fora. Tudo isso é pelo senhor.

Vila de Cava estava em festa. Uma chuva de papel picado caía sobre a praça, vinda dos prédios baixos ao redor, quase todos de três ou quatro andares meio arruinados pelas guerras, cujas janelas estavam apinhadas de cabeças e braços sacudindo lenços para saudar a chegada do imperador.

Gente também se apinhava nos casarões e sobrados ainda decorados com ladrilhos azuis e santos católicos de outro século, formando uma cordilheira ao redor da avenida principal, pouco mais que uma rua larga coberta de cascalho e crateras de bombas, por onde o cortejo vinha entrando. Homens e mulheres de todas as idades se acotovelavam nas calçadas para ver. Havia algodão doce, pipoca, cocada; música de fanfarra, tocada por músicos vestidos de azul e branco; e um palhaço vestido de trapos macaqueava ao som dos batuques e cornetas. Balões se desprendiam das mãos das crianças vez por outra, deixando-as para trás às lágrimas enquanto iam ganhar um céu tão azul que parecia encomendado para a ocasião.

– Pela primeira vez agitação na vila não tem a ver com o jogo de gato e rato dos americanos – a Diaconisa disse, enquanto o imperador segurava a respiração. – Nada de tiro, nada de canhões ou blindados se arrastando pelas ruelas. Tudo aquilo passou. O imperador está aqui e tudo será melhor. As Piedosas vão garantir isso. Temos a Palavra de Deus do nosso lado – ela sentiu a pistola roçando na pele por baixo do hábito.

Os mais velhos tinham um pouco de dificuldade em aceitar as freiras patrulhando a região como uma milícia armada. Admitiam a contragosto o papel que elas desempenharam na resistência à Ocupação, cuidando de rebeldes feridos na antiga casa do bispo, e até mesmo entrando em confrontos nas últimas semanas para ajudar. Mas vê-las carregando espingardas era, segundo alguns, anticatólico. Ninguém tinha coragem de expressar tais opiniões em aberto, mas a Diaconisa sabia muito bem quem ficava com esse tipo de conversa na vila, e cedo ou tarde ela os calaria em definitivo. O Rei Antes Encoberto e Agora Revelado era sagrado, e sagradas eram também aquelas que zelavam por ele.

Nada mais apropriado que o imperador chegasse no Dia de Reis e trouxesse uma folia consigo. Primeiro veio a banda, tocando marchinhas e canções populares para o povo aplaudir.

O povo aplaudiu.

A seguir, o porta-estandarte. Carregava uma flâmula com o brasão dos Bragança, o fundo verde, o círculo estrelado e o escudo, a coroa imperial pairando acima.

O povo saudou com entusiasmo.

Depois duas longas filas de Irmãs Piedosas vieram em procissão, carregando círios numa mão e fuzis sobre os ombros, enquanto cantavam pela proteção do povo. Na frente, entre os dois grupos, uma das freiras portava um grande livro encadernado em couro.

O povo soltou améns e aleluias.

E então vinha o Chevrolet, um Coupe Barbada luxuoso demais para aquelas estradas poeirentas. O imperador sacolejava devagar dentro dele, sentindo-se como se estivesse às costas de um camelo, subindo e descendo, de um lado para o outro, enquanto o chofer lutava contra os buracos fortuitos e lombadas de lama seca.

Os vivas e os salves se multiplicaram.

Para o imperador era apenas barulho atrapalhando os pensamentos e aumentando a ansiedade que fermentava na boca do estômago. A sensação o confundia. Esperara tanto por esse momento. Aguardou com paciência cada batalha ser travada, suportou cada esconderijo infestado de mosquitos, cada povoado ser convencido a apoiar o movimento.

Agora estava assustado. Esforçando-se para não tremer. Não gaguejar.

Haviam montado um palanque na praça. O carro encostou ali, perto da escada. Um dos homens abriu a porta. Diaconisa Lúcia foi a primeira a descer. Outra freira – bem jovem, notou o imperador – aproximou-se e cochichou algo no ouvido dela. Ambas olharam para ele.

– Aguarde aqui, majestade. O senhor será apresentado ao seu povo em alguns instantes – Diaconisa Lúcia disse. Sua amabilidade deixava o imperador desconfortável, às vezes. Por trás dela, a freira mais jovem abriu um sorriso encantador, mais azul que aquele dia tão azul. O imperador imaginou qual seria a cor de seus cabelos. Esqueceu por um momento que alguém estava no palanque discursando e estudou o desenho do rosto dela, o nariz levemente empinado, dentes pequeninos aparecendo toda vez que uma frase a animava.

Uma moça adorável e apenas isso, pensou ele, reassumindo a compostura.

Reconheceu a voz de seu protetor vociferando no microfone. Concentrou-se na retórica antigoverno que ele disparava como se fossem dardos. O povo ovacionava cada frase acusando Vargas de golpista, colaboracionista, entreguista, covarde, ladrão de terras e vampiro da população, que com sua traição derrubou o legitimo monarca do Brasil para colocar no lugar sua caterva de militares protetores de grileiros, que vinham transformando a Baixada Fluminense num matadouro de pobres e num campo de concentração para os indesejados e espoliando as pessoas de suas posses, enquanto se aliava com fascistas e dava os recursos nacionais de bandeja para os ianques que vinham matar os homens, explorar as crianças e estuprar as mulheres.

Teodoro Puro sabia falar.

Eram frases de efeito, o imperador tinha consciência, mas de efeito justamente por serem verdadeiras. Os militares haviam apoiado a Alemanha na guerra, causando uma invasão em larga escala dos Estados Unidos ao litoral brasileiro, começando por Natal como cabeça-de-ponte e depois se estendendo até a capital, Rio de Janeiro. Vargas e seus soldadinhos fugiram com o rabo entre as pernas para o Sul, enquanto homens da região organizaram a guerrilha do Tinguá e infernizaram os gringos por meses. As cidades e vilas da Baixada Fluminense eram bombardeadas quase diariamente, sem distinção entre rebeldes e civis. Não fazia diferença: o povo acolhia sua tropa, composta por fazendeiros, operários, professores, costureiras, caçadores, freiras, até a guerra acabar. Paz na Europa, paz no Pacífico. Para o Eixo, ajuda financeira e auxílio na reconstrução dos países arruinados. Para o Brasil, um acordo risível de autonomia política orientada por um general americano estacionado na Baía de Guanabara, só para garantir que Vargas ia dançar conforme a música.

Vargas dançava conforme a música, mas a boa vontade dos grupos do Tinguá que caíram na sua conversa sobre armistício desapareceu quando as terras começaram a ser confiscadas pelos grileiros. Muitos deles estavam agora engrossando as forças organizadas pelo homem que vociferava ao microfone, esperançosos de que o imperador fosse um símbolo forte o bastante para uni-los sob uma causa única.

– E é por isso, minhas senhoras e meus senhores, que temos lutado tanto. É por isso que tantos bons companheiros derramaram seu sangue: para que cada criança cresça num país livre. Com igualdade. Justiça. Oportunidades. Para que cada idoso chegue ao crepúsculo de seus dias sabendo que vai repousar a cabeça no travesseiro e descansar das labutas de uma vida sem a preocupação de que um safado qualquer venha tomar seu pedacinho de terra – disse Teodoro Puro, já desacelerando o discurso para entrar no ponto que interessava. Fez um gesto para Diaconisa Lúcia.

A Piedosa tomou o imperador pela mão e o conduziu escada acima, até o palanque.

Uma tempestade de assovios e vivas estapeou-lhe o rosto. A voz de Teodoro Puro ricocheteava por toda a praça:

– Eis o legítimo herdeiro do Império do Brasil, Pedro Augusto de Saxe-Coburgo e Bragança II. Que a mão de nenhum inimigo alcance aquele que Deus escolheu para nos guiar!

As notícias sobre o retorno do herdeiro do imperador já circulavam havia meses, mas ele nunca havia aparecido oficialmente. Por segurança, ninguém sabia onde encontrá-lo. Agora que ele estava ali, parado diante da multidão feito Cristo e Barrabás, as vozes silenciaram, estupefatas.

Bocas abertas, olhos saltados e expressões atônitas por toda parte.

E mais silêncio.

Talvez a esperança não fosse esperança até o menino-imperador estar ali em carne e osso, calças brancas, casaca preta cheia de medalhas e brasões, cabelo penteado de lado.

Uma voz saltou do meio da multidão como um peixe salta para fora da água:

– Viva o imperador!

– Viva! – meia centena gritou em resposta.

– Viva! – mais duzentos. Depois, toda a Vila de Cava.

O imperador sorriu e ergueu a mão direita. Queria falar para seu povo, mas as palavras não se formavam em sua mente, não viajavam para sua boca. Era como se estivesse usando a máscara de alguém que sabia fazer o que ele não podia.

Teodoro Puro olhou para Diaconisa Lúcia.

– Distribua os presentes agora, e eles o amarão para sempre, minha querida. Em breve, poderemos declarar o Reino.

Um foguetório explodiu no céu, acompanhado de mais vivas. As Piedosas distribuíram carrinhos, bolas e bonecas para as crianças, sacas de cereais para os pais. As pessoas agradeciam com lágrimas nos olhos, abençoavam o menino-imperador e o Reino que vinha.

No palanque, o imperador estacou, perplexo.

– O que foi, majestade? – Diaconisa Lúcia deu um passo em sua direção.

– Não sei onde está – ele respondeu, olhando ao redor.

– Onde está o quê?

– Minha Excalibur.

Uma sombra passou pelo semblante de Teodoro Puro.

– Levem-no daqui. Ele precisa descansar. Seja discreta. Não deixe que percebam que algo está errado.

– Mas há algo errado? – a Diaconisa perguntou.

– Leve-o daqui. Agora. Sem perguntas.

As Piedosas conduziram o imperador de volta ao carro, enquanto a multidão na praça era distraída com mais presentes. Teodoro Puro os seguiu. Quando o imperador estava em segurança no banco de trás, deu dois tapinhas no capô. O carro saiu devagar em direção à igreja no alto do morro. Ele estava preocupado com o garoto. Principalmente porque o homem do qual ele foi semeado era dado a confusões mentais de tempos em tempos. Mas se preocuparia com isso depois. Outra coisa exigia sua atenção agora.

Chamou duas Piedosas e atravessou a floresta de gente na praça, até chegar a uma ruazinha deserta. Havia homem encostado no muro de um armazém, ao lado de uma bicicleta.

– Olá, amigo – disse Teodoro Puro.

O homem tirou o chapéu e o pôs sobre o peito. Tinha a pele meio parda e um cabelo ondulado emplastado de vaselina.

– Olá, senhor – ele respondeu, um pouco acanhado.

– Vim agradecer por ter puxado o coro para o imperador quando o povo estava embasbacado.

– Não há de quê, senhor. Fiz o que achei que devia ser feito. Senhor.

– Está certo, está certo – Teodoro Puro coçou a barba e apontou para a bolsa que o sujeito tinha pendurada na bicicleta. – Estou curioso para saber o que carrega aí.

O homem ficou lívido.

– Nada – gaguejou.

– Nada?

– Nada. Quero dizer, meio quilo de aipim também.

– Meio quilo de aipim.

– Isso. Meio quilo de aipim.

Teodoro Puro voltou-se para as Piedosas.

– Irmã Marluce, quer ver esse aipim com seus próprios olhos?

– Eu quero, irmão.

– E você, irmã Emerenciana?

– Também, irmão Teodoro.

– Abra a bolsa e mostre esse aipim, meu amigo – ordenou o velho.

O homem olhou para Marluce, depois Emerenciana, depois Teodoro Puro, depois as PPSH nas mãos das freiras. Suspirou, resignado, e abriu a bolsa. Em seu interior, meio quilo de aipim, uma câmara fotográfica Kodak e seis rolos de filme.

Os canos dos fuzis apontaram direto para a sua cara.

– Vai cozinhar isso também? – debochou Teodoro Puro. – Deve ficar uma delícia com um pouco de manteiga de garrafa.

– Não, senhor, eu...

– Poupe o tempo das irmãs e o meu. Você é repórter.

– Eu... Sim. Sou repórter – ele confirmou, hipnotizado pelas armas quase na ponta do queixo. – José Paladino, do Correio da Lavoura. Recebemos uma informação anônima de que vocês revelariam o clone do antigo imperador hoje. Me mandaram cobrir discretamente,mas acho que não sou muito bom nisso.

– José Paladino.

– Isso.

– O que acha que eu devia fazer com você, José Paladino? Matar? Você estava batendo chapas do imperador. Ia botar a cara dele no jornal para todo mundo ver.

– Eu juro que não faço isso. Pode ficar com os filmes – o homem tirou os rolos da bolsa e os atirou aos pés de Teodoro Puro. – Destrua todos. Mas não me machuque.

Teodoro Puro sorriu.

– Eu lhe enviei o telegrama. Eu o chamei aqui.

– Você? Quer dizer, o senhor?

– Sim. Eu. Não vou machucar você, José Paladino. Desde que você me seja útil como acho que pode.

– Eu teria um grande prazer em ser útil, senhor.

– Como vê, anunciamos a chegada de nosso imperador à cidade. Quando a notícia se espalhar, vai começar uma guerra de calúnias e difamações nos jornais corruptos do governo. Vão tentar denegrir a imagem de Pedro. Vamos criar um contraponto. Quero que registre tudo o que está acontecendo aqui e transforme em notícias favoráveis. A volta do Encoberto em carne e osso, a aceitação dele por parte do povo. Não nos esconderemos mais. Que a notícia se espalhe pelo Brasil todo. Cada brasileiro deve ver com os próprios olhos, se maravilhar e aceitar seu verdadeiro imperador.

José Paladino pensou se aquele velho estranho sabia o real alcance do *Correio da Lavoura*. Mas decidiu que não era um bom momento para falar sobre isso.

– Mas isso não é notícia. É propaganda.

– Ora, essa. O senhor acabou de interferir nos eventos ao puxar o coro pelo imperador. Estava interferindo no que seria sua notícia.

– Bom, sim – José Paladino ficou vermelho.

– Pode encarar como propaganda, se quiser. Mas sabe o que dizem sobre propaganda? A alma do negócio.

– Alma do negócio. E se eu disser não...?

– Aposto que o senhor não dirá.

Marluce e Emerenciana baixaram as armas. José Paladino estava confuso.

– Então devo recolher esses rolos do chão?

Teodoro Puro passou o braço sobre seus ombros.

– Recolha. Revele-os. Produza fotografias que valorizem o imperador. Escreva uma reportagem bem bonita e mande para o seu jornal. E depois pense se quer ficar um tempo por aqui, como nosso convidado, para cobrir cada passo da formação do Reino.

José Paladino recolheu todos os rolos e guardou dentro da bolsa.

– Nem preciso pensar – ele disse. Não tinha como responder outra coisa. – Onde posso guardar minha bicicleta?

Teodoro Puro sorriu. Enquanto eles voltavam para a praça, a irmã Marluce ficou olhando para o meio quilo de aipim largado para trás.

A manhã do último domingo ficará marcada na história da Baixada Fluminense. Chegou à Vila de Cava o suposto filho perdido do velho imperador do Brasil. Uma grande festa foi armada, com banda de música, comidas típicas e distribuição de presentes. O apoio das pessoas da região ao jovem ganha cada vez mais força. "Um povo pobre e sofrido precisa de esperança" disse ele, também chamado Pedro. Este jornal destaca também a presença massiva de Irmãs Piedosas, uma demonstração do paradoxal poder agregador do anacronismo pedrista.

– Jornal Correio da Lavoura.

5: A espingarda do homem-sonho

Quem o visse descendo a colina, por entre emaranhados de arbustos e cupinzais que saiam da terra como pequenas torres, diria se tratar se tratar de alguém profundamente cansado. Exausto da noite passada na mata, percorrendo as trilhas de caça, evitando cipós e espinhos, apontando em vão para cada ruído que se insinuava e desaparecia a seguir; de carregar nas costas a espingarda querida como vinha fazendo a vida inteira, e da qual não podia escapar completamente. Mas, acima de tudo, cansado das ausências e vazios. Jerônimo Trovão estava ficando velho, e tudo o que lhe sobrara era amargo.

Procurava não tropeçar nas pedras. A mata estava lá atrás, no topo do morro, e adiante o sol nascente já começava a borrar o céu com uma luz preguiçosa. Mas ainda estava escuro o suficiente para que um passo mal dado o fizesse rolar encosta abaixo até a estradinha de terra que serpenteava pelo vale, o que resultaria em alguns ossos quebrados e um orgulho bastante avariado.

Não que o orgulho andasse em bom estado nos últimos meses.

Nem mesmo o fígado, castigado por doses diárias de bebida ruim e que já andava preocupando o povo de casa, estava tão danificado, tão dolorido, quanto ele. Tentava trabalhar nas lavouras e não conseguia. Tentava se adaptar à vida de carpinteiro, saltando de obra em obra, e não conseguia. A comida ia escasseando na mesa, só não desaparecia de vez por causa do filho que sobrara, que tinha lá um trabalho regular num armazém da cidade, e por causa da mulher, que costurava, lavava e fazia rezas em domicílio. Orgulho era coisa que não podia sobreviver a essas coisas. Buscara fincar raízes a vida inteira, sossegar num canto qualquer do interior, viver perto das árvores, do ar fresco, bem longe do céu acinzentado e da correria impiedosa da capital. As raízes foram fincadas, mas ele as sentia apodrecidas. Sem o outro filho tudo era apodrecido.

Cruz do Mato era uma cidade modesta, que vivia de seus orquidários e pomares, pequenas ilhas num oceano de mata nativa. Ele passava um tempo cada vez maior metido naqueles matagais. Armava arapucas por todas as trilhas e esperava pacientemente os bichos se enfiarem nela, enquanto fumava seu cachimbo e cozinhava carne seca numa lata. Às vezes nem mesmo se preocupava com a caça. Era o isolamento que lhe interessava, a distância da vida lá fora, a sensação de escapar da casca que era e que todos esperavam que fosse e flutuar acima de si mesmo. Um dia, dois, três, uma semana inteira. Intervalos cada vez maiores que precisavam ser explicados para a mulher com quem vivia e o filho que o odiava. Legitimava as ausências com a carne que limpava e salgava na mata. Sentia-se ligeiramente mais confortável ao encher as panelas com alguma coisa.

Mas naquelas três noites não pegara nada, nas arapucas ou na espingarda. Alguma coisa havia assustado os animais, e mesmo a capivara que julgou ter visto num charco se revelou um toco transmutado pelas magias da cachaça. Chegou a desperdiçar quatro cartuchos antes de perceber o engano. Jogou fora a garrafa, gargalhando no dia nebuloso feito uma caipora, e celebrou o engano abrindo outra garrafa e engolindo um terço numa talagada só. Voltaria para casa de mãos vazias.

Lembrou-se de Levi. A garganta deu um nó. Imaginou o moleque sozinho em algum lugar, a cabeça meio perturbada, explorado pelo amaldiçoado que o arrebatara do seio da família.

Sentou por alguns minutos, respirando fundo. Depois reuniu coragem para se levantar.

O negrume do horizonte ia se tornando cada vez mais um azul. As luzes de Cruz do Mato iam se apagando lá longe. Os cupinzais salpicavam a descida do morro. Ele pensou em minúsculos castelos cheios de minúsculos nobres atarefados. Depois pensou se era possível comer cupim, talvez fritá-los com farinha, se desse um jeito de tirar os diabos de dentro daquelas fortalezas sólidas. Um tiro de espingarda, talvez. Sacou a arma das costas e mirou. Pensou melhor. Verificou os cartuchos. Tinha sete, apenas. E ia fazer o que com o cupinzal estourado? Tornou a guardar a arma, xingou o cupinzal – todos os cupinzais, aqueles putos – e continuou a descer o morro.

Antes de chegar à cerca lá embaixo, ouviu um balido. Olhou ao redor. Deus de ombros, usou a biqueira da bota para empurrar o arame farpado e já ia se curvando para atravessar quando ouviu de novo. Era mesmo um balido. Vinha da extremidade de um pequeno platô, pouco mais que um amontoado de pedras e folhas. Soltou o arame e apertou os olhos para enxergar na penumbra.

Viu uma cabra se mover ali. Ia de um lado para o outro, tentando descobrir uma forma de descer. Devia estar exausta. Com sede. Coitada, ele pensou, bêbado o suficiente para achar uma cabra num barranco uma das coisas mais tristes que podia haver nesse mundo. Subiu até lá. O animal baliu mais alto ao vê-lo, ensaiou fugir, se encolheu contra uma pedra.

Parou diante do bicho desconfiado, estudando uma forma de não apavorá-lo demais. Sentou-se numa das pedras por ali. Reacendeu um cigarro já queimado até a metade.

– Agnus Dei – murmurou.

Tivera uma infância marcada por uma religiosidade extremada. A mãe havia sido devota de um santo cujo nome ela não ousava pronunciar, mas que dizia ser responsável pela boa sorte da família. Vivia em transes, rezando em línguas desconhecidas e prevendo catástrofes para a vila. Até aos seis anos ele nutria um temor piedoso pela mãe e pelas estátuas sagradas que abarrotavam a casa sempre mergulhada numa atmosfera mística de velas e incenso. Após a morte dela, o fascínio religioso se transformou numa espécie de aversão, um pântano do qual não conseguia escapar por mais que tentasse. Havia uma santa para ele também. Atormentou-o durante décadas e então sumiu, graças ao álcool.

Os pensamentos sobre salvar a pobre cabra já se desviavam, amortecidos pelo cansaço, pelo calor adocicado da bebida e do tabaco. Adejavam para os lados das memórias gastas, o que não era bom, pois ia percorrendo a linha cronológica das lembranças, do mais antigo ao mais recente, com baldeações naqueles momentos ruins que vinham com um enorme letreiro que dizia você fracassou aqui e aqui e aqui, ate finalmente chegar ao presente, sentado numa pedra ao lado de uma cabra, prestes a voltar para casa de mãos abanando. Preciso parar de beber, ele pensou, bebendo mais um gole. E então se levantou, pegou a espingarda e mirou entre os olhos do animal. O estampido do tiro se espalhou pelo vale lá embaixo.

Durante a meia hora seguinte, esperou o sangue escoar. Distraiu-se ouvindo o gotejar na folhas logo abaixo do platô, para onde o líquido escuro corria, ou ajeitando a tira de couro que cobria o espaço onde antes havia um olho. Quando achou que já era o suficiente, amarrou as patas da cabra todas juntas, prendeu-a num saco e fez uma trouxa, que jogou por sobre os ombros. Sentiu uma breve vertigem. Aprumou o corpo. Equilibrou-se. Com cuidado, retomou a descida. Atravessou a cerca de arame farpado e ganhou a estrada de terra.

O sol já se infiltrava por entre as árvores e o pandemônio dos pássaros já ganhara força. O homem seguiu seu caminho, cada passo trazendo de volta mais um dos fantasmas que significavam sua vida. Vez ou outra os passos desobedeciam, fazendo-o cambalear. Imaginou o que diriam se o vissem agora. Barbudo, fedorento e bêbado, carregando um bicho morto que ia deixando rastros vermelhos por onde passava. Deixou a garrafa vazia no chão e agradeceu à Santa ausente – ausente, pela graça do bom Deus – as horas que teria para desfazer a embriaguez antes de chegar em casa.

Uma nuvem desceu pela serra e tornou o que era um princípio de manhã ensolarada em um pedaço de inverno. A garoa fina chiou pela mata, alcançando-o perto de uma curva da estrada. Mais um cigarro se apagou entre os lábios grossos. A visão já não era das melhores, e um olho já se perdera havia anos, mas os ouvidos ainda tinham lá alguma serventia. Um ronco de motor vinha de longe, talvez dois quilômetros. Se fosse o carro de um fazendeiro indo para a cidade, talvez pudesse conseguir uma carona. A garoa aumentava, e provavelmente já seria um aguaceiro considerável quando alcançasse a ponte da via férrea sobre o rio Paraíba. Nada bom para os ossos.

A chuva desabou forte antes disso.

Um carro bastante avariado apareceu na estrada e freou ao seu lado, espirrando-lhe lama na barra das calças. Parecia feito à mão, uma plataforma de quatro rodas onde alguém improvisou dois assentos protegidos por grades e uma caçamba de madeira e barras de ferro. Um gordo enfiou a cara para fora da grade.

– Bom dia, amigo – disse.

Jerônimo Trovão respondeu com um breve movimento da cabeça.

O gordo falou algo para o motorista, que espichou o olho para o homem ali parado. Pareciam concordar que ele não fazia boa figura, o cabelo e a barba hirsutos, a bolsa escura sob o único olho, as sobrancelhas arqueadas, as roupas sem cor, nunca indo além do cinza ou marrom ou preto, e, acima de tudo, a quantidade de objetos pendurados nos alforjes e cinturão, incluindo a espingarda e o volume gotejante em suas costas.

Os dois sujeitos desceram do carro.

– Isso aí é uma cabra, né não? Essa cabra tinha dono. Essa cabra aí – falou o gordo, num tom imperioso.

Jerônimo olhou para o dedo roliço que apontava para sua caça. Respirou fundo, tentando manter o hálito de álcool dentro da boca.

O gordo abriu as narinas:

– Tá bêbado?

– Igual gambá – acrescentou o outro, um homem de cara ossuda, cuja barba irregular se pendurava pelo queixo fino como pedaços de algodão molhado. – Quem esse cara é, um pirata? Usa até tapa-olho.

Revólveres já estavam dançando diante do rosto pálido de Jerônimo. Ele ouviu os insultos como se viessem do fundo de um lago, cada sílaba se chocando contra os pingos de chuva, uma balbúrdia de onde só conseguia extrair vagamente algumas palavras sobre prejuízo e chácara Concórdia. Respondeu com um sonoro e indistinto *tomar no rabo*, meio de brincadeira, meio a sério. Jogou os braços para o alto para não deixar dúvidas de que respeitava os canos apontados para si. Recebeu uma pancada forte na boca, sentiu o lábio inferior estourando feito tomate passado de sol. Uma bota cheia de areia molhada acertou seu peito e o fez desabar.

As mãos do gordo se enfiaram por seus bolsos, tateando em busca da carteira. O cérebro mandou o corpo se erguer, mas a ordem se perdeu pelo caminho. A espingarda já estava sendo jogada para dentro do carro, e o vulto que viu de relance voando para dentro da caçamba só podia ser a cabra. O motorista tentou ajeitar o bicho entre dois sacos de feijão, não conseguiu, resmungou e abriu espaço jogando um monte de coisas fora, gravetos, garrafas quebradas, papelões molhados e jornais velhos.

– Fica entupindo a carroceria de tranqueira. Esse jornal é pra tu limpar a bunda?

O gordo fingiu não ouvir. Reclamou da chuva e disse que era uma tremenda sorte ele não dar um tiro na cara de Jerônimo, uma cabra não era barata, estava lá por volta dos mil cruzeiros.

– Natanael da Silva – leu o nome nos documentos.

– Caralho, eu sei quem é esse fodido. Não é o pai daquele cara que trabalha com você lá no Donato? – disse, tomando a carteira das mãos do gordo.

– Não tem dinheiro nenhum aí, já vi. Acho que é ele mesmo. Será que ele vai contar pro Josimar?

– É um fodido, tô dizendo. A gente não tem com o que se preocupar. Tá tão bêbado que não vai lembrar de nada.

– Tomara. Não quero ter que matar o pai do Josimar. Ele é gente boa. Ei, aquela espingarda é lindona. Tá meio suja, mas parece inteira. O calibre daquilo é um absurdo. Como um gambá assim anda com um trabuco desses? A cabeça da cabra virou farelo.

– A dona Alice não vai querer espingarda. Vai querer é o dinheiro do bicho. Não quero que desconte nada do meu pagamento.

– Ela não é doida de descontar.

– Mas vai, e aí? O que você vai fazer pra me ajudar?

– Vou lá, olhar bem na cara dela e dizer: dona Alice, não acho justo que desconte nada do meu primo aqui. Merda de chuva.

– Ela vai descontar assim mesmo.

– Fico com essa espingarda. E ainda como a cabra.

– A cabra vai ter que dividir, então. Se vou ser descontado, também quero a carne.

– Mas a espingarda é minha.

– Enfia essa espingarda no cu.

– Enfia no seu. Vamos sair dessa chuva. Tenho que ir pra loja ou o Donato vai encrencar.

– Não quero que a velha desconte nada do meu pagamento. A Zefa vai me azucrinar. Ela tem que comprar uns troços pra mãe.

– A gente cobra desse cara. Ele paga, eu fico com a espingarda e a gente divide a carne.

– Ele não tem um puto no bolso. E se a gente vender essa espingarda?

– Ah, não, porra. Eu gostei tanto dela. A gente dá três dias – sentenciou o gordo. E, virando-se para Jerônimo: – Três dias, gambá, entendeu? Porque seu filho é um cara legal.

Estirado no chão, Jerônimo balançou a cabeça e arrastou penosamente a mão até onde devia estar a espingarda. Lembrou que a tinham tomado. As cabeças dos dois homens, carrancas zombeteiras, eram planetas prestes a colidir com a sua. Eles estavam gritando sobre prazos de três dias para algo, mas isso era o de menos: um terceiro rosto surgiu em seu campo de visão. Magro, os olhos pintados de Nancy Carroll e lábios traçados melancolicamente para baixo. Os cabelos, cobertos por um tecido azul, ele nunca tinha visto em toda a sua vida. Ela sempre triste, sempre seráfica, sempre com aquele ar de culpa e pena que lhe revirava as entranhas e do qual julgava estar livre desde que Levítico sumiu.

Você. Apenas o sonho de Antão do Deserto.

Ela abriu a boca como se fosse falar, e então só havia o gordo e o motorista insistindo nos gritos. Três dias pra pagar a cabra ou a gente vai até a sua casa pegar tudo lá, entendeu, bebum? Entendeu? Diz que entendeu, caralho. Mil cruzeiros. Não, mil e quinhentos.

O jornal é de três dias atrás. Você o verá antes que a chuva o faça desaparecer.

Os homens entraram no carro, deram meia volta sulcando a terra e voltaram pelo mesmo caminho. Jerônimo Trovão fechou os olhos outra vez e, sob a chuva que desabava, rezou para que todos os anjos do céu não permitissem que a Santa voltasse a infernizá-lo.

– Não quero ver – ele disse. – Nem quero ver você.

Jerônimo virou de barriga para baixo. O queixo afundou numa poça d'água. O jornal estava aberto. As letras impressas bruxulearam diante do seu único olho. Quando conseguiu dar alguns sentidos para as palavras, sentiu o coração bater no céu da boca e cair como um meteoro de volta para o peito.

Olhou para a Santa. Ela parecia feita de fumaça, desaparecendo devagar sob a chuva.

Mais uma batalha, homem-sonho, e não terá mais nada.

6: Josimar, o infeliz

– Meu pai já fez coisas que você nem imagina – disse Nômio, os braços enfiados até os cotovelos num gerador a gasolina defeituoso. Nômio vinha de Deuteronômio, nome que, segundo as explicações que vinha recebendo a vida inteira, tinha origem na Bíblia e era, exatamente por isso, de bom gosto e respeitável. Embora ele não pudesse usar por causa de um subdelegado morto. – Me passa chave 9/16.

A dois metros dali, desabado sobre uma banqueta, estava seu amigo Vitorino. Uma barriga farta escapava por entre seu cinto e camisa, expondo o umbigo peludo que, de tempos em tempos, explorava com o indicador. Ele se espreguiçou feito um gato e vasculhou sem muito entusiasmo a caixa de ferramentas. Os joelhos estalaram quando se pôs de pé.

– Nem na minha pausa pra fumar você me deixa sossegado – resmungou.

– Você fumou o último de manhã – Nômio pegou a chave e enfiou a cara no gerador. Tirou logo em seguida: – Você não sabe o que é uma chave 9/16?

– Vai à merda – bufou Vitorino.

Eram colegas no Empório Donato havia dois meses, mas a camaradagem entre os dois já atingira um nível profundo de insultos, daqueles possíveis apenas quando há amizade genuína. Passavam os dias atrás do balcão, vendendo miudezas para as donas de casa de Cruz do Mato, botões, dedais, agulhas, condimentos, escrutinando-lhes laboriosamente os traseiros quando elas saiam da loja, separando os parafusos por bitolas em potes específicos, contando piadas sobre americanos, empurrando um ao outro na escada de rodinhas que dava acesso às prateleiras mais altas ou apenas vendo as horas passarem sentados em banquetas desconfortáveis no pequeno pátio nos fundos do estabelecimento.

Nômio já deixara de se surpreender com o esforço do amigo para trabalhar o mínimo possível. Vitorino, por sua vez, ainda soltava assobios de admiração ao vê-lo trabalhar de verdade. Abria o empório às seis da manhã, após uma caminhada de quatro quilômetros desde a Prainha, como era chamado um pequeno vau do rio Paraíba. Ele varria toda a loja, espanava o balcão e arrumava as mercadorias lá fora. Vitorino aparecia por volta das oito, alguns minutos antes do horário em que Donato costumava aparecer para fiscalizar a ordem das coisas. O velho vinha com seu jornal debaixo do sovaco, caminhava pela loja, dava algumas ordens, depois se trancava por longos minutos numa sala minúscula cheia de cadeados ao final do pátio, sempre observados pelos dois rapazes perfilados e tensos como soldados. Quando o patrão ia embora, Nômio tratava de cuidar dos afazeres, enquanto Vitorino deixava a barriga voltar ao estado natural de desarranjo, sem se importar com a confiança cada vez maior que o chefe demonstrava no colega. De fato, isso significava que a maioria do trabalho extra – como o conserto do gerador da casa de Donato na cidade – recairia sobre Nômio, que tinha um notável amor por motores. Enquanto isso, Vitorino podia se concentrar em buscar soluções para fazer o café e os cigarros durarem o dia todo ou em formas mais eficientes de distribuir as notas das bundas femininas.

– Você não sabe o que é uma 9/16 – desdenhou Nômio.

– Claro que sei – retrucou Vitorino, tentando descobrir qual das chaves na caixa era a dita cuja. – Você que é uma puta de gasolina.

Nômio limpou o suor com um trapo, meteu a mão na caixa e exibiu a chave. Vitorino deu de ombros e voltou para a banqueta.

– Que coisas seu pai pode ter feito que eu nem imagino? – desconversou.

Nômio soltou um par de parafusos. O gerador começou a pingar.

– O pai andava de Supersuiza.

– Baita máquina.

– Pois é. O pai trabalhava para o governo, o presidente mandava ele fazer umas coisas, ele ia lá e fazia.

– Não – bocejou Vitorino.

– Sério.

– Seu pai era o quê, copeiro do presidente?

Nômio lançou um olhar enviesado:

– Que copeiro. O pai era importante na política. Ajudou o presidente Vargas a tirar o imperador do trono.

– Não.

– Mas não vá falar isso pra ninguém, Vitorino. O pai não gosta.

– E ele andava armado e tudo?

– Tinha armas de todos os tipos. Lindas. Até arma pra derrubar giroplano. As que eu mais gostava eram a N12 e uma Mauser 96 – Nômio discorreu longamente sobre a espingarda de cilindro rotativo que acompanhava o pai desde antes dele nascer. Era uma espécie de amuleto. Assim como a pistola alemã, ela esteve presente em momentos bastante sombrios na vida dos dois, momentos esses que Nômio preferiu guardar apenas para si. Limitou-se a detalhar seu funcionamento, enquanto Vitorino soltava bocejo atrás de bocejo às suas costas. Amava a arma, amava o estrago que ela podia fazer, mas isso era coisa que ele já não se atrevia a admitir que pensava. Houve uma espécie de pacto silencioso entre ele, o pai e a esposa desde o sumiço do irmão. Aquela vida ficara para trás, e Nômio só conseguia sentir saudades dela sem ser corroído pelo remorso se disfarçasse isso como rememorações das armas e das viagens. Após esgotar o repertório sobre a N12 e a Mauser, armas antitanque e rifles que funcionavam com cartões perfurados, começou a falar sobre o Rio de Janeiro e seus dirigíveis e as favelas nos emaranhados de dutos de petróleo, as torres cinzentas e a vastidão de São Paulo, as bombas americanas que castigaram Nova Iguassú. Coisas que viveu com o pai e das quais já não podia mais falar com ele sem que os humores se tornassem sombrios e a lápide de Levi desabasse entre eles. Então, só lhe restava Vitorino como interlocutor.

Mas até este tinha seus limites.

– Hora do almoço – ele disse, enquanto Nômio falava de como o pai perdeu o olho durante a Ocupação. Era o sinal para encerrar o papo e tirar as marmitas da estufa improvisada. Tratava-se de uma caixa de zinco com uma lâmpada elétrica dentro. Esquentava tanto que era impossível abri-la sem enrolar as mãos nos panos da loja. Quase sempre Vitorino já estava devorando furiosamente sua porção de arroz, feijão e ovos cozidos antes que Nômio sentasse em seu canto com o prato preparado pela madrasta entre os joelhos.

Ela sempre lhe pedia que rezasse em agradecimento. Havia sido freira em algum ponto da vida, e conservava velhos hábitos. Nômio não rezava nunca. Apenas oferecia uma saudação discreta à figura que, embora não dissesse palavra havia meses, ocupava um espaço no canto de seus olhos. Vitorino também não parecia tão interessado em preces quanto nos arrotos de satisfação, no gole de café requentado e no cigarro cuidadosamente racionado.

A hora do almoço correu tranquila e, à exceção dos garfos tamborilantes, silenciosa. As portas do Empório estavam arriadas quase até a metade devido à chuva que agora estiava. Nenhum freguês apareceu até às duas e meia, quando Euridiane, uma senhora de muito respeito e muitas carnes, entrou, comprou um metro de elástico e se foi, com o traseiro devidamente avaliado pelos colegas. A primeira das três visitas que a loja receberia naquele dia, uma das quais bastante desagradável.

Lá pelas três horas apareceu seu Donato. Surpreendeu Vitorino enquanto este dançava esfregando a barriga, insinuando a bolha de gordura na cara de Nômio e provocando-o com risadinhas estridentes. Ao ver a testa do patrão se enrugar em censura, ficou vermelho, gaguejou qualquer coisa e tirou o espanador do bolso da calça. Não adiantou: o velho fez um sinal para que Vitorino o acompanhasse ao pequeno cômodo que havia além do pátio. Quando voltou, meia hora depois, tinha o semblante abatido e um punhado de notas na mão.

– O que houve? – perguntou Nômio.

Vitorino arrumou suas coisas numa bolsa de pano e lançou um olhar comprido para ele.

– O velho me mandou embora – respondeu.

Havia inúmeros motivos para Vitorino ser mandado embora, Nômio sabia muito bem. Participava desses motivos, gargalhava desses motivos, era responsável por metade desses motivos. Mas sempre soube ser discreto, o que para Vitorino era uma tarefa difícil. Ser exagerado, escandaloso e barulhento estava tão misturado à sua natureza que era impossível conseguir alguma moderação sem arrancar uma porção significativa de sua personalidade. Nômio sentiu o coração acelerar pela possibilidade de passar os dias sozinho atrás daquele balcão, apenas para encarar os jantares sombrios com o pai e a madrasta, dormir e acordar para começar tudo outra vez. Não soube o que dizer ao colega. Apertou-lhe a mão e o viu sair pela porta, os ombros caídos de quem fora derrotado por um golpe inesperado.

– A gente se vê por aí – despediu-se Vitorino.

A chuva já tinha passado. Um sol vago surgia por entre as infindáveis montanhas de nuvens. Vitorino seguiu pela rua molhada.

– Josimar, faça o favor.

Era o velho chamando. Josimar era o nome que constava em seu documento. Nômio atendeu com uma pontada de esperança de também ser mandado embora dali. Talvez pegasse o dinheiro e desaparecesse no mundo. Atravessou o pátio, onde o gerador pingava cada vez mais, e parou na soleira da porta, aguardando permissão para entrar.

– Venha, rapaz.

Nômio vasculhou os arredores discretamente, tentando entender o que poderia haver ali que valesse a pena trancar. O cômodo era pequeno, com algumas caixas empilhadas, uma mesa e duas cadeiras, jornais velhos e um gaveteiro com cadeado.

Donato abriu uma das gavetas, puxou algumas cédulas presas por um elástico e as entregou ao rapaz.

Nômio olhou para o dinheiro em sua mão, depois para a cara de quem fazia a boa ação do Dia do Velho.

– Estou sendo mandado embora?

– Como?

– Está me despedindo, igual ao Vitorino?

Donato bateu as pestanas.

– Você é um bom rapaz. Mas Vitorino é um gordo preguiçoso e ladrão. Estava me roubando. Levando peças da loja e repassando para um marginalzinho vender na feira. Ouvi dizer que até anda assaltando por aí. Já falei com o delegado. Ele vai resolver. Mas não quero aquele filho da puta mais na minha loja.

Nômio estava perplexo. O Vitorino? Aquele Vitorino?

– Tem certeza disso, seu Donato?

– Você acha que eu ia brincar com uma coisa dessas? Eu estou de olho há dias. E me desculpe a sinceridade, mas vigiei você também. Esses trocados aí são só um agradinho. Sou justo com quem é honesto comigo.

Donato fechou a gaveta e conduziu Nômio até a porta, onde

trancou os quatro ferrolhos. Voltaram para a loja, tomaram um resto de café.

– Você acaba de arriar as portas? – o patrão perguntou.

– Sim, senhor – respondeu Nômio.

O velho despediu-se do empregado com tapinhas amigáveis nas costas. Ao sair, esbarrou com a terceira visita do dia cambaleando para dentro da loja.

Nômio ficou pálido.

O cheiro de álcool e roupa suja o atingiu antes mesmo de ver a ruína de um olho só que subia os três degraus do empório. Já sabia muito bem quem era. Seu pai, bêbado e sujo e encharcado e ensanguentado e arrasado. Tinha lama na barba cada vez mais grisalha e no cabelo grudado no crânio. O tapa-olho estava um pouco frouxo, insinuando a carne retorcida que havia ali, no lado esquerdo do rosto cuja expressão ausente causava fisgadas de raiva no filho. O pai reduzido àquilo, um fantoche flutuando numa nuvem de aguardente.

Donato lançou um olhar de piedade para o rapaz, apertou a mão do homem e partiu, meio constrangido.

– O que aconteceu com você? – fuzilou Nômio.

O corpo do pai ondulava lentamente, uma luta férrea para se manter de pé.

– Uns caras, Deutero... Uns caras, Dote...

Nômio pensou em quantas garrafas o trapo diante de si aguentaria beber antes de ter todo o sangue transformado em álcool. O pai morto talvez fosse mais digno, pensou com desespero.

– Uns caras, Deutero...

– Uns caras. Já entendi isso.

– O jornal... O jornal... O jornal tinha um retrato... Seu irmão. Seu irmão no jornal. Meu filho. Meu Deus, meu filho.

– Do que você está falando? Levi?

– No jornal.

– Que jornal?

– Não sei, eu...

O homem se apoiou numa coluna de tijolos e disparou um jorro de vômito grosso no piso. Nômio sentiu os respingos quentes metralhando seus pés. Em silêncio, odiou seu pai mais uma vez.

7: Espada sobre a cabeça

O busto de Clístenes, estadista grego, deitava os olhos pétreos sobre o homem por trás da mesa de mogno. Protásio Vargas sentia como se um milhão de pregos quentes fossem lentamente empurrados nuca adentro, onde se tornavam pequenos corações pulsantes.

– Estamos preparando a tela, senhor – a voz da secretária soou no alto-falante embutido na mesa. – O general McCarthy estará na linha em dois minutos.

– Mal posso esperar – grunhiu Vargas.

Um frasco estava emborcado sobre os papéis diante dele, três ou quatro aspirinas ao redor. Às vezes ele pensava se não seria melhor dar um tiro no próprio coração do que aguentar todos os problemas grandes e pequenos que vinham diariamente tentar lhe provocar um derrame.

A secretária entrou e escancarou a porta de folha dupla para que os técnicos passassem com uma caixa de madeira e alumínio sobre rodas, acima da qual havia uma tela de vidro grosso preenchida por uma fumaça leitosa. Os técnicos trouxeram a máquina até diante do presidente, conectaram rapidamente um série de cabos e giraram alguns botões. Ouviu-se estática, depois um assovio eletrônico. O interior da tela se iluminou e a fumaça começou a ganhar contornos indefinidos.

Um rosto surgia devagar.

Vargas fez um sinal para que todos se retirassem imediatamente do gabinete, enquanto as divisas do general Damon McCarthy dos Estados Unidos da América brilhavam na escuridão do lado de lá.

– Senhor presidente do Brasil – o general chamou, uma voz grave, negativa, que sempre causava em Vargas a sensação de estar vindo do limbo, de um lugar antinatural qualquer. Demoníaca, até. Não era medo, que não tinha medo era de nada, mas um desconforto quase instintivo. Pensava se não seria pelo fato do americano ter uma força militar devastadora pairando sobre sua cabeça vinte e quatro horas por dia.

– Senhor general – ele respondeu, erguendo-se da cadeira e fazendo uma mesura.

– Achei que tínhamos um acordo, senhor presidente – não havia variação no tom da voz. Sempre monocórdia, assombreada, tensa. Cobrando e pressionando. A voz da Ocupação. – Colocávamos você de volta no comando, seus bandos depunham as armas.

– O acordo está de pé, general.

– Não é o que temos visto. As hostilidades na região do Tinguá estão recomeçando. O que tem a dizer sobre isso?

– É um pequeno grupo agindo de forma autônoma. Bandidos, apenas. Nada político. Não temos nada a ver com isso. A imensa maioria dos grupos continua em paz. Não vão aderir a esta loucura – Vargas deu a volta na mesa e parou diante do tubo de imagem. A máquina era maior que ele. Os americanos a fizeram assim para mostrar como os brasileiros sempre estariam em posição inferior quando se comunicassem. – Só querem tocar a vida. Cuidar dos filhos. Criar vacas e bodes.

– Eles não poderão criar vacas e bodes se sua administração continuar tomando as terras deles. Isso tem de parar. Os camponeses se revoltarão mais uma vez, e meus superiores em Washington não terão paciência dessa vez. Irão arrasar aquele pedaço de nada. Transformá-lo em terra de ninguém. Estamos realmente ansiosos para exibir aos soviéticos nossas novas armas de destruição em massa.

Vargas se esforçou para que nem um fio de ódio escapasse em seu tom.

– Isso não vai acontecer. É apenas um pequeno grupo. Caipiras que tiram o chapéu para um moleque. Um estorvo. Considere isso como um incidente doméstico, não uma ameaça real para vocês.

– Tudo que não sai conforme nossa agenda é uma ameaça para nós, presidente. Espero que entenda isso, para seu próprio bem – Vargas franziu a sobrancelha ao ouvir a ameaça. – Nosso satélite conseguiu algumas fotos de altitude. Seu problema doméstico está arregimentando mais homens, ganhando apoio de pequenas comunidades. Expulsaram uma guarnição policial e tomaram o controle de uma região chamada Vila de Calvez.

– Vila de Cava.

– Seja qual for o nome do buraco, está crescendo como um câncer lá. Não temos mais imagens. Seus caipiras estão dando um jeito de camuflar o lugar. Só os russos conseguem se esconder de nossos *acquatones* dessa forma.

– Os russos estão apoiando o bando?

– Você não sabe nada do seu incidente interno, não é? Eu me preocuparei com os russos. Você se preocupa com seus terroristas mortos de fome. Pare de tomar as terras onde eles plantam suas bananas e corte pela raiz o descontentamento que pode levá-los a apoiar esses homens. Mostre que pode controlar seu país, ou vamos ter de colocar em seu lugar alguém que possa. Mantenha-me informado. Passar bem, senhor presidente.

A imagem de McCarthy foi se desfazendo outra vez em fumaça leitosa, o assovio elétrico ficando mais fraco, até desaparecer completamente.

Protásio Vargas deu um soco em sua mesa, fazendo o busto de Clístenes se espatifar no assoalho.

– Filho de uma... Senhorita Adriana! – gritou. A secretária entrou, esbaforida. – Suma com essa merda de máquina daqui e mande entrar o coronel Góis.

Enquanto a moça fazia força para arrastar o tubo para fora, o presidente pisava duro até a janela enorme que dava para a baía. Não queria ver o *USS Rogers* pairando a mil pés de altura, lançando uma sombra colossal sobre o mar. Uma Espada de Dâmocles na forma de um couraçado aéreo. Fechou as cortinas com um movimento brusco.

O coronel Góis entrou batendo continência, um jornal debaixo do braço.

– Quero Teodoro Puro morto, Góis. Morto! – Vargas gritou. Depois se recompôs, respirando fundo. – Aquele traidor miserável. Vira-casacas. Está colocando uma faca em nosso pescoço com esse rebuliço na Baixada Fluminense. Todo o armamento dos bandos foi recolhido como parte do armistício. De onde estão vindo essas armas novas?

– Dos russos? – arriscou Góis.

– É a suspeita do McCarthy. Até embaralhadores de *acquatones* eles têm. O exército não tem essa merda, Góis, e o Teodoro Puro tem.

– Será, senhor? Pode ser uma estratégia dos americanos. Criam uma situação que dá a desculpa perfeita para reiniciar as agressões e tomar o que eles quiserem.

– Eles não precisam de desculpas, Góis. Quem no mundo poderia impedir se eles quisessem enfiar uma bomba atômica no nosso cu? Ninguém, pelo amor de Deus. Nosso problema é o Puro e o moleque que ele afirma ser filho do imperador babão.

– Já mandei publicar o artigo sobre o bebê de laboratório. Está aqui – Góis mostrou o jornal para Vargas, que não demonstrou muito interesse. Góis deixou o jornal sobre a mesa, desapontado por sua demonstração de eficiência não arrancar nenhum elogio do general. – A Difusora Guarani está produzindo alguns programas sobre as experiências desumanas com clonagem para indignar a classe média e relembrar como Pedro III era um monstro que produziu um monstrinho numa proveta. A arquidiocese também está colocando o assunto nos sermões. Sobre como essa criança é uma armadilha do Diabo para desviar os incautos, sobre o anátema das Piedosas. É anátema que se diz?

– A classe média não é nosso problema, Góis. São os caboclos miseráveis ao redor do Teodoro Puro. Eles estão começando a se bandear para o lado errado. O Filho do Imperador é um símbolo poderoso que o velho usará para tirar os bandos do Tinguá da aposentadoria e foder com acordo com os americanos.

– Acha que o bebê-clone sobreviveu de alguma forma? – Góis perguntou, juntando os cacos de Clístenes com a ponta quadrada do sapato.

Vargas balançou seu exemplar do *Correio da Lavoura*.

– Clone ou impostor, não faz diferença. Teodoro Puro vai vendê-lo como o verdadeiro Herdeiro. Uma segunda vinda. O cadáver do Império ainda não esfriou o suficiente para fazer desaparecer os velhos simpatizantes. Tem muito fazendeiro por esse Brasil que adoraria ter um imperador outra vez. O único jeito de manter essa raça feliz é distribuindo terra, mas McCarthy mandou parar. Acha que pode irritar os bugres e jogá-los para Teodoro Puro. Mas parar vai irritar os latifundiários, e pode jogá-los para Teodoro Puro.

– Melhor os miseráveis do lado dele que os ricos – ponderou Góis.

– Nisso você tem razão. Mas eu o quero destruído enquanto é

apenas uma chateação. Teremos um problema sério se eles se declararem uma zona separada do resto do país.

– Mas, se a criança sobreviver, sua força continuará e Teodoro Puro será um mártir.

– É por isso que a criança morrerá.

– Como fará isso, general?

Vargas olhou para a cara esfacelada de Clístenes, depois para Góis.

– Já *fiz* três dias atrás, Góis. Meu braço alcança longe, longe. Só precisamos saber se os dedos são fortes.

Um clone é um indivíduo que possui características genéticas idênticas a outro indivíduo, de quem deriva. Isso é o que diz a Ciência. Mas ela está errada. Um clone é a mais vil prática da húbris humana, uma patética tentativa de copiar a obra de Deus. O resultado é uma criatura oca, um corpo incapaz de conter uma alma, que se torna a colmeia dos demônios.

– Trecho do sermão de Dom Leonel E. S. Franca, 1948.

8: Feitiços católicos

Lua alta no descampado.

Só a casa, piscando lâmpadas de querosene no meio de um nada escuro.

Acima dela, espraiando-se para o infinito, estrelas teimosas e uma lua amarelada. O rio Paraíba sussurrando em algum lugar. Grilos e sapos matraqueando pelos matos. Uma vida inteira largada para trás por essas coisas, Nômio pensava, enquanto carregava o pai pelo caminho até o alpendre.

Irmã Célia já os aguardava, uma sombra aflita anuviando-lhe o rosto. Via o cadáver do marido chegando, a realização do fado que tanto temia. Morto seu homem, por tiro, bebida ou tristeza. Os olhos já umedeciam e o choro ameaçava rasgar a garganta e se derramar pela terra.

Mas Jerônimo estava vivo. Tão vivo quanto aquela alma meio endurecida poderia estar. Viu isso primeiro na forma como Nômio a olhou, feito gato que trazia para a cama um roedor eviscerado; e depois como o marido ergueu a cabeça devagar, a cara devastada pela envergonhada e silenciosa consciência do próprio estado.

Sem trocar palavra, Irmã Célia e Nômio levaram Jerônimo para a cama. Ele jazia imóvel sobre o colchão de molas, o azedume do suor empesteando o quarto. A única luz ali vinha dos tocos de velas acesas aos pés de Santo Antão. A penumbra emprestava ao lugar o ar de funeral.

Um rosário apareceu nas mãos de Irmã Célia, e Nômio viu a madrasta correndo as contas enquanto os lábios se moviam. Nômio a amava como a mãe que o pai pôde lhe conseguir e como a amiga que, desde seus tempos de criança, esteve presente para oferecer ajuda; mas a odiava pela freira que tinha sido, pelas estranhas bruxarias que aprendera nos tempos de puta e que empurrava para a vida familiar. A casa inteira era uma capela, um altar fantasmagórico dedicado aos seus santos e feitiços católicos. Não havia nada que ele pudesse fazer além de desejar ir embora. Não ia, entretanto. Havia o medo de que os dois morressem sem ele, que definhassem sufocados pelo próprio sonho de fuga acalentado por uma vida inteira.

Nômio tirou as botas enlameadas do pai. Apoiou sua cabeça no travesseiro. Ele já roncava baixo. Dormia. Mas não em paz. Nômio apagou uma das velas. A madrasta segurou sua mão antes que apagasse a segunda.

– Não ofenda os santos.

– Ele precisa dormir. Está bêbado e esgotado.

– As velas precisam ficar acesas. Você sabe a razão – o rosto de Irmã Célia abriu-se num sorriso tristonho. – Será que poderia pegar um pote d'água e uma toalha? Pra limpar essa sujeira. Assim ele dorme melhor.

Nômio foi até o poço nos fundos da casa. Bombeou água para dentro de um balde, viu a lua em sua superfície. Lavou o rosto. Entregou o balde e a toalha à madrasta e saiu sem dizer nada. Irmã Célia o encontrou em seu quarto, dez minutos mais tarde, apagando as velas que queimavam para seu próprio Santo Antão. Ele derrubou a imagem no chão e a pisoteou até que não passasse de cacos de gesso.

– Mas isso é para te proteger – disse Irmã Célia.

– Essas coisas já não funcionam mais – respondeu Nômio.

– Tem que acreditar.

– Que santo é esse que só tem força se eu acreditar?

– Não sabe o que está dizendo, menino.

– Já não sou menino há muito tempo.

– E o que você é, Deuteronômio?

A pergunta o fez se sentir irritado.

– Não sei.

– O que você é?

Mais irritado ainda. Ele pisou num pedaço de gesso onde se via parte da barba de Santo Antão.

– Eu sei o que eu não quero ser. Aquilo – gritou, apontando em direção ao quarto do pai. – Não quero e não vou ser. Um bêbado se acabando numa vida que não quer. Isso eu não vou ser.

– Pois é exatamente o que vai acontecer descumprindo as promessas do santo. Vai ter outra vez tudo aquilo que fez seu pai ser o que é. Toda aquela merda espirrando na sua cara, igualzinho ao Jerônimo. Vai ter sorte se acabar bêbado, e não numa cova. Seu pai foi arrastado para isso. Mas antes foi esperto o suficiente para se casar. Ter você. Ache uma moça decente, case e meta uns filhos fortes na barriga dela.

– Não posso fazer nada disso. Tenho coisas em mente.

– Que tipo de coisa pode ser mais importante que tocar a sua vida?

Nômio foi até o cabideiro onde pendurara sua bolsa e tirou um bolo de jornal encharcado. Atirou-o sobre o colchão. Irmã Célia encarou-o, sem entender. Ele fez um gesto para ela conferir a manchete.

– Esse menino na foto... – ela sussurrou.

– É meu irmão. Junto com o filho da puta do Teodoro Puro. Isso é importante o suficiente?

Nômio agradeceu cada conselho, apagou a última vela e fugiu para o quintal. Irmã Célia rezou.

9: Que cachorro, meu senhor?

José Paladino sempre achou o interior de igrejas e mosteiros algo meio sinistro. Toda aquela atmosfera sagrada, um peso de séculos de fé acumulada, gerações de pecadores e beatos ajoelhados, rezando para os santos tristonhos, aqueles corais lúgubres vindos de outro mundo.

O convento das Irmãs Piedosas era exatamente assim. Ficava no alto do morro, logo atrás da praça, de onde zelava por todo o distrito. Um bosque o circundava. Talvez por isso a tinta estivesse mofada e as paredes, cheias de infiltrações.

Tinha sido acomodado numa pequena cela de monge na parte de baixo, perto do pátio interno. Havia um saco de serragem fazendo as vezes de colchão, mesa e tamborete, e um jarro de água fresca. Era um convidado ali, embora não tivesse certeza de que prisioneiro não fosse a palavra mais adequada. Sempre que botava a cara para fora da cela, uma dupla de freiras o seguia. Elas não o deixavam sair do convento, descer para a vila, a não ser gentilmente escoltado por homens armados.

Tinha acabado de verificar as lentes da câmera e reunia coragem para encarar a canja sem gosto à sua frente quando ouviu alguém se aproximar pelo corredor. Pôs-se de pé, passou a mão pela camisa amassada.

Uma noviça apareceu.

– O senhor Teodoro Puro solicita sua presença. Deve levar seu material fotográfico – ela disse, sem desviar os olhos do chão. – Se quiser me acompanhar.

Ela o conduziu pelo pequeno labirinto do convento até desembocarem no pátio interno, de onde era possível ver a Lua borrada através da claraboia vinte metros acima. José Paladino notou que os únicos homens dentro do prédio eram o velho, o menino-imperador e ele próprio. Imaginou que os demais deviam estar espalhados pela mata e pela vila lá embaixo. Vez ou outra a noviça (era mesmo uma noviça?) olhava por cima do ombro, como que para se assegurar de que ele estava mesmo ali. Subiram pela escadaria principal. No primeiro lance, duas irmãs de guarda. Nossa Senhora da Piedade segurava um Cristo morto num quadro atrás delas.

A noviça explicou que o repórter estava sendo aguardado.

Uma das freiras colocou um par de lentes escuras e balançou dois bastões de plástico e alumínio diante de José Paladino, de cima a baixo, trás e frente. Os bastões assoviavam.

– Está limpo – disse ela.

– O que há na bolsa? – a outra perguntou.

– Uma câmera fotográfica, lápis e um bloco de notas.

Ela lhe tomou a bolsa e a vasculhou cuidadosamente. Quando se deu por satisfeita, devolveu-a e abriu passagem, dizendo:

– O senhor Teodoro Puro chegará em vinte minutos.

José Paladino precisou seguir a noviça por mais sete lances de escada. Chegaram a um corredor comprido – mais um, o repórter pensou. Havia uma cadeira ali, ao lado de uma mesinha com água e um livro de orações.

– Aqui é o lugar da camareira de sua majestade. Ela deve ficar no quarto com ele, então você pode esperar aqui.

– Muito obrigado, irmã – José Paladino abriu seu melhor sorriso. A moça ficou vermelha outra vez.

– Não há de quê. Devo me retirar agora.

– A senhora não me deu o prazer de conhecer sua graça.

– Minha graça é Jesus e o imperador.

José Paladino resmungou alguma coisa, atarantado, enquanto a noviça desaparecia pelas escadas.

Era uma freirinha danada de bonita, ele pensou. Ajeitou-se na cadeira.

Esperou bem mais que os vinte minutos. Teodoro Puro não apareceu, nem a tal camareira. Estava tarde. Acabou cochilando, e os sonhos vieram rápido, mostrando matagais secos e freiras com espadas, e alguém gritando enquanto um cachorro latia e latia e latia.

Um dos gritos pareceu bem mais real que os outros, e o arrancou do torpor.

– Eu quero meu cachorro! – o décimo de uma série de gritos tão desesperados que eram ouvidos fora do convento.

Voz de menino.

E de mulher:

– Ajudem aqui!

José Paladino saltou da cadeira e abriu a porta do quarto do imperador. Lá dentro, a camareira tentava amparar o menino. Ele estava de olhos arregalados como um bebê assustado, perguntando aos prantos onde estava seu cachorro, onde estava seu cachorro, onde estava seu cachorro. Agarrou os braços da freira, tentando se levantar, e cambaleou até o outro lado do quarto.

– Cachorro, meu senhor? – a irmã estava confusa. – Tem cachorros no canil lá fora.

– O meu cachorro! Meu Merlin! – o menino virou no chão a bandeja que estava sob a mesa de cabeceira, derrubando o mingau de aveia, pote de mel, torradas, o filé com alho-poró. Pisoteou tudo, furioso, depois arrancou uma imagem do Sagrado Coração de Jesus da parede e a espatifou contra a porta. – Meu Merlin! Meu Merlin! – Apertou os punhos. Socou a parede, enquanto a irmã recuava sem saber o que fazer. Quando os nós dos dedos já estavam esfolados, ele bateu com a testa até um fio de sangue escorrer pelo seu rosto. – Meu cachorro – gritou mais uma vez, revirando os olhos até aparecerem as partes brancas, e então o corpo caiu inerte sobre o piso de tacos, como se alguém o tivesse arrancado da tomada.

– Que diabos é isso, dona? – José Paladino perguntou, pasmo.

Só então a Piedosa recobrou o fôlego e organizou mais ou menos os pensamentos. Saiu chamando por socorro o mais alto que os pulmões aguentavam, empurrando o repórter para longe da porta. Esbarrou com Teodoro Puro já a meio caminho.

– O que está havendo, irmã Clarice? – ele perguntou, segurando-a pelos pulsos.

– O imperador está fora de si. Está destruindo o quarto, esmurrando a parede, parece tomado pelo demônio.

José Paladino soltou um risinho. Não havia lugar mais apropriado que um convento para o demônio.

– Vá buscar a Diaconisa Lúcia – Teodoro pediu, o cenho franzido. Quando a irmã saiu, erguendo um pouco o hábito para não atrapalhar os passos, ele agarrou José Paladino pelo colarinho e o botou contra a parede. – Não tem permissão para estar no quarto do imperador, senhor repórter. Era para esperar na cadeira.

– Eu só quis ajudar – grunhiu Paladino, gemendo enquanto os dedos grossos do velho apertavam sua traqueia. – Além disso... Você me chamou aqui.

– Você ia registrar alguns momentos do imperador, sob uma ótica humana. Lendo alguma coisa antes de dormir, talvez rezando. Fazer uma breve entrevista. Mas, como pode perceber, ele está indisposto. As fotos não seriam favoráveis nesse momento.

– Entendi.

– Tenho certeza de que entendeu – Teodoro soltou a garganta de Paladino. Ajeitou-lhe a gola da camisa e acrescentou: – Você não tem permissão para chegar perto de Pedro sem que eu ou a Diaconisa estejamos junto. Você não pode subir até aqui sem autorização minha. Você sequer olhará para ele sem que eu permita. Muito menos apontará a câmera. Mas você pode ir embora, se quiser. Tenho certeza de que consigo outro cronista para a história que quero contar aqui.

– O imperador sob a ótica de Teodoro Puro.

– Exatamente. Algum problema em ser o escriba oficial do Rei Encoberto e Agora Revelado?

– Não.

– Ótimo. Tenha uma boa noite – Teodoro Puro puxou de leve a aba do chapéu, num cumprimento irritado. José Paladino ficou ali, tentando entender o que diabos havia acontecido, enquanto o velho seguia para os aposentos do imperador. Quase o seguiu, pensando em que tipo de informação interessante poderia conseguir, mas desistiu quando a Diaconisa passou pisando duro, o hábito esvoaçando como uma capa, segurando uma pequena caixa prateada. Logo atrás, quatro Piedosas com aquelas armas enormes e assustadoras. Elas ficaram de guarda na porta do quarto, caras enfezadas. José Paladino notou que eram moças bem jovens. Clérigos guerreiros já não eram novidade desde a Idade Média, ele pensou, mas freirinhas portando fuzis soviéticos não era uma coisa que se via todo dia.

Embora andasse vendo todo dia.

Ele acenou para as irmãs e tratou de sair dali antes que mais alguém resolvesse descontar os problemas nele.

Decidiu não ir para o quarto. Em vez disso, seguiu pelo labirinto de corredores até chegar à balaustrada que dava para o pátio interno. Olhou lá para baixo. Quatro freiras armadas conversavam. Dava para ouvir outras Piedosas rezando em conjunto em algum lugar do mosteiro, a ladainha meio fantasmagórica ecoando pelas paredes mofadas. Provavelmente para abafar o surto neurótico do moleque imperial.

Desviou para um corredor pequeno, que ia dar numa pequena sacada de frente para o bosque. Era da mesma largura da porta, mal dava para uma única pessoa de pé. Ele imaginou a real utilidade daquilo. Mijar no meio da noite, talvez.

Apoiou-se na mureta e olhou para o paredão acima. Havia reentrâncias nos tijolos e canos de cobre que, à primeira vista, pareciam aguentar seu peso, caso decidisse que subir trinta metros até o telhado colonial era uma boa ideia.

Era uma péssima ideia, mas ele decidiu levá-la adiante assim mesmo. Subiu na mureta, com cuidado para a sola do sapato não derrapar no mármore cheio de umidade da noite. Com um braço apoiou-se no tijolo saliente coberto de cal, e com o outro segurou o cano de cobre mais acima. O parafuso não cedeu, o que era bem conveniente.

Foi galgando centímetro a centímetro, até olhar para baixo e se dar conta de que estava a quinze metros de altura, a meio caminho do telhado. Ouviu vozes na floresta e depois uma dupla de vigias passou pelos pavimentos de pedra abaixo, fazendo a ronda. Pelo barulho das pisadas fortes, um deles era a coisa mecânica que andava pelo perímetro do convento, e o outro era o lunático – ele os chamava de Torre e Cavalo, porque sempre estavam no convento protegendo o Rei junto com o Bispo e a Dama. Se a Torre olhasse para cima, veria José Paladino agarrado feito uma mosca à parede, tentando se esconder nas nesgas de sombra, um bocado arrependido de ter trepado ali. Mas ninguém olhou, estavam ocupados tentando não tropeçar em nada, e, quando tudo estava deserto, ele continuou a subida até alcançar o topo.

Arrastou-se com cuidado pelas telhas, tentando não desprender nenhuma delas do lugar, ou a fileira inteira despencaria lá embaixo, levando-o junto. Escutou alguém responder a uma chamada de rádio ali perto. Escondeu-se atrás da caixa-d'água. Tinha outro vigia ali em cima, mas não podia vê-lo. Provavelmente estava lá para a frente, perto da longa fachada do convento, de onde era possível ver toda a Vila de Cava. Não teria problemas se fosse silencioso.

Continuou até se encontrar a poucos metros acima da sacada do imperador-moleque. Deslizou devagar pela parede até alcançar o telhado menor abaixo. Deitou-se ali e aguçou os ouvidos.

O irritante moleque-imperador já não dava seus berros histriônicos. Mas havia vozes preocupadas conversando dentro do quarto. Homem e mulher, tom arrogante que só quem manda tem: o velhote metido a Advogado do Santo Sepulcro e a madre superiora guerrilheira. Bispo e Dama.

– ... doses cada vez maiores, Teodoro. Essas drogas não farão bem para o menino.

– Ele não é um menino, irmã. Apenas está preso no corpo de um. Mas essa não é a questão.

– E qual é?

– O imperador parece cada vez menos presente. Será que ele não está manifestando a mesma degeneração mental que o original?

– Você quer dizer... Demência? Ela tem algo a ver com a carne? Penso ser espiritual, o tormento do Adversário sobre nosso pequeno enviado de Deus. Não tem nada de físico nisso.

– Não sei, Lúcia. Segundo ela, o menino estava bem, dando ordens sobre o ponto de cozimento de cada prato e a quantidade de mel em sua aveia, quando o chão lhe faltou e ele despencou, agarrando seu hábito e a desequilibrando-a. O antigo imperador tinha surtos do tipo. Babava e tudo. Esquizofrenia e epilepsia. Mas a do garoto parece diferente. Ele chama por um cachorro.

– E por uma espada.

– Espada?

– Sim.

– Não seria seu velho canivete suíço?

– Não, senhor. Toda noite pergunta por sua espada. Angustiado, como se estivesse no meio de uma luta mortal.

Silêncio.

Depois José Paladino ouviu um murmurar infantil.

– Sim, majestade. O senhor teve uma indisposição alimentar. Claro, claro, vamos trocar a camareira. De acordo, majestade. Perfeitamente, majestade. Trarei de volta o seu canivete, majestade. Sim, majestade. Sim, majestade. Tenha uma boa noite o senhor também, majestade.

Mais alguns segundos de silêncio, depois barulho de porta batendo e passos se afastando.

O imperador voltou ao normal, pensou Paladino. Tinha até um pouco de pena do moleque, mas saber que ele não era muito bom da cabeça era uma informação e tanto. Ah, se era.

ENTREVISTADOR: *O que causa o choque entre as Irmãs Piedosas e a Igreja Católica, afinal?*

DIACONISA LÚCIA: A Igreja está desconectada das mazelas do mundo aqui embaixo. Os cardeais estão todos saboreando vinhos caros e transitando entre os altos escalões da política. Os pobres do mundo não recebem mais a caridade do evangelho como a água pura, mas como um desses sucos que se fazem aqui, todos iguais, com gosto de nada. A cristandade não é homogênea. A Palavra de Deus deve atender a cada fiel no planeta segundo a sua necessidade pessoal, cultural e social. É o que decidimos fazer. Focamos a obra de nossa ordem nos pobres da Baixada Fluminense. Nas mulheres desse lugar, abandonadas pela Igreja e pelo governo. Eva não era uma pecadora. Era uma libertadora.

ENTREVISTADOR: *Então não é um choque. É uma ruptura.*

DIACONISA LÚCIA: Choque, ruptura, cisma. Preferimos a palavra independência. De dogmas e padrões. Nossa ordem é pequena, nascida aqui mesmo em 1903. Somos insignificantes para a Igreja. Não recebemos apoio financeiro. O papa não é nosso pai. Apenas Cristo e a Virgem zelam por nós. Lutaremos pelos pobres e sonharemos até o fim com um cristianismo social e justo para a população daqui.

ENTREVISTADOR: *Mas um cristianismo social se conquista com a violência? Freiras armadas evocam uma imagem provocativa, que gera críticas de todos os setores da sociedade. Por que botar armas nas mãos das Piedosas, Diaconisa?*

DIACONISA LÚCIA: Padres e freiras armados não são novidade na história cristã, meu caro. Grupos de monges andavam em bandos com porretes para defender sua cristologia das provocações de outros monges. O que eram os Templários e os Hospitalários, se não clérigos que usaram a força militar em prol dos interesses da fé? O próprio São Pedro usou uma arma para defender Cristo no Jardim de Getsêmani. Foi Jesus quem disse que não trazia a paz, mas a espada. Você entende? A natureza do cristianismo é revolucionária e envolve a questão da terra. Nenhuma revolução se faz sem a destruição da ordem anterior. Somos pastoras. Cuidamos do nosso rebanho. Os lobos têm presas e nós temos rifles.

ENTREVISTADOR: *Mas por que aderir ao movimento pedrista? Não há algo de herético e messiânico nessa ideologia?*

DIACONISA LÚCIA: Pedrismo é um termo depreciativo. Lutamos por uma monarquia social, um cristianismo que pensa no agora. O cristianismo é monárquico. Jesus é o Rei dos Reis. Temos que aplicar a fé à nossa realidade local. Temos um povo insatisfeito com tudo o que está aí, mas estava disperso, sem coesão. O Imperador trouxe um sentido para isso. Ele canaliza a vontade de mudança, essa iconoclastia, na direção do *status quo*. Sim, ele é como um Messias. Deus enviou o Revelado para nós. Nada do que Deus faz é herético.

– Notas de José Paladino para uma entrevista com a Diaconisa Lúcia das Irmãs Piedosas, 1948.

10: O homem da estrela

Nômio foi caminhando pelas ervas daninhas.

Lá adiante, oculto nas moitas abaixo da amendoeira, um homem esperava por ele. Muito tempo havia se passado desde a última vez em que os dois estiveram frente a frente. A camisa branca estava rota e encardida. A estrela azul no peito, antes orgulhosa e fulgurante, agora era um pedaço de lata comida pela ferrugem. O calção azul em cima do colante vermelho, os coturnos pesados, a máscara preta sobre os olhos. Tudo roído pela ausência de Nômio, deteriorado pelos meses de descrença e de rituais, sobrevivendo de dolorosas e esporádicas aparições na visão periférica do rapaz, não mais que um vulto a exigir – não, a implorar – a chance de lhe falar.

E agora lá estava ele, vendo Nômio caminhar em sua direção, o encontro prestes a acontecer. Estava tão crescido, o seu menino, enquanto ele era agora aquele farrapo de cabelos brancos.

Estavam cara a cara.

Rapaz, disse o homem.

– Senhor Democrata – respondeu Nômio. – Faz muito tempo.

Sete meses e quatro dias.

– O senhor estava contando.

Veja meu estado, Deuteronômio. Tudo o que eu fiz foi contar.

Nômio baixou a cabeça. Sentia-se um pouco envergonhado.

– Se serve de consolo, agora está livre. Derrubei o feitiço católico. Resolvi aceitar o que tiver para mim.

Eu o protegerei.

– Você é um herói. Nunca duvidei.

Não sou mais nada além do homem da estrela agora.

– Preciso da sua ajuda.

As orações da sua mãe bruxa ainda são fortes.

– Não por muito tempo, agora que eu não acredito mais. E ela não é minha mãe. Mas não a chame de bruxa.

Tentarei, menino.

– Vou ajudar o pai numa coisa importante. De significado.

Nômio apanhou uma pedra no chão. Rolou-a entre os dedos. Morcegos se agitavam nas folhas acima de sua cabeça.

Vai atrás do outro menino.

– Sim. Meu irmão voltou para Nova Iguassú.

Não serão bem-vindos lá.

– É uma previsão?

Apenas uma constatação óbvia.

Um relâmpago caiu atrás da serra. Nômio olhou para longe. Quando o clarão foi embora, ele não sabia mais o que era noite e o que era o homem da estrela.

11: Um evangelho dos outros

Jerônimo acordou quando a lua já ia embora do céu, mas a escuridão ainda teimava em cobrir aquele trecho de mundo. Ele ficou parado, a coberta até o peito, olhando fixo para o teto de telha, tentando encaixar na ordem os pedaços de pensamentos e fragmentos de imagens que vinham rodopiando como dejetos descendo pela descarga. A cabeça estava pesada, a boca com um gosto pastoso de bile e álcool, mas a embriaguez tinha ido embora.

– Como você está? – uma voz murmurou nas sombras.

Ele virou a cabeça devagar na direção da cadeira onde Irmã Célia estava sentada, de vigília. Ela tinha uma Bíblia aberta num salmo qualquer.

– Um vulcão fervendo meu peito – Jerônimo respondeu. – Levi. Ele apareceu. Está em Nova Iguassú de novo.

– Eu sei. Nômio me mostrou o jornal.

– Então não foi alucinação.

Irmã Célia fechou o livro com um pequeno estrondo.

– Nenhuma alucinação devia entrar nessa casa – ela disse. – Mas seu filho, seu *outro* filho, quebrou o círculo de fé que montei para ele. E agora sinto que quebrará também o seu.

Jerônimo levantou-se. O quarto girou por um segundo, e então se estabilizou. Sentiu-se velho e debilitado.

– Meu outro filho sabe que precisaremos de toda ajuda possível. Ele é um bom garoto.

– E será um bom garoto morto, se continuar arrastando-o sempre para essa vida para a qual sempre retorna.

– Eu mudei, Célia. Não sou mais o homem que levava uma criança para participar de uma matança.

– E, no entanto, aí está você. Pronto para fazer isso de novo.

– Levi é meu filho. O que sugere que eu faça? Deixe o menino na mão de um louco homicida ainda pior do que eu? Que abra uma queixa na polícia?

Ela levantou-se, irritada:

– Eu também me preocupo com o Levi. Acha que não sofro também? Acha que não estou dilacerada todo esse tempo sem notícias do menino que ajudei a criar?

– Está? – Jerônimo arrependeu-se da pergunta assim que a interrogação escapou por entre seus dentes.

Irmã Célia calou-se. Mordeu o lábio e ficou olhando enquanto o marido calçava suas botas enlameadas.

A luz bruxuleou.

– Eu sei que você é a mãe que meu filhos nunca tiveram. Eu a amo por isso.

– E apenas por isso.

– Não apenas por isso – Jerônimo ajoelhou-se diante dela. – Vou trazer o Levi e vamos ser uma família completa. É uma promessa.

Ela se levantou. Olhou-o de cima.

– Promessa não tem valor sem a intenção de cumprir.

– Seremos felizes. Teremos paz.

– Como vamos ter paz? Você está indo para uma guerra, e sabe disso. Pior: está levando Nômio junto.

Foi a vez dele se levantar e encará-la.

– Deuteronômio é um homem agora. Ele sabe que um homem tem de lutar pela família.

– Você está sacrificando um filho para salvar outro – ela lhe deu as costas e foi até a janela. O descampado se estendia lá fora, e só a silhueta de uma árvore solitária se destacava na noite. – Vai acabar sem nenhum.

– Não vou fracassar com Levi como fracassei com Deuteronômio.

– Nômio não é um fracasso.

– Ele se parece comigo. E eu sou este desastre. Ele também é. E sabe disso. Por isso vai comigo buscar Levi. Para não deixá-lo virar o lixo que viramos.

– Você vai trazê-la de volta para a sua vida, para isso.

Jerônimo não respondeu. Saiu do quarto e caminhou em direção ao banheiro nos fundos da casa. A porta rangeu quando ele a abriu, e um parafuso afrouxou quando ele a bateu com força atrás de si.

Um cheiro forte de mijo subia do vaso marrom, um cheiro que ele sabia ser dele e dos litros de álcool que despejava garganta abaixo todo dia. Fechou o pequeno armário de plástico acima da pia e seu rosto apareceu no pedaço de espelho na portinha. Havia uma teia de rachaduras dividindo-o, sete pequenos Jerônimos com um buraco escuro no lugar do olho esquerdo.

Sete contornos de luz atrás dele.

... homem-sonho.

Ele estremeceu, angustiado.

– Não sou um sonho. Sou um homem – disse.

Um homem é feito de sonhos.

– Meu sonho agora é trazer meu filho de volta para casa.

O imperador.

– Ele não é imperador. É apenas um menino.

O imperador vai cumprir o destino que é dele. Você iniciou os eventos quando puxou o gatilho no alto daquele prédio, homem-sonho. Não há como impedir que todas as coisas caminhem para seu lugar.

A Santa era apenas uma mancha pairando no ar, uma coisa meio morta, como uma bolha de sabão que vai se desfazendo até sumir.

– Não quero ouvir isso. Poupe-me desse palavrório todo, que nunca me traz nada de bom. Eu preciso apenas que você me ajude a sair de lá vivo. É só isso.

Isso eu não posso fazer.

Jerônimo socou a parede. Depois, se controlou.

– E por que não? – perguntou. A mão latejava.

Olhe para mim.

Ele não olhou.

Olhe para mim.

Ele levantou o rosto devagar. Olhou para o espelho rachado, viu-a ali em mil pedaços.

Meus olhos sangram e meu peito tem um pedaço de carvão desde que a bruxa com quem se casou me fez ir embora. As velas que queimam no altar não são alimentadas por combustível e oxigênio, mas por minha carne. É meu corpo e alma que se desfaz dia a dia, enquanto a chama vive. Vou desaparecer para sempre no Hiperespaço quando não restar mais nada. Você cala minha voz e não escuta meus lamentos e meus pedidos de ajuda quando entorpece sua mente com o álcool. Olhe para mim. Pode um fantasma cuja palavra não tem força realizar algo? Pode aquela que está quase morta saber sobre quem vive e morre?

Não posso ajudá-lo, homem-sonho. Talvez não haja mais tempo.

– Me diga o que devo fazer, e eu farei.

A Santa abriu seus grandes olhos de Nancy Carroll, dois sóis nascendo por trás das nuvens que imediatamente apareceram em cada fração de espelho.

Eu exigirei um sacrifício.

– Sacrifício?

Eu lhe darei um dom para auxiliá-lo em sua cruzada. Você enxergará outra vez, através da minha voz, o que está adiante, além de qualquer olho. E você me dará um contradom: a sua palavra, a sua devoção. A promessa de que jamais em sua vida calará a minha voz com uma garrafa outra vez. O juramento de que não permitirá que bruxarias me afastem para a periferia dos seus pensamentos, para o vazio entre o aqui e o não-lugar. As velas precisam parar de queimar.

– Nenhuma vela queimará mais com esse propósito – Jerônimo disse. Ele sabia o que isso significava. As velas para Deuteronômio também seriam todas apagadas, e sua herança voltaria a assombrá-lo. Seria certo sacrificar um filho por outro? – Tem a minha palavra.

Tenho sua palavra, mas quero também a devoção. Será meu nazireu.

Jerônimo suspirou. Apanhou uma navalha no armário de plástico. Rolou-a entre os dedos, abriu-a. Tocou no fio da lâmina.

Assim está escrito no Evangelho dos Outros: "Terá que se abster de vinho e de outras bebidas fermentadas e não poderá beber vinagre feito de vinho ou de outra bebida fermentada. Não poderá beber suco de uva nem comer uvas nem passas. Enquanto for nazireu, não poderá comer nada que venha da videira, nem mesmo as sementes ou as cascas. Durante todo o período de sua separação, estará consagrado aos Santos. O nazireu rapará o cabelo que consagrou e o jogará no fogo que está embaixo do sacrifício da oferta de comunhão".

Jerônimo passou a navalha pouco acima da testa. O primeiro tufo de cabelos caiu aos pés da Santa.

"Ali apresentará duas ofertas aos Santos do Hiperespaço, o pedido de perdão, as suas apologias: um cordeiro sem defeito como holocausto, como oferta pelo pecado, um carneiro sem defeito como oferta de comunhão, juntamente com a sua oferta de cereal, com a oferta derramada e com um cesto de pães sem fermento, bolos feitos da melhor farinha amassada com azeite e pães finos untados com azeite. A Santa os apresentará aos Santos e oferecerá o sacrifício pelo pecado e o holocausto".

O segundo tufo, e o terceiro, o quarto, o décimo.

Jerônimo Trovão havia entregado todo o cabelo de sua cabeça como um contradom.

Quando ele saiu do banheiro e voltou para o quarto, Irmã Célia o aguardava sentada na beirada da cama. Parecia um cisne, meio sublime, meio trágica. Talvez Jerônimo a amasse.

Ela não disse nada sobre o cabelo. Apenas ficou ali, vendo-o abrir a antiga arca, retirar de lá duas ou três peças de roupa, um maço de notas e arrumar tudo num embornal de lona. A Mauser 96 cor de bronze foi o último item. Ele estudou o cano por um longo tempo, como se olhasse para o abismo infindável contido ali. Depois a prendeu no cinto.

Só então teve coragem de encarar a mulher.

– Estou indo, Célia. Perdoe-me se eu não puder voltar.

A lâmpada de querosene não era forte o suficiente para vencer a mão de sombra que envolvia o quarto em seus dedos.

Irmã Célia levantou-se.

– Meu marido e meu filho vão buscar meu outro filho. Não vou ficar aqui a esperar. Que tipo de mãe eu seria se não fosse junto morrer pela minha família?

– Não pretendo morrer.

– Quem disse que não vai? O demônio que te atormenta? A única mulher que vai te proteger de verdade sou eu.

– Será perigoso.

– Não é escolha sua.

Um cisne, pensou Jerônimo. Ainda triste, ainda trágico, ainda belo. Ele balançou a cabeça.

– Que seja.

Encontraram Nômio ao pé da árvore.

Seguiram em silêncio pela estrada, a casa ficando para trás, desaparecendo na noite como quase tudo na vida deles desaparecia.

12: Diário de bicicletas

Todo dia, quando o sol ia subindo e trazendo a manhã junto, uma moça chamada Luciana pegava sua bicicleta enferrujada e pedalava até a venda na entrada da cidade, onde deixava uma barrica de leite e comprava dez pãezinhos. Do sítio onde morava até lá eram dois ou três quilômetros. Ela gostava do passeio, colhia flores na margem da estrada de terra e enfeitava o cesto da bicicleta. Às vezes, os cabelos. Quase no meio do caminho, a estrada subia e ela precisava descer e seguir um pouco a pé, empurrando o guidão. Quando estava com sorte, alguma camionete de sítio passava e dava uma carona, levando a bicicleta na caçamba.

Era uma manhã nublada e um carro havia aparecido.

Dois assentos sobre uma plataforma, cercados por uma carroceria de grades. Um sujeito magro e um sujeito gordo sorriram para Luciana. O bom dia que ela ia dizer escorreu na ponta da língua e voltou para dentro da garganta.

– Dia, moça – disse o magro. Muito magro.

Ela apenas acenou com a cabeça, sem graça, e começou a andar pela estrada de terra. Eram dois marginais da região.

– Tamo indo pra cidade. A gente te leva.

Ela andou um pouquinho mais rápido.

– Não precisa, obrigada. Só vou subir a ladeira e montar na bicicleta.

O gordo riu e cochichou alguma coisa sobre montar com o magro, muito magro.

– Bora, dona. Vai chegar mais rápido.

– Não, obrigada de novo.

A moça subiu na bicicleta e pedalou o mais forte que pode, ziguezagueando pelo caminho.

O gordo cochichou mais uma vez, como se estivesse com medo ou vergonha do que dizia. O magro, muito magro, sacudiu a cabeça e pisou no acelerador. O carro jogou lama para o alto e saltou na direção de Luciana. Só foi preciso um esbarrão na roda traseira. Ela perdeu o equilíbrio. A bicicleta invadiu o matagal da beira da estrada, bateu num galho e a arremessou no chão.

O magro, muito magro, desceu do veículo, uma mão no zíper da calça e a outra segurando a espingarda roubada.

– Esconda o carro ali na frente e fique vigiando. Eu vou primeiro. Depois é sua vez.

O gordo manobrou o carro para o meio de alguns arbustos. Desceu com cuidado, arranhou o cotovelo num espinho, soltou um palavrão.

Deu dois passos, pensou outra vez. Jogou mais folhas sobre o capô de grades.

Depois jogou mais um pouco.

Se passaram o quê, cinco minutos?

Estava impaciente. Será que o primo ia demorar? Devia estar levando a menina mais para longe, por causa do barulho. Não ouvia a voz dela, o que era bom. Queria que ela não protestasse, nem reclamasse, ia ser mais fácil assim.

Jogou mais folhas no carro e foi para a estrada.

Tomou um susto: não era o Josimar vindo lá adiante? Mergulhou no mato como se fosse uma piscina, mas era tarde demais. Tinha sido visto.

– Vitorino? – Josimar parecia confuso quando chegou. – Por que pulou no mato desse jeito?

Vitorino saiu de trás da moita, limpando a terra preta da roupa.

– Eu, hã, é que... Hã... Você sabe como eu sou.

Josimar colocou a mochila no chão.

– Não, não sei – disse. – Isso tem a ver com o seu Donato?

– Seu Donato?

– Ele mandou você embora. Disse que estava roubando a loja.

Vitorino torceu o nariz:

– Sabe que aquele velhote nunca gostou de mim porque a senhora dele ficava de olhares e sorrisos comigo.

– Você roubou a loja, Vitorino?

Vitorino gargalhou, nervoso.

– Claro que não. Mas ninguém vai acreditar em mim – ele disse. Depois apontou para a mochila no chão. – E você, indo viajar? Não me diga que roubou o velho também.

– Não sou ladrão.

– Nem eu. Somos boas pessoas, não?

– Somos?

– Somos, Josimar. Mas é claro que somos.

Vitorino viu por sobre os ombros de Josimar uma mulher sair do mato, carregando a moça da bicicleta, que chorava. Depois veio seu primo magro, muito magro, tropeçando nas próprias pernas e se estatelando no chão, empurrado pelo homem que vinha logo atrás. Era careca, barba desgrenhada. Mas Vitorino reconheceria o tapa-olho em qualquer lugar do mundo. Mais ainda: reconheceria a espingarda outra vez nas mãos dele, onde estava parecendo muito mais assustadora.

– Não me mata, pelo amor de Deus – escutou o primo choramingar. O homem acertou sua boca com a coronha. Dois pontinhos perolados, dentes, talvez, surfaram num jato de sangue e saliva. O primo não se mexeu mais.

– Que você roube o seu Donato, até vai. É só dinheiro. Mas tentar fazer mal a uma moça? – disse Josimar.

– Ele te machucou, filha? – perguntou Irmã Célia.

– Ele me levou até o córrego e tentou me beijar – Luciana respondeu. Estava tremendo.

Vitorino gaguejou, sem coragem de olhá-lo nos olhos. A mulher mais velha ajudava a moça a levantar a bicicleta.

– O que vai fazer, Josimar? Bater? Matar? Ainda sou o seu amigo da loja.

– Você é amigo do Josimar. Não do Deuteronômio.

Vitorino não conseguiu perguntar quem era Deuteronômio. Recebeu um murro no queixo, rodopiou sem norte e caiu desmaiado.

Luciana deu um gritinho.

– Corra para casa, minha filha – disse Irmã Célia. – Avise sua mãe. Vá até a polícia.

– Procure também o seu Donato do Empório. Diga onde poderá encontrar esses dois – acrescentou Nômio.

– Vamos perder o ônibus – grunhiu Jerônimo.

13: Escoltado pelo Cavalo

A Piedosa era uma moça encantadora. Bem encantadora. José Paladino imaginou como ela seria por baixo daquela roupa de freira tão sem graça, tão cheia de panos, tão sem cor. Ela brilharia? Teria o sol nos cabelos, um diamante nas pupilas? Pois os dentes eram pequenas pérolas, mesmo um pouco tortos.

Ela passava apressada, com as roupas do menino cuidadosamente passadas nos braços. Voltava com uma bandeja de copos e talheres sujos. Subia outra vez carregando livros. Descia em busca de água com gelo. Daqui para lá e de lá para cá o dia inteiro. Não era fácil ser a camareira do imperador, embora provavelmente fosse uma honra.

José Paladino a espiava em sua labuta diária, medindo-a demoradamente quando ela não estava olhando, por entre as colunas do pátio ou nas esquinas dos corredores. Ela se movia com suavidade, como se os pés não tocassem o chão, mas flutuassem. Uma nuvem em forma de moça.

Por isso ele a chamava de Ana das Nuvens. Ana era mesmo seu nome, tinha dado um jeito de ouvir por aí. Das Nuvens foi invenção, sua forma particular de tratar dela nos momentos em que se pegava pensando. Um cúmulo-nimbo que de vez em quando usava um rifle com as mãozinhas pequeninas e meio magrelas. Ana das Nuvens.

Era bonito. Guardaria para batizar uma filha, um dia.

Estava tentando encontrar uma forma de esbarrar com ela acidentalmente e puxar assunto, mas sempre que Ana das Nuvens o via baixava a cabeça, séria, e desaparecia pela primeira porta que encontrava.

Ou ela gosta de mim ou me odeia, ele pensou, ao vê-la mais uma vez flutuar depressa pelo pátio, carregando um balde de ferro, água com sabão saltitando para fora a cada passo.

Considerou a possibilidade de segui-la, mas passos sólidos

ecoaram atrás dele, acompanhados de um arrastar de metal contra pedra. A voz de Teodoro Puro trovejou em seguida:

– Eis nosso cronista – ele vinha com os braços abertos, como se encontrasse alguém perdido havia muito. Usava seu chapéu fedora meio gasto. Os bigodes brancos apontavam para cima. Atrás dele, o Cavalo, um sujeito esguio que sempre deixava a cabeça meio inclinada para o lado, medindo alguma coisa; o repórter tinha para si que ele media a distância e a trajetória ideais para arremessar uma das duas peixeiras que sempre estavam na sua mão ou cinto; e a Torre, o aleijado sádico cujos cotos de pernas se encaixavam dentro da Matryoshka.

– Senhores – cumprimentou Paladino. Cavalo e Torre ignoraram.

– As fazendas da região estão sendo desapropriadas uma a uma e as terras voltando para as mãos do povo. Os grileiros estão sendo escorraçados pelo número cada vez maior de bravos homens que se unem à nossa causa. Já controlamos toda a Vila de Cava e arredores. Em breve, estaremos livres do governo corrupto e viveremos numa comunidade justa sob o jugo do verdadeiro rei. Precisamos disso nos jornais. A propaganda mentirosa de Vargas e dos americanos já começou. É nossa vez de mover as peças. É hora de você fazer sua mágica.

– Para fazer minha mágica, preciso levar minhas anotações até Nova Iguassú, datilografar e imprimir.

Teodoro Puro desmanchou o sorriso.

– Isso não vai ser possível, meu amigo. Precisamos de você aqui. É nosso hóspede de honra.

– Prisioneiro, você quer dizer.

Ele colocou as mãos no peito.

– Que cruel de sua parte dizer isso. Não, não, não. Nada de prisioneiro. Hóspede. Mas deve ter percebido que nosso povo é muito humilde. Sem estudo. Se me perdoa a palavra – ele olhou para a Torre e o Cavalo –, são pessoas simples e ignorantes. Não há nenhum repórter aqui. Você sabe que seu jornal é o único dessa região. Não podemos nos dar ao luxo de abrir mão de você.

– Mas não posso trabalhar sem meu equipamento – Paladino protestou.

– Façamos assim: um grupo de Piedosas irá ao seu escritório e trará suas coisas.

– Eu irei junto.

– Não.

– Seria uma demonstração de boa-fé. A prova de que não sou prisioneiro aqui. Porque, caso eu seja, não vou ajudar vocês com uma linha de texto.

– Não precisamos de jornalista, chefe – o Cavalo grunhiu para Teodoro. – Principalmente jornalista boca grande. A gente faz nossas coisas e a notícia vai correr pela região.

Paladino pensou em como seria divertido plantar a mão na cara daquele sujeitinho, mas ele parecia bem experiente com aquela peixeira.

A Torre riu.

Teodoro o fez se calar com um gesto. Olhou para José Paladino.

– Tudo bem, senhor repórter. Você vai com as Piedosas. Mas não teste minha paciência tentando fugir. O imperador precisa de sua pena.

– Eu posso ir também, Teodoro – ofereceu-se o Cavalo, ajeitando os suspensórios, a cabeça ainda mais inclinada. – Para lembrar ao nosso amigo aí que ele precisa voltar.

Seria ótimo, pensou Paladino.

BEM-VINDO A NOVA IGUASSÚ, TERRA DOS LARANJAIS.

– Placa de madeira empoeirada na rodoviária da cidade, quase sempre encimada por urubus, 1946.

14: Plano

A pequena plataforma onde o ônibus parou era pouco mais que uma ruína empoeirada. Uma mulher enorme se abanava ao lado de um caixote cheio de suco de laranja, um vira-lata fungando ao redor.

Ela olhou para o ônibus que encostava, pegou duas garrafinhas e ofereceu sem muito entusiasmo. Nenhuma das cinco pessoas demonstrou interesse, e ela foi se sentar outra vez.

Irmã Célia desceu primeiro, esticando as pernas doloridas. Nômio veio a seguir, olhando ao redor com alguma ansiedade, tentando sorver grandes bocados do ar tão familiar. Parecia que havia séculos não pisava na terra que considerava sua casa.

Jerônimo foi o último, uma figura sombria, olho encovado, careca e barba cheia de pontos cinzentos. Pendurado nas costas, um embrulho comprido, parte feito com jornais, parte com sacos velhos. Havia uma linha de pesca e um molinete, caso alguém ficasse curioso demais.

Ele deu algumas moedas para a mulher e bebeu o suco, algumas gotas amarelas escorrendo pelo canto da boca, desviando-se de cada pelo. O melhor suco de sua vida, depois das horas de viagem na poeira, mesmo sendo aguado e com mais açúcar do que o recomendável. Ia oferecer para Célia, mas ela já estava uns bons vinte metros adiante, conversando com quatro freiras.

– Quem são aquelas? – ele se aproximou do filho e apontou com o queixo.

Nômio deu de ombros.

– Antigas colegas dela, eu acho. Elas pareciam se conhecer.

– São Irmãs Piedosas. Célia já pertenceu à ordem delas há muito tempo.

– Mas aquelas freiras estão armadas – observou Nômio.

Jerônimo estreitou o olho.

– PPSH – disse. – Melhor que a Bíblia para espalhar o evangelho.

Nômio ia resmungar, mas as freiras de repente se exaltaram e começaram a falar alto. Uma delas agarrou Célia pelo braço, mas esta se desvencilhou com um puxão. As outras duas sacaram os fuzis e apontaram para ela, gritando todas ao mesmo tempo, *desertora, desertora, desertora.* Célia botou as mãos para cima, sem saber se recuava ou se ficava parada.

Nômio viu o Senhor Democrata parado ao lado de seu pai, os punhos na cintura e o peito estufado.

Não faça nada se quer a bruxa viva, rapaz.

Ele viu que o pai também não se movia, apenas revirava o único olho.

Se for até lá, ela vai morrer, homem-sonho, a Santa havia dito a ele.

As Piedosas torceram os braços de Célia para trás como se fossem da polícia. Jerônimo viu sua mulher protestar, gemer, pedir ajuda aos passantes desinteressados, sem dirigir nenhuma palavra a ele ou ao filho.

Célia os estava protegendo. Sentiu-se menos mal por vê-la sendo levada como uma criminosa por freiras milicianas para uma camionete. Olhou de soslaio para Nômio. O filho também estava atento, provavelmente contando quantas freiras eram, quantas armas tinham, a placa do carro, os homens estranhos que estavam na caçamba do carro, um deles com uma faca comprida e escura no cinto, outro com uma valise preta e cara de doutor ou de intelectual, a cor do barro nos pneus.

Pai e filho entreolharam-se.

– Cinco minutos aqui e já perdemos um membro do time – disse Nômio.

– Não perdemos. É tudo parte do plano.

– Você não tem um plano.

– Eu tenho um plano.

– Freiras levarem embora a Irmã Célia não é um plano.

– Eu tenho um plano, já disse.

– Chama qualquer coisa de plano – Nômio cuspiu na poeira.

Jerônimo jogou atirou longe a garrafa de suco.

– Essas freiras não estão armadas à toa. Temos de resolver logo nosso assunto e ir embora desse lugar. Não diga seu nome para ninguém. A última coisa que precisamos é da polícia atrás da gente. Se ainda houver polícia aqui. Venha, vamos àquele boteco.

Nômio estacou.

– Sua mulher acaba de ser raptada e você quer ir beber?

– Não vamos beber. Sondaremos o clima da região. Bom, quem sabe um refresco.

Atravessaram a rua e entraram no boteco.

Tudo parte do plano, pensou Nômio.

FIGURINHA Nº 33 – FICHA TÉCNICA

NOME: Matryoshka

FUNÇÃO: Unidade mecanizada de defesa padrão do exército soviético.

PERÍODO: 2ª Guerra Mundial (1939-1946).

PESO: 2 toneladas (14 toneladas quando equipado como artilharia antiaérea/ antitanque).

ALTURA: 3,5-5 metros.

COMPRIMENTO: 3 metros (com canhão).

PREÇO: 5,6 milhões de dólares.

TRIPULAÇÃO: 1 (função de comandante, piloto, artilheiro e municiador unificadas).

CURIOSIDADES: a unidade tem aparência que lembra vagamente a forma humanoide, com braços e pernas curtas de inseto. Era usado como cérebro eletrônico em conjuntos de bateria antiaérea quando acoplado a metralhadoras 12,7mm ou canhões 120mm. O apelido *Matryoshka* era referência às tradicionais bonecas de sua terra natal, que se encaixam uma dentro da outra, posição que lembra a da tripulação.

– Coleção "Armas de guerra",
figurinhas colecionáveis,
Ed. Cultural, 1961.

15: Piedade, Piedosas

Célia já não era mais freira havia muito tempo, mas *Irmã* estava tão conectado ao seu nome que já não se importava mais em corrigir as pessoas. Mas ali estava ela, as mãos amarradas com uma corda áspera, sentada no banco de trás de um carro, entre Piedosas armadas. Na caçamba, o homem que parecia doutor se agarrava onde podia para os buracos não o cuspirem para fora do automóvel junto com sua máquina de escrever, enquanto o sujeito cheio de facas cochilava, os dentes meio enegrecidos aparecendo e a cabeça pendendo torta como uma ave caçando minhocas.

Já haviam deixado os paralelepípedos para trás e percorriam a Estrada Velha, um caminho de barro vermelho e sufocante, cercada de matagais.

– Para onde estão me levando? – Irmã Célia perguntou, o gosto da poeira enchendo a língua.

Uma das Piedosas disse alguma coisa ao volante. A irmã ao lado balançou a cabeça e a olhou com desprezo. Não respondeu.

Foram dois dias sacolejando no ônibus, com nada para fazer além de planejar. Ela lembrava muito bem como Jerônimo era obcecado por detalhes quando era mais novo. Improvisava apenas em último caso. Mas o tempo foi passando, e a bebida, o desgosto e aquela maldição terrível tiraram parte do seu apetite por planejamento. Nômio também percebera isso. Até debochara da ideia do pai, que consistia basicamente em fazê-la se aproximar das antigas companheiras Piedosas, fingir interesse e então conseguir detalhes sobre a localização de Levítico. Ela calculou que precisaria de alguns dias para iniciar os contatos. Cinco ou seis minutos bastaram. Marluce a reconheceu mal ela desceu do ônibus.

– Para onde está me levando, Marluce?

– Não é da sua conta, sua traidora.

– Eu não sou traidora. Eu saí pela porta da frente. Segui todo o protocolo.

– Você é uma bruxa, Célia, você fazia poções e feitiços.

– Não dirija a palavra a ela, irmã – disse a Piedosa ao volante. Segurava-o como um marinheiro ao timão numa tempestade. – É uma bruxa desertora.

Irmã Célia ia rebater as acusações, mas talvez o papel de madalena arrependida caísse melhor naquela situação. Sabia o quanto Marluce gostava de se sentir superior.

– Marluce, você me conhece. Fomos amigas muito tempo, além de irmãs em Cristo. Sempre foi uma excelente julgadora de caráter, um dom do Espírito que Deus te concedeu. Olhe para mim. Veja no meu rosto o quanto estou arrependida de ter abandonado o convento.

Marluce fez uma careta.

Irmã Célia insistiu:

– Veja no meu rosto. Tudo o que eu quero é me dedicar ao Evangelho de novo, chamar as Piedosas de irmãs outra vez.

– Bom, as coisas estão meio diferentes agora – Marluce deixou escapar as palavras entre os dentes, quase um rosnado. Mesmo assim, Irmã Célia interpretou isso como um bom sinal.

Depois de meia hora, a Estrada Velha se abriu e Vila de Cava apareceu como uma ferida na pele da terra. O carro atravessou a praça cheia de vendedores de verduras, frutas, flores, salgados, doces. Um cheiro de pastel, churrasco, estrume e diesel permeava tudo. Aquele lugar estava vivo. Sempre fora um grande dormitório para os operários das fábricas de suco de laranja, mas agora algo estava acontecendo. Irmã Célia sentiu o estômago roncar.

Piedosas circulavam entre o povo, distribuindo bênçãos e sorrisos. Carregavam bolsas azuis nas costas, provavelmente para carregar as armas sem assustar as crianças e os mais sensíveis.

O convento estava lá adiante, subindo o morro, um sentinela sobre a praça.

16: Um duelo

O imperador despertou de repente.

Estava deitado sobre uma campina de um verde tão brilhante que não podia ser real.

E não era.

Cada lâmina de grama era feita de papel de seda, cada pequena margarida tinha as pétalas recortadas em papel crepom. O Sol subia no céu pendurado por arames.

Mas era um belo dia, e uma brisa fresca soprava.

O imperador se pôs de pé com alguma dificuldade. Só quando viu o mundo meio metro acima do que vira nos últimos meses foi que percebeu que estava outra vez em sua velha perspectiva. Seu velho corpo, o casulo do qual se libertara.

Ouviu um latido atrás de si.

Um cachorro vinha subindo a colina. O cachorro não estava sozinho.

Havia um menino meio transparente. *O menino*.

Agora se lembrava. O maldito pirralho.

– Você está morto – o imperador disse. – Deve ir embora e me deixar em paz. É o que os bons meninos fazem quando morrem. *Seja* um bom menino.

O menino tinha uma espada embainhada nas costas e uma lança na mão. Seu cachorro rosnava.

– Você que é o fantasma. Já morreu e quer ficar no meu lugar.

– É o meu corpo. Eu mandei construir. Paguei por ele.

– Nasci com ele, senhor imperador. Vou pegá-lo de volta – o menino jogou a lança para o velho. – Defenda-se.

O velho se abaixou e pegou a lança. Examinou o cabo e a ponta.

– A lança do centurião. Eu já venci esse duelo uma vez, é justo ter de fazê-lo de novo? Veja, há seu sangue aqui.

Excalibur deslizou para fora da bainha. A lâmina silvou.

– Não venceu coisa nenhuma. Não foi um duelo. E de qualquer maneira, estou aqui.

A brisa soprou mais forte, levantando algumas folhas de papel.

O imperador girou a lança e mirou o pescoço do menino.

Excalibur saltou na frente, defendendo-o, e em seguida guiou as mãos pequenas para uma estocada, depois outra, uma finta e um golpe vindo do alto, cada tentativa bloqueada pelo corpo da lança. Mais uma chuva de golpes, o Imperador esquivando e defendendo, caminhando para trás enquanto a espada saracoteava como um beija-flor e o cachorro tentava abocanhar seus calcanhares.

Então o imperador girou o corpo e empurrou a lança contra a barriga do menino, que saltou rápido para o lado, tropeçou no cachorro e caiu de costas no chão. A espada foi parar longe.

– Outra vez, menino.

O imperador ergueu a lança bem acima da cabeça.

– Minha espada! Onde está minha espada? – o menino gritou.

A lança desceu furiosa e espetou seu coração.

Enquanto ele morria, o imperador gargalhava.

O corpo era seu por mais um dia.

Continuou gargalhando, até a campina ir sumindo devagar, substituída por tacos envelhecidos, o sol se transformando numa lâmpada elétrica, paredes brotando do chão.

Depois se sentiu estúpido, vendo a forma como Teodoro Puro e Ana, a camareira, o olhavam. Pôs-se de pé, enfiou os pés no par de botas.

– Como está o dia lá fora, Teodoro? – ele perguntou, a cabeça ainda zumbindo. Por que a cabeça zumbia?

– Um sol africano, majestade – Teodoro respondeu, fazendo um gesto para Ana se retirar.

– Já esteve na África?

– Uma vez, senhor.

– Dom Sebastião desapareceu lá, guerreando contra os mouros.

– É verdade, majestade.

– O que acha que houve com seu corpo? Acha que foi despedaçado pelos infiéis? Devorado por chacais? Arrebatado por Cristo? O corpo dos reis portugueses é sempre um problema.

Teodoro Puro apertou o chapéu entre os dedos nodosos.

– Eu... Acredito que Deus deva ter dado a ele o caminho certo, majestade. Talvez a glória.

– Talvez a glória... – o imperador parecia ter vinte metros de altura. Olhava lá de cima enquanto falava, cada frase como uma cortina de fumaça.

Teodoro Puro não gostava quando o menino estava daquele jeito. Sempre acontecia após acordar de uma de suas crises, onde o corpo era atravessado por convulsões fortíssimas que lhe reviravam as órbitas e faziam espumar a boca. O antigo imperador tinha um problema parecido, se tratou com especialistas europeus e todo tipo de charlatão. Mas a do menino parecia diferente, embora a aparência e a agonia fosse semelhante. Se não soubesse dos processos mentais estranhos aos quais o feto tinha sido exposto ainda nas provetas dos eugenistas, talvez considerasse tratar-se apenas de uma hereditariedade inconveniente. Mas duas mentes cresceram naquele corpo tão jovem, e uma delas foi libertada antes do tempo previsto pelo plano inicial. Isso era sua culpa.

– Temos assuntos a tratar, majestade – disse Teodoro. – O último carregamento russo foi enviado, e chegará a qualquer momento. Teremos as últimas peças para montar nossa linha de escudos.

– Isso é ótimo. E o que os malditos soviéticos querem em troca, fora nossa alma e espezinhar os americanos? Sabe que cedo ou tarde teremos de lidar com essa questão.

– Teremos tempo para eles quando for nossa vez. No momento, eles estão concentrados na Coreia. Os americanos estão tendo muito trabalho por lá, o que pode nos dar algum tempo. Se declararmos o Reino...

O imperador o interrompeu com um dedo erguido.

– Se declararmos o Reino, traremos a guerra até nós. Guerra de verdade. Com soldados e tanques. Do jeito que estamos, somos apenas bandoleiros tomando terras que todo mundo sabe que não pertencem aos homens que estão nela. E o povo sofrerá.

– Não há melhor momento, majestade. A Baixada inteira é um barril de pólvora esperando para se revoltar. O sofrimento forjará lealdades cada vez maiores. Se declararmos o Reino agora, se *vossa majestade* declarar o Reino, enfrentaremos apenas as tropas sucateadas e mal treinadas de Vargas, os gringos ficarão apenas no apoio logístico. Em nosso território, que conhecemos tão bem. Surramos os americanos por muito tempo nesses morros e matas. Vamos vencer os caboclos dessa ditadura suja. A cada dia que se passa, mais pessoas estão vindo para Vila de Cava, morar aos pés do que eles chamam de menino beato, aquele que é servido por freiras. É hora de dar unidade a esses coitados. Uma unidade maior do que a do exército do povo. É hora de ser o imperador que eles precisam e fundar o Reino, o primeiro degrau para o restabelecimento do Império do Brasil.

– O Reino Alegre – disse o imperador. Aproximou-se de Teodoro Puro. Abraçou-o pela cintura, descansou a cabeça em seu peito. – E você, Primeiro Entre os Pares. Estou com tanto sono, pai, mas não quero dormir e ver o garoto de novo. Não quero matar ele de novo. Talvez eu devesse ter uma espada de verdade. E uma armadura. Pode conseguir uma para mim? Verde e brilhante.

Teodoro Puro ia tocar a nuca do menino. Hesitou. Não sabia o que estava diante de si. O imperador estava se deteriorando depressa, nunca imaginou isso. Sonhava ver o rapaz crescendo, dependendo de sua experiência para reinar. Seria seu regente por alguns anos, os últimos anos de sua vida. Bons anos. Mas seria regente de nada se algo estourasse na cabeça do menino antes que ele reclamasse sua herança. Primeiro Entre Os Pares de Bosta.

– Claro que conseguirei, majestade. Mas o senhor precisa declarar o Reino. É importante.

– Sim, vamos fazer isso. Prepare tudo. Vamos mostrar a Vargas e seu Brasil Novo que o Velho Regime não se subordinará à sua ditadura. Onde está o meu Anel de Aviz? – o imperador soltou o abraço e ajeitou o colarinho de Teodoro.

– Anísio está com o carregamento russo. Arnaldo está ensinando os outros a dirigirem a as Matryoshkas. Diaconisa Lúcia está lidando com uma velha conhecida.

– Ótimo. Quando todos estiverem reunidos, vista-os com suas melhores roupas. Inclusive o repórter. – O imperador abriu as cortinas com um puxão dramático, Sol dourado invadindo o quarto. – O Reino Alegre virá ao mundo amanhã cedo.

17: As dores da piedade

Quando a pesada porta se fechou, o estrondo ecoou pelo quarto. Marluce e outra Piedosa soltaram Irmã Célia sobre o piso quadriculado, um enorme tabuleiro de xadrez todo riscado pelos anos. Ela sentiu o joelho direito bater no chão. Teve a sensação de que ele estava se enchendo de água e ficando gelado. Mas não doía.

A luz entrava pela janela, filtrada por um vitral multicolorido que retratava as tentações de Santo Antão. O vermelho, o dourado, o azul, todos tão esmaecidos, caiam sobre o hábito negro da freira que aguardava no centro da sala, imóvel e sombria como uma gárgula a espreitar do alto de uma torre.

– Levante-se para que eu veja seu rosto, mulher – a voz dela era um canto gregoriano.

Irmã Célia ergueu a cabeça, hesitante, um pouco trêmula.

– Está na casa de Deus. Não há razão para temer – a freira tocou o queixo de Irmã Célia, apertando-o com delicadeza entre os dedos. – Célia. É você mesma. Achei que alguém estivesse cometendo um grande erro.

– Eu falei que era ela, Diaconisa Lúcia – disse Marluce, fungando. – Eu falei. A senhora precisa acreditar em mim.

– Sim, minha querida. Você estava certa. Célia aqui. Outra vez nos braços da Piedosa – elas estavam tão próximas que as pontas dos narizes se tocaram.

– Quero ver a Diaconisa Simone – sussurrou Célia.

Diaconisa Lúcia abriu um sorriso amargo:

– Para quê? Implorar perdão? Rastejar por esse chão imundo pedindo para voltar para o lugar que abandonou? Diaconisa Simone está morta. Que Deus a tenha. Morreu desgostosa com sua deserção. Se veio aqui chorar no ombro dela, perdeu seu tempo.

– Você está usando o hábito dela. Isso quer dizer que...

– Sim. Eu calço as sandálias de Diaconisa. Sou a madre superiora das Piedosas – a suavidade se desfez e ela soltou o queixo de Irmã Célia com alguma brutalidade.

– Quem a nomeou? A ordem está congelada há anos.

– Quem me nomeou foi um poder maior que um bispo ou cardeal. Foi o rei enviado por Santo Antão para nos curar da doença que virá. Seguimos apenas a ele agora. Somos suas servas, noivas e guerreiras – ela apontou para o fuzil nas mãos de Marluce, depois lançou olhos pios para o alto, vendo ali algo que ninguém mais via. – Quando o Reino Alegre descer sobre esta terra, apenas nossa fé restará aqui – e então encarou Irmã Célia. – Mas o que você quer? Por que está no meu convento?

Célia prostrou-se diante dela, forçando uma lágrima a rolar pela bochecha.

– Perdoe-me, mãe. Eu lamento e repudio profundamente o dia em que deixei este lugar, minha verdadeira casa. Vim até aqui na esperança de que a Diaconisa Simone me recebesse como o filho pródigo foi recebido pelo pai amoroso.

– Veio rastejar como uma cadela – cuspiu a Diaconisa Lúcia. – Pois rasteje. Implore. Lamba minhas sandálias.

Irmã Célia rastejou até os pés dela. Beijou-lhe as canelas, os tornozelos ossudos.

– Eu me humilho diante das Piedosas, minha mãe – ela soluçou. – Recebam-me de volta.

– Humilhar-se e despir-se de orgulho. Este é o primeiro passo para a penitência. Mas qualquer um com o coração falso o suficiente pode fingir humildade – a Diaconisa Lúcia desvencilhou o pé. Caminhou até um pequeno oratório na penumbra do quarto. Uma vela queimava ali.

Então esse é o cheiro de laranja, pensou Irmã Célia.

A freira abriu uma pequena caixa e pegou uma tira de couro trançada e uma coleira. Outra vez parecia uma gárgula tenebrosa.

– Mas poucos conseguem suportar a dor. A verdadeira dor e a verdadeira humilhação.

Irmã Célia ficou em silêncio. O ombro subia e descia, a respiração tão pesada que o peito parecia pesar toneladas. Então despiu-se do vestido e ofereceu as coxas nuas ao cilício. Mordeu o lábio quando sua carne queimou como brasa.

18: Arribação

O lugar estava às moscas. Nômio pediu um guaraná. Jerônimo pediu água. Era da bica, o dono havia avisado. Veio quente, amarelada e com gosto dos canos de cobre. O homem do boteco dissera algumas coisas úteis e um monte de coisas inúteis.

– Tem um rapazola que todo mundo diz que é santo, ou o antigo imperador renascido, filho dos reis d'além-mar, esse tipo de coisa, e o povaréu vai seguindo o menino e obedecendo tudo o que o pai adotivo dele manda fazer.

– Pai adotivo? – Jerônimo rolou a água entre as bochechas antes de engolir e bater o copo no balcão.

– É. O velho das barbas brancas – o homem recolheu o copo e enfiou embaixo da torneira para lavar. Uma barata tentou se aventurar por entre as louças, ele a esmagou com um tapa. – Teodoro Puro. Da guerrilha do Tinguá.

Pai e filho se entreolharam.

– Vocês não conhecem o homem? Foi um sujeito famoso durante a guerra e tudo – o homem estava se esforçando para não reparar no tapa-olho de Jerônimo. – Não são daqui, são? Acho que eu me lembraria de vocês.

– Não somos daqui – Nômio disse. Havia uma menina na propaganda de guaraná colada na parede, abraçada a uma garrafa enorme. – Não somos de lugar nenhum. Somos garotos perdidos.

Uma interrogação brilhou no alto da cabeça do homem.

– Vou visitar minha mãe. Ela mora em Vila de Cava – Jerônimo atalhou. – É uma senhora idosa, está com medo. Parece que as coisas não estão boas por aquelas bandas, é verdade?

O homem bufou:

– Boas? As coisas estão esquisitas demais. Quem manda agora é o velho e as freiras. Todo mundo que teve terra roubada foi para lá.

Vila de Cava virou quartel de um exército de bugres. Todo mundo anda armado agora, marchando pra lá e pra cá. Não é um lugar bom pra senhora sua mãe ficar. Tenho pra mim que cedo ou tarde aquilo acaba em sangue de novo – e, baixando o tom de voz, acrescentou: – Você acha que esses políticos vão deixar virar baderna? Já devem estar de olho e vão matar todo mundo na primeira oportunidade.

Nômio estava ficando impaciente. Ouvir aquilo não melhorava seu ânimo. Queria pegar logo o irmão e a madrasta e desaparecer dali. A perspectiva de passar dias sem fazer nada, esperando o contato de Irmã Célia com qualquer informação sobre o menino, era de matar.

Não havia nada no centro de Nova Iguassú além da estrada de ferro e algumas casas comerciais, quase todas cheias das cicatrizes de bombardeios. Alguns até questionavam se havia um centro, ou apenas um imaginário coletivo de centro além da poeira vermelha que de vez em quando subia feito arribação. Nômio se levantou do banco e foi se encostar na porta para ver as pessoas passando na rua, e o tagarelar do homem do bar virou um ruído de fundo, de onde saltavam algumas palavras que ele pescava com um pedacinho da atenção. Eram coisas sobre as freiras se tornarem um grupo de extermínio, o preço do queijo e a queda na venda de laranjas para fora graças à guerra, sobre rumores de máquinas no alto dos morros, porque o cunhado tinha visto uma coisa assim que ele jurava, mas o cunhado havia pescado uma tilápia de setenta quilos, daí que era um mentiroso.

Bebeu mais um gole do guaraná. Gás o irritava um pouco. O pai estava perguntando sobre o caminho até a Vila de Cava, se tinha problema com gente armada. Era um cara esperto, o pai. Ele conseguia agir exatamente como as pessoas do ambiente onde se encontrava. Caipira entre os caipiras. Soldado entre os soldados. Pena que tivesse virado um moleirão.

– As freiras não impedem ninguém de entrar lá. Mas elas revistam tudo na entrada da vila. Fazem perguntas. Mas o senhor e seu filho não terão problemas se sua mãe mora lá – o homem explicou.

– Sim. Minha mãe mora lá – disse Jerônimo. Tirou uma nota amassada da carteira e largou sobre o balcão. – Obrigado.

Deixaram o boteco e o centro vazio para trás. Seguiram a pé pela Estrada Velha. As casas deram lugar a cercas, e as cercas, a morro e matagal.

O Sol ia subindo no azul.

O pai não falava muito. Resmungava alguma coisa sobre mosquitos, mas nada importante de fato saía de sua boca, como, por exemplo, o que faziam seguindo um caminho que era percorrido de uma ponta a outra pelo bando de Teodoro Puro. Não dividiam mais cada etapa de um plano sem que Nômio precisasse ajoelhar e implorar. O pai era um homem fechado. Um casulo que não se abriria mais. Talvez isso tivesse a ver com a madrasta e aquelas rezas brabas que ela fazia para afastar os encostos da família. Às vezes a detestava. Mas o tempo que passava amando-a quase como mãe era muito maior. Veio daí a primeira pergunta que fez ao pai em quase dez quilômetros:

– E se não encontrarmos mais a Irmã Célia?

Jerônimo continuou caminhando. Suas botas faziam um barulho estranho nas pedras.

– Vamos encontrá-la. Ela está no convento. Com as freiras. Elas a conhecem, não vão lhe fazer mal.

Nômio arrancou uma erva qualquer e pôs na boca.

– Mas e se Teodoro Puro a reconhecer?

O silêncio de Jerônimo foi resposta suficiente.

– Meu Deus do céu – disse Nômio. – Você não se importa. Se ela morresse seria apenas um contratempo desagradável. É um maldito velho covarde que abandona tudo nessa vida.

Jerônimo não ouviu, ou fingiu que não, e continuou caminhando. Mas Nômio repetiu ainda mais alto: velho covarde. Aí Jerônimo parou. Enfiou a mão no cinto, a Mauser 96 veio embolada nos dedos. Por um segundo, o rapaz não soube o que pensar. O Senhor Democrata, lá no canto da visão, apertou os punhos. As narinas de Nômio se abriram quando o pai se virou.

– Isso deve ficar com você – Jerônimo jogou a pistola para o filho, que a segurou com as mãos espalmadas feito criança pedindo comida. – Sabe-se lá o que tem nessas estradas. Acho que devíamos fazer um desvio. Se formos pelos morros de Figueira, talvez a gente entre em Vila de Cava por um caminho alternativo. Se todo mundo lá agora trabalha para Teodoro Puro, teremos problemas.

Nômio não sabia ao certo o que estava sentindo. Um pouco de raiva, um pouco de vergonha.

– Vou resolver isso como sempre resolvo, Deuteronômio. Um Trovão não esquece.

Queria que você fosse o que sempre foi, velho, pensou o rapaz.

Eles saíram da estrada por volta do décimo terceiro quilômetro. Entraram no capim alto, sob a sombra de amendoeiras e ipês, evitando os arranha-gatos. O caminho desceu uma grande vala, depois começou a subir, até ir dar no alto do primeiro morro de Figueira. De lá a serra do Tinguá era uma muralha azul contra o horizonte. Não dava para ver a Vila de Cava, apenas algumas chaminés das fábricas abandonadas se projetando da copa das árvores distantes.

– Olha, pai – Nômio apontou um rasgo na vegetação lá embaixo. – Parece que há uma trilha ali.

Jerônimo apertou a pálpebra, a visão não era mais como antes, principalmente com um olho só.

É uma trilha, homem-sonho, a Santa disse, pairando no ar ao lado dele. *Você devia ir até lá.*

Foi preciso ultrapassar espinheiros e arbustos inconvenientes para alcançar o lugar. Era mais uma picada no mato que uma trilha, mas tinha marcas de pneus. Os sulcos eram profundos.

– Caminhões, ou outro veículo pesado – concluiu Jerônimo, agachado junto das marcas. Uma revoada de pássaros alçou voo longe dali. – Devem estar usando trilhas escondidas nos matagais para transportar alguma coisa.

– Armas?

– Provavelmente.

Nômio sentiu o Senhor Democrata tocar de leve seu ombro. Parecia prestes a saltar sobre um vilão, ou receber na estrela do peito uma saraivada de balas. *Rapaz, não se mova*, ele disse. Bem diante de seu coturno, um punhado de terra revirada. Mais adiante, outro punhado. E outro. E outro. *Este lugar está cheio de minas.*

– Minas terrestres – disse Jerônimo. – Devem ser da época da guerra. Só Teodoro Puro poderia ter feito essa trilha aqui evitando cada uma delas. Acho que vão passar por aqui, cedo ou tarde. Vamos nos esconder por aí e esperar.

19: Remédio amargo é o que cura

O presidente Vargas havia acabado de engolir o último pedaço do sanduíche de atum que o secretário lhe entregara. No terraço do Palácio era possível enxergar os tubos e chaminés se delineando contra a noite, manchas escuras sobre um fundo escuro. Estava ali para pensar. As luzes que tremeluziam na cidade ao redor, acima e abaixo dos tubos, não eram tão brilhantes aos seus olhos quanto as luzes do *USS Rogers*, o leviatã negro que semanalmente percorria os céus da capital só para esfregar na cara de todo mundo quem é que mandava.

Vargas limpou os cantos da boca com um guardanapo. Fez uma bolinha de papel amassado e atirou do parapeito. Fechou um botão do casaco. Precisava pensar. Consultou os ministros sobre a questão da grilagem de terras por mera formalidade, todos estavam ficando muito ricos com o negócio e sabia que nem mesmo cogitariam a hipótese de reduzir os lucros. Antes outra guerra contra os americanos, o Costa Medeiros tinha dito, rindo como se tudo fosse muito engraçado. Estavam gordos e felizes, procriando na *pax americana*, e eram estúpidos demais para perceber que tudo se reduziria a pó se os gringos se irritassem.

Meia hora antes McCarthy havia dado o ultimato: resolva o problema em 48 horas ou a força de administração dos Estados Unidos da América resolverá.

O vento assoviou e um trovão rugiu acima de sua cabeça. Ou seria o *USS Rogers*? Não que fizesse diferença para o presidente. Ambos eram coisas de deuses loucos para jogar algo bem pesado sobre ele e esmagá-lo. A presidência era uma posição solitária. Não podia contrariar os colegas de farda, alguns agora ministros. Não podia desdizer os poucos empresários que ainda estavam tentando arrastar a economia para fora das trincheiras. Não podia tentar se mover diferente do que os cordões americanos o obrigavam.

– General – chamou uma voz atrás dele. Era Góis. Não o ouvira chegar.

– Alguma notícia?

Góis achou que Vargas parecia tão cansado. Olheiras profundas. Rugas bem marcadas. A barriga mais arredondada. Onde estava a forma física do general que a tantas mulheres encantara?

– Recebemos uma mensagem. Já foi decodificada. Ele espera uma resposta urgente – Góis entregou um papel dobrado nas mãos de Vargas, que abriu rapidamente. Estava escrito:

PEDRISTAS REUNINDO HOMENS E ARMAS PARA OCUPAR PONTOS ESTRATÉGICOS NO MUNICÍPIO. AGENDA SEPARATISTA EM CURSO. ESTIMATIVA: 473 INIMIGOS ARMADOS.

– Minha nossa senhora – suspirou Góis, quando ouviu o número de gente armada que estava andando naquele buraco.

– Desses, uns cinquenta são Piedosas, Góis. Freiras. Que raios de mundo diabólico é esse onde até as freiras querem foder com minha vida, e vez de usarem padres-nossos usam rifles?

– Talvez Dom Leonel possa ajudar com isso.

– Você acha que essas mulheres temem o arcebispo, Góis? Elas estão se lixando para o *USS ROGERS*, imagina para um padre. Não. Você não está captando o verdadeiro ponto aqui: quinhentos homens chutaram o rabo dos americanos por meses. Agora temos esses 473, de novo sob a liderança do Puro. Os americanos estão enrolados demais na Coreia, sendo desmoralizados na frente dos comunistas, não querem ser desmoralizados de novo aqui. Por isso estão pressionando. Se dermos tempo para os pedristas se organizarem, a vaca vai para o brejo. Não haverá como evitar uma ação militar. E quer saber o que eu acho? McCarthy vai vaporizar Nova Iguassú. É melhor agirmos com força agora e cortar a cabeça da cobra antes que ela nos engula. Vai doer, mas será melhor.

– Vaporizar Nova Iguassú? Quer dizer... Uma explosão atômica? Eles não teriam coragem – Góis estava mais alarmado do que gostaria de aparentar.

– Eles não precisam usar armas atômicas, Góis. Os americanos têm outros meios. E agora o mundo está olhando para o outro lado. Vamos impedir isso. Resolver do nosso jeito. Responda à mensagem. A ordem é trazer o garoto antes que façam essa lambança de separatismo. Quero-o vivo, para entregar ao McCarthy, mas Teodoro Puro quero morto. Mande preparar os giroplanos e envie a ordem de ataque.

Góis saiu. Vargas permaneceu, estudando a trajetória do *USS Rogers*, uma forma vaga dentro das nuvens de chuva.

20: Ele viu o que ele viu o que ele viu

Pela trilha vieram duas camionetes Arranca-Tocos, uma vermelha, outra azul, ambas com a carga coberta por uma lona preta, sacolejando como pequenos navios sobre as ondas. Eram veículos pesados, mais altos que outras camionetes, e mais abrutalhadas. Tinham um conjunto de seis rodas e um para-choque preparado para arrancar árvores enterradas com raiz e tudo. A azul estava uns cinquenta metros atrás da vermelha. Seu motorista era novo, não conhecia direito aquele caminho tortuoso, e estava um pouco apreensivo a respeito das minas. Errara a marcha duas vezes. O carro guinchou feito um porco. Os dois colegas na cabine riram, o que absolutamente piorava as coisas.

– O carro aguenta as minas – os colegas avisavam a cada cinco minutos, em vão.

O motorista se chamava André. Tinha dois filhos e sempre teve um grande senso de gratidão. Recebera seu pedaço de terra de volta das mãos do menino beato. Sua família tinha de novo um teto sob o qual morar e um canto para plantar, criar um boi e algumas galinhas. Queria retribuir a bênção. Ajudar o exército do povo na construção do Reino Alegre. Na igreja falavam da terra que emana leite e mel. Talvez fosse ali, na Vila de Cava. Ele estava disposto até mesmo a dirigir por uma terra cheia de minas enterradas.

– O carro aguenta, camarada.

Passou a marcha errada outra vez. O motor protestou, André desacelerou. Perdeu a camionete vermelha numa curva As risadinhas de hiena começaram, e ele entortou a boca, irritado. Ajeitou o chapéu na cabeça. Ia dizer um palavrão, ralhar com os caras, mas nada disso aconteceu. Ele ouviu um estampido no lado da trilha ao mesmo tempo que a cabeça de Maneco tombou para a frente, vazando sangue pela boca. A risada morreu junto.

– Tiro! – o outro colega sobressaltou-se, levantando sua espingarda. – Tiro, porra! – e então ele estremeceu e seu sangue espirrou na camisa de André.

Alguém chamou no rádio:

– Azul, tá tudo bem aí? Cadê vocês? Que barulho foi esse?

André já estava encolhido no banco, tentando manter cada pedaço do corpo longe das janelas abertas. Puxou o rádio, ia falar não tem nada bem, me ajudem aqui pelo amor de Deus, mas as duas portas se abriram ao mesmo tempo e um cano enorme e gelado de pistola colou na sua testa.

– Fala que o carro morreu, mas que já está tudo bem – um rapaz falou.

– O carro morreu, mas já fiz pegar. Desculpem – André obedeceu. Um homem careca e caolho puxou os corpos de Maneco e Miguel para fora. Revistou-lhes os bolsos rapidamente, pegou um dos revólveres e se sentou ao seu lado.

– Você vai seguir como se não estivesse acontecendo nada. Se abrir a boca ou tentar alguma gracinha, espalho seu cérebro no vidro, entendeu? – ele disse. – Ei, está com um belo chapéu aí. Posso esconder minha careca com ele?

André balançou a cabeça. O homem pegou o chapéu.

Quando o rapaz subiu e fechou a porta, André respirou fundo e passou a marcha. Dessa vez, correta.

Lá na frente a trilha fazia uma curva apertada para a esquerda. Acima das árvores estava o morro, e empoleirado acima dele estava a parte de trás do convento.

Nômio viu o único olho do pai revirar.

Esperou o Senhor Democrata lhe dizer alguma coisa também, mas ele estava pendurado no lado de fora da porta, balançando em silêncio pela trilha, translúcido. As cores de seu traje de herói eram apenas lembranças das cores de seu traje de herói. Não abriu a boca.

– Senhor, o que eu faço agora – disse André. – As camionetes param lá depois da curva, no pé do morro. Tem muita gente lá. Eu... Não quero me machucar.

– Então não devia ter vindo se unir a essa merda toda. Diminua – Jerônimo abriu a porta ao lado do filho. – Vai, pula do carro.

Nômio não entendeu:

– O quê? A gente não pode se separar!

Jerônimo empurrou-o para fora.

– Eu decido. Cuidado com as minas.

– Seu desgraçado – Nômio rolou para a poeira. A porta bateu atrás dele. Ainda viu a cabeça do pai aparecer na janela, uma cara estranha.

Foi a Outra quem ordenou que ele fizesse isso, rapaz.

Nômio sentiu uma bolha de ansiedade transformar seu estômago em um gongo. Será que o pai estava indo morrer? Só isso explicaria enxotá-lo daquele jeito. E os olhos reviraram, ele viu. O pai estava falando com a sua maldição, recebendo dela os sinais do que aconteceria. Igual a ele e o Senhor. Democrata.

Levantou-se e bateu a poeira da calça. Verificou se a Mauser 96 ainda estava na cintura. Tudo certo. A noite já vinha caindo, a passarada já se escondia nos ninhos e os bichos noturnos já ensaiavam seus corais. Nada era mais barulhento que o silêncio da mata, ele pensou. Mas acima dos sapos, grilos e cigarras insistentes ele podia ouvir o murmúrio de conversa, lá para onde o pai rumava.

Sei o que está pensando, rapaz. Não é uma boa ideia seguir para lá agora. Os nazistas têm mais armas que você, o Senhor Democrata disse.

– Não são nazistas. E já expliquei que os alemães eram nossos amigos.

Não me faça recordar esse desgosto.

– O que vai acontecer com meu pai?

O Senhor Democrata apontou um caminho no mato.

Não sei ao certo. Mas posso lhe contar uma história.

Nômio balançou a cabeça. As histórias que o Senhor Democrata contava costumavam terminar com seu velho de pé, esperando o próximo desafio. Não necessariamente inteiro, mas vivo.

Ele seguiu seu herói estrelado pelo matagal ao lado da estrada. A Vila de Cava estava em algum lugar atrás daquelas muralhas verdes. Só podia esperar não pisar numa mina perdida, mesmo o Senhor Democrata guiando seus passos.

Imagine seu pai naquele carro. A Outra está ao seu lado, sussurrando-lhe pedaços de futuro ao pé do ouvido. Ele sabe exatamente o que vai acontecer. Ela é poderosa. Cada palavra se torna um desenho na mente dele, tal qual cada palavra minha se torna um desenho para você neste momento.

Ele vê, através dela, o carro fazer a curva. Cem metros adiante, o outro carro já está parado ao pé do morro. Os homens estão tirando a lona da carga. Mais descem uma escada de degraus azuis, vindas do convento lá em cima. Carregam armas. Conversam animados, mas evitam gracejos impróprios diante das freiras que vêm fiscalizar as caixas.

Você está ao lado de seu pai naquele carro. Está cada vez mais nervoso, e ele nota isso. Pede que tenha calma. Está escurecendo depressa, lá na frente uma freira já está com uma lanterna na mão.

O carro de vocês encosta atrás da outra camionete. O motorista está molhado de suor. Alguém aparece em sua janela, cumprimenta-o. Ele responde, mas a voz sai desafinada, trêmula.

Seu pai vê as freiras contando as caixas, rifles pendurados nas costas. Os homens do carro da frente já estão bebericando copos de café após horas exaustivas ao volante. Um deles está chamando vocês. Quer saber se as três bichinhas vão ficar muito tempo dentro da camionete. Uma freira o faz se desculpar pela expressão desrespeitosa, mesmo sendo apenas uma brincadeira entre velhos amigos. É então que eles percebem que algo está errado.

Um dos homens tem três facas compridas na cintura, e inclina sempre a cabeça para o lado, como se estudasse o ângulo das coisas. Ele chega mais perto, vem saber por que estão demorando para descer, por que seu pai está escondendo o rosto sob o chapéu. Os outros sujeitos sacam as armas.

A freira da lanterna joga luz na cara dos três dentro da cabine. Dois são desconhecidos. Ela grita um alerta, todos os rifles são apontados para vocês. Seu pai manda que não faça nenhum movimento brusco. Ele aperta o revólver nas costelas do motorista e os três descem, fazendo-o de escudo.

Seu pai está torcendo para que o senso de camaradagem entre aquelas pessoas seja forte o suficiente para considerar valiosa a vida do refém. Já você pensa motivado pelo impulso.

Uma das freiras manda vocês largarem as armas no chão e nada acontecerá. Seu pai quer negociar, mentir, inventar uma simpatia que não existe.

Na sua arrogância, você acha que pode ser mais rápido que oito homens e quatro freiras. Mas descobre que não é ao sacar a Mauser 96 e acertar um tiro no peito de um sujeito, depois na freira ao lado, e então num terceiro... Mas no quarto tiro as balas dos inimigos já começam a alvejá-lo, estourando carne, tendões, ossos, transformando-o em um cadáver fumegante sobre uma lagoa de sangue.

Aos gritos, seu pai descarrega o revólver no refém, e nem percebe o lunático de cabeça torta que chega pelas costas e abre um talho do tamanho do universo em sua garganta.

Esse pedaço de futuro seu pai não quer e devolve para a Outra.

Vai, pula do carro, ele diz a você.

O quê? A gente não pode se separar, você responde.

Seu pai não quer saber. Manda diminuir a velocidade e o empurra para fora da camionete. Você fica na trilha imaginando o que ele viu. Pensando se ele vai sobreviver.

E eu lhe conto uma história.

Enquanto você a ouve, o carro em que seu pai está faz a curva. A outra camionete já está parada ao pé do morro, cercada por freiras e caras que riem e conversam e se saúdam e se parabenizam. A Outra diz que a hora é agora, enquanto todos estão juntos como pinos de boliche.

Seu pai pisa no acelerador por cima do pé do motorista, o mais fundo que consegue. A camionete canta quatro dos seis pneus, oscila para lá e para cá, ganha velocidade e vai com tudo na direção do grupo, que não faz ideia do perigo até ser tarde demais. O carro joga metade deles para o alto como se fossem de brinquedo antes de esmagar a outra metade no pé do morro, bem ao lado da escada.

Seu pai enxerga tudo preto por alguns instantes. Ele se sente boiando nas ondas, mas então é puxado de volta por alguém muito real que o arrasta por cima do corpo do motorista e o joga no chão. Ele vê duas imagens com seu único olho, e as duas são da cabeça ensanguentada de um lunático que pressiona o joelho em seu tórax com força e tenta enfiar uma peixeira em seu globo ocular. Seu pai segura o pulso dele, mas a faca vem descendo devagar, a ponta afiada bem perto de sua pupila.

Não quer ficar ainda mais cego, mas sua força só é suficiente para impedir o avanço, não fazê-lo retroceder. O jeito é concentrar as energias em outro movimento, e é assim que seu pai enche a boca e os olhos do lunático com terra de um formigueiro. Distração o bastante para empurrá-lo com tudo para o lado e tentar ficar de pé.

Seu pai sabe quem o homem é. Já o vira antes com o sequestrador de seu filho, na época da guerra. As coisas que ele fazia com aquelas peixeiras eram relativamente famosas. O sujeito não desiste, suas facas cortam o ar bem perto a cada golpe furioso, assoviando, enquanto a Outra ensina a seu pai como evitá-los. Ele tenta uma estocada, seu pai salta de lado, quebra-lhe o nariz com o cotovelo. Também é animal, quer sua cria, e quer agora. Os dedos do homem já não têm firmeza para segurar uma das facas: seu pai toma-lhe a lâmina e a enterra até o cabo em sua barriga magra.

Ele joga o chapéu fora e descansa um minuto, sentado na escada. Quando olha ao redor, os mortos não incluem você. Isso para ele é uma vitória.

– Não é um bom final – disse Nômio.

Porque não é um final, mas um começo. Precisa encontrar seu pai. Ele aguarda você.

Nômio seguiu com cuidado. Precisava evitar minas e cipós com espinhos, imitando os passos do Senhor Democrata.

Um giroplano passou fazendo barulho acima deles. Nômio se escondeu entre as árvores e o viu fazer uma curva apertada e voltar quase pelo mesmo caminho. Esperou um bombardeio. Como ele não veio, seguiu adiante.

Encontrou seu pai sentado na escada, esperando por ele. A Arranca-Tocos estava ligeiramente amassada e tinha corpos espalhados ao redor.

– Não queria que você visse isso – Jerônimo disse.

– Já me deixou ver coisas muito piores.

– Eu fui um péssimo pai. Tenho consciência disso.

– Preferia quando você era *aquele* pai.

– Família não se escolhe, Deuteronômio.

– Eu sei, pai. Mas o que a gente faz agora?

– Vamos nos esconder por aqui alguns minutos. Esperar anoitecer de vez. Ver se alguém vai aparecer. Aí a gente sobe.

21: Trovoadas

Vista de cima, a Vila de Cava parecia estar de volta aos tempos da guerra. O exército do povo estava crescendo a olhos vistos, mais e mais insatisfeitos vindo engrossar as fileiras. Só no tempo em que estava no pátio, José Paladino contou duas carroças, três cavalos e um carro entrando na praça. Calculou pelo menos nove soldados a mais para o Reino Alegre.

Distúrbios populares vinham espocando por toda a Baixada desde que os grileiros começaram a expulsar as pessoas de suas terras. Não era nenhuma surpresa, a revolta. Surpresa mesmo era a forma como a revelação do menino como herdeiro do antigo imperador serviu para cozinhar todos os insatisfeitos num único caldo bem temperado. O imperador era um ícone muito útil para manipular aquela gente. Afinal, mesmo com as mazelas, havia alguma estabilidade na vida delas durante o governo de dom Pedro III – e havia a intrigante tendência popular de se lembrar dos governantes anteriores de forma bem mais lisonjeira do que mereciam. E o que a República lhes trouxera? Nada, além de importar uma guerra mundial para o quintal de casa.

Os voluntários pareciam formigas trabalhando ao redor da praça lá embaixo. Montavam barricadas com sacos de areia e posicionavam metralhadoras em esquinas e janelas. Nas lajes de dois sobrados e no campanário da igreja havia máquinas chamadas Matryoshkas acopladas a baterias antiaéreas. Aquelas máquinas impressionavam José Paladino. Uma delas, um pouco menor e com armamento mais leve, circulava pelo pátio do convento, com aquele aleijado dentro, se sentindo o filho da mãe mais poderoso do mundo. Mais do que nunca, havia se tornado uma Torre.

O repórter ficou pensando na figura do tarô, a torre que desaba com um relâmpago.

Às quatro horas da tarde um giroplano de quatro hélices passou sobre a Vila de Cava, deixando um rastro de nuvens fininhas atrás de si.

Teodoro Puro mandou soar o alarme.

José Paladino viu as Piedosas correram para as suas posições, cada uma levando o fuzil-metralhadora carregado e destravado. Tomou notas. A Diaconisa andava para lá e para cá carregando uma freira presa numa corrente de cachorro, o que nem o espantava mais, e parecia bem cruel com aquele revólver soviético enorme na outra mão.

Foi até o pátio da frente olhar a vila lá embaixo, o exército do povo correndo feito formiguinhas, cada um se entocando num buraco diferente, atrás de muros, sobre telhados, escondidos nas janelas, deitados no chão. Pareciam assustados e confusos. O repórter achou que as freiras dariam adversários mais preparados que aqueles marmanjos. Bom, tinha o fato de que a grande maioria era só bucha de canhão, bugres famélicos que mal sabiam por qual lado do revólver saía a bala.

O giroplano manobrou perto dos morros da serra e cruzou outra vez o céu da vila. Dessa vez despejou uma torrente de papéis, que caíram sobre os tetos, quintais e ruas como pingos grossos de chuva.

Traziam mensagens.

AME SEU PAÍS, PROTEJA SUA FAMÍLIA: ENTRE NAS SUA CASA E SE PROTEJA. UM ATAQUE É IMINENTE. NÃO COLABORE COM BANDIDOS E TERRORISTAS QUE ALMEJAM DESTRUIR A PAZ QUE A TANTO CUSTO CONQUISTAMOS. DIGA NÃO AO PEDRISMO GOLPISTA E AO MONSTRO ANTICRISTÃO QUE TENTA MACULAR A MEMÓRIA DO ANTIGO IMPERADOR. SÓ A REPÚBLICA PODE GARANTIR O BEM-ESTAR DE TODOS. "EXÉRCITO DO POVO" É COMUNISMO. AS IRMÃS PIEDOSAS VIRARAM AS COSTAS PARA A IGREJA E PRATICAM FEITIÇARIA. NÃO COLABORE COM ELES. NÃO ARRISQUE A VIDA E A ALMA DE SEUS ENTES QUERIDOS. DEIXE A VILA DE CAVA. DENUNCIE SUAS ATIVIDADES.

José Paladino viu Teodoro Puro pegar um dos panfletos, ler e rasgar em pedaços, irritado. Lá embaixo, muita gente estava recolhendo os papéis no chão.

– Sorte que essa gente é quase toda analfabeta – ele disse para o repórter. – Tire fotos disso. Tire fotos de tudo a partir de agora. Vamos registrar a manobra sórdida da ditadura para assustar o exército do povo com calúnias – ele ergueu os braços como um lutador vitorioso e gritou: – Não nos calarão.

As Piedosas que estavam de guarda no pátio responderam com um amém.

Seis horas da tarde, a noite chegava, e o tal ataque não aparecia.

José Paladino achou a espera entediante até um burburinho chamar sua atenção. Alguém vinha se arrastando pelo pátio, segurando um ferimento na barriga, com um rastro de sangue atrás de si. Reconheceu o Cavalo cambaleando na direção de Teodoro Puro, uma de suas próprias peixeiras cravada entre o estômago e o umbigo. Ele esticava o braço, movendo os dedos como se quisesse alcançar alguma coisa desesperadamente.

Teodoro Puro amparou-o. Fez uma cara de tristeza ao olhar para o cabo ensanguentado se projetando do corpo do amigo.

– Quem fez isso como você, Anísio?

O Cavalo ia falar, engoliu um pouco de sangue, tossiu. Abriu a boca, sugou o ar.

– O homem – ele tossiu mais uma vez, sentiu uma fisgada de dor. Apertou a manga de Teodoro. – O do tapa-olho. Trovão.

José Paladino viu Teodoro Puro empalidecer. Sua boca se contorceu num esgar de ódio.

– Cuidem dele – disse, e correu para o interior do convento.

José Paladino foi atrás. Sabia que a hora havia chegado.

Seguiu Teodoro Puro de longe. Uma revoada de Piedosas atravessou o pátio interno atrás de seu chefe. O velho subiu as escadas saltando os degraus de dois em dois, um revólver prateado já nas mãos.

Isso não era bom, pensou o repórter.

Ana das Nuvens, a camareira, não estava em seu posto no corredor do quarto do Imperador.

Teodoro Puro olhou ao redor, farejando o ar. Pôs o indicador na frente dos beiços, pedindo silêncio. José Paladino viu o desespero tomando o rosto do velho quando ele se esgueirou até a porta e espiou lá dentro.

Diaconisa Lúcia jazia no chão, um pacote desajeitado de carnes e panos, os globos revirados de quem lutara para respirar. Fora estrangulada pelo cilício, que ainda lacerava seu pescoço. A cabeça estava um pouco arroxeada e a língua pendia para fora. Perto dela, a jovem camareira, enrolada como um feto, uma mancha de sangue no hábito. E, atrás dos corpos, uma Piedosa qualquer ameaçava cortar o pescoço do rei com os cacos de uma garrafa de vidro.

– Eu não queria machucar a menina – disse a mulher. – Só quero meu filho.

– Irmã Célia – Teodoro suspirou, resignado. – Então, é verdade. Os Trovão estão aqui.

– Não. Apenas eu. Estou sozinha.

– Toma-me por idiota – com um gesto, ele fez as Piedosas recuarem para o corredor.

– Teodoro, me deixa ir embora. Você não precisa do menino.

– Está falando de Pedro Augusto de Saxe-Coburgo e Bragança.

– Uma criança.

– Onde está Jerônimo Trovão?

– Estou sozinha. Me deixe ir. Por favor.

– Você sabe que não é possível, minha querida. Ele é o imperador. O povo precisa dele.

– Você não está pensando direito.

O garoto, que até então estava em silêncio, a respiração entrecortada, gritou:

– Por Deus, mulher! Eu sou o imperador do Brasil! Teodoro, atire nela, é uma ordem!

Irmã Célia o segurou ainda mais forte, o coração aos pulos. Levi parecia possuído pelo demônio. Não havia nada ali do garoto em quem gostava de pensar como filho? A voz mudara, os trejeitos eram outros. Insolente, autoritário, imperioso.

– Eu vou matá-lo se você não sair do caminho – ela ameaçou.

Teodoro Puro sorriu, irônico. Ela confirmou:

– Eu mato – diante da incredulidade do velho, ela apertou o vidro no pescoço do menino, forte o suficiente para fazer correr uma gota de sangue. Ele gemeu, um som gutural vindo do fundo da garganta.

– Não irá machucá-lo, nós dois sabemos. Não percamos nosso tempo. Todo esse cenário está além de você.

– Prefiro-o morto, Teodoro. Pelo menos você não vai poder usá-lo para causar tanta desgraça para as pessoas lá fora. Se eu não puder levá-lo embora, juro que mato.

As Piedosas continuavam no corredor, fora da vista de Irmã Célia. A carta na manga de Teodoro Puro. José Paladino, pouco atrás delas, sabia como ia acabar. Decidiu que já havia esperado demais.

– Senhoras – ele disse, puxando a PPSH da mão da freira mais próxima, girando a arma no ar e disparando nas malditas terroristas assim que ela aterrissou em seus braços. A parede ficou salpicada de sangue e buracos de bala, a fumaça de pólvora transformando tudo em pesadelo.

Bom, Teodoro Puro pensou, *isso* é inesperado. Fora rápido o suficiente para se atirar para dentro do quarto antes de ser baleado pelo repórter. Caiu justamente aos pés de Irmã Célia.

Ela franziu o cenho e chutou seu rosto até o joelho doer.

José Paladino atravessou a cortina de pólvora e entrou no aposento. O velho estava caído, baleado ou desmaiado, não dava para saber ao certo. Mas não importava, o imperador estava inteiro nas mãos da freira, como o coronel Góis ordenara.

– Jerônimo – ela disse, aliviada. Quando viu que não era quem esperava, engoliu o alívio junto com a saliva. Ela puxou o caco de vidro outra vez para o pescoço do menino, pedindo perdão um milhão de vezes.

– Dona, não precisa ter medo – o homem tentou tranquilizá-la. – Trabalho para o governo. Sargento José Paladino Ferreira, Delegacia Especial de Segurança Política e Social. Ouvi a senhora enfrentando esse bandido. Estou aqui para ajudar. Este lugar vai ser atacado a qualquer momento pelo exército. Precisamos ir embora.

Irmã Célia não respondeu. Não sabia o que responder. Ele podia estar mentindo. E poderia estar dizendo a verdade. As duas possibilidades eram péssimas.

O menino chorou mais alto.

– Senhora, acredite em mim.

– Se o senhor trabalha realmente para o governo, está aqui para matar o meu filho.

– Não – ele ia tentar explicar, inventar alguma desculpa, mas a artilharia havia começado a rugir lá fora, caçando os giroplanos que começavam a sobrevoar a vila. – Escute, não vai querer estar aqui quando as bombas caírem. Tem Matryoshkas lá fora. A senhora sabe o que são? Máquinas de morticínio. Com centenas de balas que podem explodir uma pessoa. Tem uma no pátio aqui embaixo. Mas dá tempo de escapar.

– Não posso ir. Minha família está toda aqui.

– Posso protegê-los. Basta uma ordem minha, e ninguém tocará em um fio de cabelo deles.

– Meu marido está sem cabelos – ela disse, num tom tão apático que José Paladino teve pena. Tinha quase certeza de que não era mesmo uma terrorista.

– Entregue o menino. Prometo que ele ficará bem. Todos vocês ficarão.

Por um longo minuto, ela pareceu lutar contra argumentos interiores.

– Mate essa meretriz, repórter, e será um dos Pares do meu Reino – sibilou o menino. – Liderará o Anel de Aviz.

– Levi!

– Levi não existe. Eu sou Pedro Augusto de Saxe-Coburgo e Bragança, seu imperador, e você me deve obediência.

Irmã Célia soltou o caco de vidro. Libertou o menino. Não o *seu menino. Nunca mais o seu menino.* Lá fora, as explosões ficaram mais fortes. Os estrondos fizeram portas e janelas do convento vibrar. O Reino Alegre estava sob cerco.

– Eu vou junto – ela disse. – Quero ter certeza de que vai cumprir a sua palavra.

José Paladino lhe ofereceu a mão. Ela se levantou. Fez um esforço enorme para não soltar aquela criatura estranha que havia engolido a alma de Levi. O imperador se debatia, lutava, berrava ordens e impropérios, era o Imperador, o Antes Encoberto e Agora Revelado, não podiam fazer aqui, não podiam nem mesmo tocá-lo.

Talvez eu possa encontrar a receita para trazê-lo de volta, Irmã Célia pensou. Mas sabia, lá no fundo, que aquela talvez fosse uma causa perdida.

– Minha palavra é uma só – José Paladino respondeu, conduzindo-os para o corredor por entre os cadáveres. Ele deu uma última olhada em Ana das Nuvens. Não era religioso, mas rezou para que ela estivesse nas Nuvens agora, recolhida nos braços de seu Jesus.

– Espere aqui fora – ele disse.

Voltou para o quarto. Queria enfiar uma bala na cabeça de Teodoro Puro, só para garantir que o filho da puta não escaparia vivo dessa merda toda, enquanto os pobres ingênuos que acreditaram nele morriam lá fora. Entrou no quarto outra vez, o dedo no gatilho da PPSH. Mal passou pela porta, a ausência do corpo o sugou como um buraco negro, e no átimo que ele levou para se livrar da surpresa recebeu um tremendo chute no estômago, vindo direto do lado esquerdo, onde a visão periférica denunciava um vulto que só podia ser do velho.

O golpe foi tão forte que o estômago se retraiu, o fuzil-metralhadora escapou de seus dedos e ele caiu de volta no corredor.

Que canalha veloz, José Paladino pensou, a respiração entrecortada e a boca com um gosto azedo. Viu o velho pegar a PPSH e dar dois passos em sua direção. Sorriu quando o cano apontou para o seu peito. Talvez Ana das Nuvens o recebesse em algum lugar. Descobriu no instante seguinte, sob as labaredas de chumbo da PPSH.

– Meu Deus – Irmã Célia viu o homem que garantiria a vida de sua família ser fuzilado no corredor. Nunca esqueceria o barulho, mas não esperaria para ver o que aconteceria a seguir. Puxou o menino pelo braço e disparou escada abaixo, enquanto Teodoro Puro vociferava atrás dela, ordenando que parasse. Não, ela não pararia, seu bandido desgraçado, mesmo com o garoto berrando sobre ser imperador, sobre ser cavaleiro, sobre Excalibur, sobre a lança do centurião, sobre flores de papel, sobre a cabeça estar doendo demais, demais, demais.

Outro barulho enorme veio do pátio lá embaixo, algo escandaloso feito um acidente de carro, mas ela não parou, barulho de tiros próximos e mulheres gritando, correu até alcançar a escada. O monstro, porém, não desistia de persegui-la.

22: Sorrateiros

Jerônimo Trovão e seu filho subiam a escada do morro.

A noite já se espalhara por aquelas bandas. O convento era um colosso fantasmagórico lá no alto. Dois minutos antes, a sirene começara a tocar outra vez, tão forte quanto as trombetas do apocalipse. Holofotes perscrutaram o céu escuro, iluminando pedaços de nuvens.

O filho olhava para cima, tentando encontrar os giroplanos, mas Jerônimo só tirou os olhos dos degraus de ladrilho azul quando o céu se encheu de artilharia traçante. Nômio já era adulto e vira traçantes o suficiente na época da guerra, mas o pai percebia seu fascínio infantil pelas linhas pontilhadas luminosas seguindo uma atrás da outra, devagarzinho daquele ponto de vista, feito instruções ensinando a recortar o firmamento.

Esta noite as estrelas são outras, homem-sonho.

Jerônimo Trovão murmurou uma resposta só para si. Desceu os olhos de volta para os degraus e apertou sua N12 entre os dedos. A espingarda trabalharia outra vez, ele sabia.

A Vila de Cava se tornou um caos sonoro. Ao foguetório das peças de artilharia e à fantasmagórica sirene antiaérea vieram se somar os motores dos giroplanos e as bombas caindo sobre casas. Mas o pior de tudo era o ruído de fundo, um uníssono de choros de gente ferida. Jerônimo imaginou quantas mães estariam escondidas sob camas ou dentro de armários para proteger suas crianças.

A guerra é isso, disse a Santa.

Mais uma razão para acabar com Teodoro Puro, ele pensou.

– Teodoro Puro é esperto, pai – Nômio parecia ler seus pensamentos. Ficou desconfortável com isso. – Ele sabia que aconteceria. Deve estar entocado em algum lugar.

– O convento está sendo poupado pelas bombas – respondeu Jerônimo. – Ele está aí em cima com seu irmão.

– Mas e a Irmã Célia?

– Ela também.

– Como sabe?

– Eu sei. Apenas sei. – Não sabia, mas esperava estar certo. O melhor lugar para uma freira levar uma ex-freira era... Bem, a qualquer lugar, mas o convento era um bom palpite.

No final da escada, se agacharam atrás do muro baixo. Logo adiante, os fundos do convento. A área estava deserta, o que não surpreendeu muito Jerônimo. O grosso dos homens devia estar lutando em posições estratégicas na vila, ou no interior do convento. Teodoro Puro estava preocupado com a morte vinda dos céus, não se arrastando por trás.

Dali era possível ver as frestas da porta grande de madeira e vultos em seu interior.

– Piedosas – disse Nômio.

Jerônimo passou os olhos pelo pátio. Havia um poço, um gerador, um galinheiro, um Arranca-Tocos preto. Havia também gente no telhado, vinte ou trinta metros acima.

– Se cruzarmos esse pátio rápido e ficarmos rente ao paredão do convento, os caras no telhado não terão ângulo para nos pegar, caso nos vejam. Mas podem alertar os outros.

Nômio concordou, embora pensasse que a preocupação maior deles devia ser com os giroplanos que zumbiam feito mosquitos, mas estavam invisíveis na paisagem noturna.

Agora, homem-sonho. Corra para seu Deserto.

Pai e filho saltaram o muro e correram até a porta larga. Dava para ouvir tiros lá dentro, e também as passadas de algo pesado. Algo bem pesado.

Quatro mulheres de fé e uma boneca russa, a Santa avisou. Estava bem diante da porta. *O Outro está dizendo que é seu filho que vai derrubá-la.*

Jerônimo espiou pela fresta da porta. Quatro Piedosas, quatro fuzis. Vindo nessa direção. Caminhando atrás delas, passos de dinossauro, um cilindro metálico de três metros de altura com pernas e metralhadoras.

– Matryoshka. Coisa dos russos – disse Jerônimo. – Todo mundo quer meter a colher no nosso mingau.

– Fin-fan-fun – brincou Nômio.

A Matryoshka vinha atravessando o pátio interno, duas

metralhadoras em cada lado, lançadores de granada no peito, tudo camuflado em verde e preto.

– A gente não vai conseguir entrar aí com essa coisa – Jerônimo ponderou, sem tirar o olho bom da fresta.

Mas seu filho já estava se esgueirando até o Arranca-Tocos.

Nômio quebrou o vidro do carro com o cabo da Mauser. Destravou a porta, deslizou para dentro. Sentou-se no banco do motorista, segurando o volante com as duas mãos. Lembrou-se de como adorava carros. Aquele era um dos bons. Grande, bruto, pesado, potente como um trator. Soltou a tampa de plástico embaixo do volante e, enquanto remexia os fios, lembrou-se do tempo que passava mexendo no gerador com Vitorino olhando e fazendo piadas.

O motor deu a partida. Ele pisou fundo e saiu o mais rápido que pôde, antes que os homens do telhado jogassem o holofote sobre ele.

É isso aí, rapaz, disse o Senhor Democrata, agarrando-se no banco do carona. O Arranca-Tocos derrapou, os pneus guinchando contra o pátio de pedra, e embicou na direção da porta. Nômio viu o pai sair da frente de qualquer jeito, uma cara de surpresa tão bovina que o fez gargalhar ao volante.

O carro atravessou a porta como se fosse de isopor. Porta, área de serviço, galeria, corredor, ele pisou ainda mais no acelerador e de repente as freiras eram galinhas cacarejando enquanto saltavam para fora do caminho do jeito que Deus permitia. A Matryoshka encheu seu campo de visão, erguendo as metralhadoras. O Arranca-Tocos a acertou com tudo, arrastando a boneca russa pelo pátio interno, corredor, galeria, salão, vestíbulo, o peso da carcaça metálica amassando o teto do veículo e obrigando Nômio e o Senhor Democrata a se abaixarem em seus bancos.

Irromperam com tudo pela porta, voando pelos degraus da frente e desparecendo na noite de guerra lá fora.

Foi um belo de um estrago, Jerônimo pensou.

As Piedosas estavam pelo chão, confusas com o que acabara de acontecer. Um carro atravessou o convento, donas. Mas a confusão acabou assim que viram Jerônimo chegar ao pátio.

Ele não gostava da ideia de matar freiras. Mas gostava menos ainda da ideia de ser morto por freiras. Não deu tempo para a primeira irmã apontar direito a arma. Foi quase instintivo. A N12 arrancou um pedaço do ombro da mulher, que Deus o perdoe.

Você é um assassino, homem-sonho. Não renegue seu fado imutável.

Outra Piedosa recebeu o balaço na perna e caiu aos gritos. Deus o perdoe.

Assassino.

A terceira conseguiu apontar a PPSH , mas a rajada curta se perdeu nas paredes quando Jerônimo, Deus o perdoe, a atingiu no peito.

Seu fado imutável.

A quarta largou a arma no chão como se ela fosse um galho cheio de formiga, levantou os braços, desistiu e correu em pânico. Jerônimo agradeceu por não ter que machucá-la também.

– Jerônimo – ele ouviu uma voz conhecida chamá-lo do alto da escada.

Irmã Célia e Levi correram em sua direção.

Ainda não acabou, homem-sonho.

Outra voz conhecida:

– Quero que vocês fiquem exatamente onde estão. Ou juro que mato o papai, a mamãe e o filhinho.

23: Mesmo duelo, outro duelo

Levi despertou de repente.

Estava deitado sobre uma campina de um verde tão morto que não podia ser real.

E não era.

Cada lâmina de grama era feita de papel de seda, cada pequena margarida tinha as pétalas recortadas em papel crepom, tudo tão sujo e fedorento. O Sol descia do céu pendurado por arames.

Era um dia feio. O vento estava frio.

Levi ficou de pé. Chamou por Merlin. O cachorro veio fazer festa nos seus pés. Afagou-lhe a cabeça. Depois subiu a colina.

Lá no topo, havia um velho. Vestido com casaca preta, cara cerosa e muito branca. Como um corvo ou um bruxo. *O velho.*

Agora se lembrava. O imperador que tentava roubar seu corpo e fazer sua alma desparecer de vez.

– Você está morto – o velho lhe disse. – Deve ir embora e me deixar em paz. É o que os bons meninos fazem quando morrem. *Seja* um bom menino.

Levi tinha carregava Excalibur nas costas e a lança do centurião na mão. Merlin rosnava, doido para cravar os dentes no velhote.

– Você que é o fantasma. Já morreu e quer ficar no meu lugar – Levi respondeu.

– É o meu corpo. Eu mandei construir. Paguei por ele.

– Nasci com ele, senhor imperador. Vou pegá-lo de volta – o menino jogou a lança para o velho. – Defenda-se.

O velho se abaixou e pegou a lança. Examinou o cabo e a ponta.

– A lança do centurião. Eu já venci esse duelo duas vezes, é justo ter de fazê-lo de novo? Veja, há seu sangue aqui.

O menino deslizou Excalibur para fora da bainha. A lâmina silvou, excitada.

– Não venceu coisa nenhuma. Não foi um duelo. E de qualquer maneira, estou aqui de novo.

O vento soprou mais forte, levantando algumas folhas de papel.

O Imperador girou a lança e mirou o pescoço de Levi.

Excalibur saltou na frente, defendendo-o, e em seguida guiou as mãos pequenas para uma estocada, depois outra, uma finta e um golpe vindo do alto, cada tentativa bloqueada pelo corpo da lança. Mais uma chuva de golpes, o imperador esquivando e defendendo, caminhando para trás enquanto a espada saracoteava como um beija-flor e Merlin tentava mordê-lo.

Então o imperador girou o corpo e empurrou a lança contra a barriga do menino. Levi saltou rápido para o lado, tropeçou, pisou no rabo do cachorro e caiu de costas no chão. A espada foi parar longe.

– Outra vez, menino.

O imperador ergueu a lança bem acima da cabeça.

– Minha espada! Onde está minha espada? – Levi gritou. Espalmou a mão na direção da lâmina. Excalibur começou a vibrar e veio de encontro ao seu menino.

Antes da lança descer, furiosa, Excalibur espetou o coração do imperador. Ficou ali, presa como uma faca em um queijo.

Enquanto morria, o imperador gargalhava.

24: O Deserto

Eis o impasse: Jerônimo Trovão de um lado, a N12 apontada, um raio de ansiedade e medo percorrendo a espinha, transformando cada terminação nervosa num pequeno Sol; Teodoro Puro de outro, o cano vazado e o cilindro da PPHS perfeitamente alinhados, olho na mira, os músculos sob controle mesmo espumando de ódio; e no meio Irmã Célia e o menino, ele choramingando, ela murmurando um padre-nosso.

– "Ai do pastor inútil, que abandona o seu rebanho. A espada cairá sobre seu braço e sobre seu *olho direito*, o seu braço completamente secará e o olho direito completamente secará." – recitou Teodoro Puro.

– Zacarias, capítulo 11, versículo 17 – disse Jerônimo. – Mas a escritura não se aplica. Nunca abandonei meu rebanho. E o olho escurecido é o outro.

– Os maometanos acreditam que o falso profeta terá um olho danificado. Não importa qual – retrucou Teodoro Puro.

– Você é o único aqui louco o suficiente para ser um falso profeta. Sequestrou meu filho. Uma criança. Manteve-o encarcerado por meses, destruiu a mente do menino com suas bobagens de reis e messias. Veja só o que conseguiu.

Teodoro Puro sorriu por trás da mira.

– Não sou o único a acreditar. Ouça a batalha lá fora. As pessoas amam o imperador e estão dispostas a morrer por ele. E você sabe por quê, falso profeta? Porque elas estão cansadas de serem exploradas, expropriadas e humilhadas. O povo quer plantar e colher. Fazer e dividir o pão. Criar os filhos e vê-los de barriga cheia, crescendo saudáveis. É por isso que eles lutam.

– Eles estão morrendo. Não verão nada crescendo além das raízes do capim em suas covas. E a culpa é toda sua.

– Sua terra foi roubada também. Você deveria entender. Mas creio que, lá no fundo, você nunca se importou com nada. Seu negócio é o sangue e a morte. Só precisa de uma desculpa para a matança. Não ama essa criança. Ama o pretexto de matar bons homens e boas mulheres em nome dele.

– Isso não é sobre mim. Solte meu filho e minha esposa.

Os olhos do menino iam de uma arma para outra. Sua cabeça doía tanto, por que não podia simplesmente parar de doer? A mulher que o abraçava estava assustada, pobrezinha, o que ele poderia fazer para consolá-la? Olhou para o homem careca. Ele parecia mau e egoísta, e Nossa Senhora, toda vestida de azul, estava ao seu lado sussurrando coisas. O homem da barba branca, por outro lado, parecia estar dizendo coisas boas. Ele tinha uma roupa melhor e mais limpa, e o Mal era feio e sujo. Havia um velho parado perto dele, um velho vestido como um grande rei e usando uma lança. Talvez fosse Deus. Talvez Deus tivesse respostas.

Ele se desvencilhou do abraço da mulher, que não queria deixá-lo. Mas o menino insistiu e ela desabou de joelhos, chorando ainda mais.

– Levítico, meu filho – disse o homem do tapa-olho. – Venha comigo. Vamos todos para casa.

– Não ouça o falso profeta, majestade. Você é Pedro Augusto de Saxe-Coburgo e Bragança, por direito imperador do Brasil.

Ninguém baixava a arma e isso era desagradável. Ficavam chamando-o de um lado e do outro. Nossa Senhora estava de lá e Deus estava de cá. Difícil decisão, mas ele fez sua escolha. Um passo após o outro, ele foi na direção do bom e limpo e o abraçou. Deus sorriu satisfeito.

Mas não era Deus, era o imperador.

Homem-sonho, homem-sonho, homem-sonho.

Teodoro Puro afagou os cabelos louros do menino com umas das mãos, sem tirar Jerônimo Trovão de mira.

– Ele nunca foi seu filho – o velho disse. Ia pressionar o gatilho quando o menino, seu Rei Revelado, puxou um canivete do bolso e enterrou a lâmina em suas costelas, gritando:

– Eu venci o duelo, o corpo é meu por este dia – e correu para os braços da mulher que queria como mãe.

Eu lamento tanto, homem-sonho, tanto, tanto.

Jerônimo se desesperou: aquele era um velho rápido demais. No tempo que levou para pressionar o gatilho e crivar o peito dele de balas, Teodoro Puro também disparou sua arma a esmo. Levi desabou no colo de Irmã Célia, alvejado nas costas.

– Não! – gritou Jerônimo.

Seu grito se diluiu num clarão. O corpo parou de responder. A Santa se desintegrou.

Nômio saiu do Arranca-Tocos depressa. A testa estava ardendo. Ele a tocou, os dedos voltaram sujos de sangue. O Chevrolet fora forte o bastante para arrastar a máquina russa por todo o pátio da frente e, quando ele puxou o freio, a jamanta rolou morro abaixo como uma bola de neve, atropelando tudo no caminho.

Os traçantes continuavam percorrendo o céu, disparados pelas Matryoshkas posicionadas nos telhados da vila. Nômio contou três, mas estavam sendo suficientes para manter os giroplanos mais afastados do que seria o ideal para um bombardeio.

Rapaz, cuidado, avisou o Senhor Democrata. Nômio parou de olhar para o céu e se virou para o convento. Uma rajada de metralhadora passou riscando o ar bem perto de sua cabeça. Ele saltou para trás do Chevrolet, que recebeu uma chuva de tiros no instante seguinte.

Nove irmãs no pátio e um atirador no telhado, disse o Senhor Democrata, a estrela no peito emitindo um brilho azul.

– Acha que posso com eles?

Acho que está bem encrencado com apenas essa pistola nazista.

Os tiros sacudiam o Arranca-Tocos feito terremoto. Estourou os pneus, estilhaçou o que restava dos vidros. Nômio olhou para a Mauser 96 em suas mãos. Calculou sua expectativa de vida em um ou dois minutos. Mas, pelo menos, morreria tendo a certeza de que seu pai não bolara plano nenhum.

Um assovio veio de cima. A princípio quase não deu para ter certeza, a barulheira do confronto na vila atrapalhava ouvir até os próprios pensamentos. Mas o assovio foi aumentando, aumentando, aumentando, até se tornar o único som em seus tímpanos.

Alguma coisa atravessou as nuvens como um raio azulado e caiu bem no meio da praça lá embaixo. Um clarão elétrico transformou a noite em dia.

Oh, meu Deus, o Deserto!, gritou o Senhor Democrata, e se desfez como cinzas ao vento.

Os holofotes estouraram por toda a Vila de Cava. Todas as lâmpadas se apagaram. Blecaute.

Nômio sentiu uma agonia nos dentes. Cada pelo do corpo se arrepiou. Veio a onda de choque. Foi como enfiar um garfo na tomada. O coração disparou, enlouquecido. O cérebro embaralhou pensamentos e sentidos. Tudo desligou.

Era um oceano preto, um lento flutuar, depois um cair.

25. O que se ganha no jogo dos velhos

Algumas horas deviam ter se passado, pois o Sol estava nascendo em algum lugar. O céu estava avermelhado, como quando a madrugada começa a ir embora. Nenhum pássaro cantava. Deviam ter morrido com o pulso eletromagnético.

Porque aquilo devia ter sido uma bomba PEM. Fritou cada circuito elétrico e cada circuito de cérebro eletrônico da região, além de ter parado alguns corações e embaralhado a mente de todo mundo. Inutilizou armas e inimigos.

Talvez a zona já fosse segura. Os giroplanos estavam sobrevoando as posições das Matryoshkas, agora apenas montes de ferro-velho. Nômio vomitou. A cabeça doía, como se alguém tivesse lhe extraído os miolos com uma colher de pau.

– Que diabos aconteceu? – ele perguntou. Apenas para si mesmo. O Senhor Democrata não estava em lugar nenhum. Ficou de pé. Andou com passos vacilantes na direção do convento. Ouviu as pessoas gemendo e vomitando, pessoas que sabe-se lá havia quanto tempo estavam tentando transformá-lo em queijo suíço. Agora tudo era o silêncio insuportável.

Ele viu dois giroplanos manobrando lá embaixo e subindo naquela direção. Só então percebeu que eles estavam repetindo a mesma mensagem incessantemente.

... confusão mental e enjoo pelas próximas horas. Larguem qualquer arma que possam ter em seu poder e aguardem o 13º Batalhão em casa. Quem for pego na rua será considerado hostil e poderá receber resposta hostil...

... E tudo de novo. O exército do povo estava dispersado.

Nômio passou por Piedosas rolando na própria sujeira. O atirador do telhado havia despencado lá de cima e seus membros estavam contorcidos em posições impossíveis. O rapaz seguiu se apoiando nas paredes do corredor. O convento estava na penumbra. Ouvia gente se lamentando e, acima de todos, o choro de alguém que ele conhecia.

– Irmã Célia?

– Nômio? – era mesmo ela, a voz embargada pelo choro. – Aqui.

Ele correu na direção da voz.

Enxergou formas difusas no pátio interno. Teodoro Puro, sobre uma poça de sangue escura, olhos mortos sem vida fitando o nada; a madrasta, com o rosto encharcado de lágrimas; o pai ao seu lado, o rosto esculpido em pedra, olhando para o corpo do filho deitado em seus braços, todo manchado de sangue, como aqueles quadros de Jesus Cristo baixado da cruz no colo da mãe.

Seu irmãozinho Levi estava morto?

Jerônimo Trovão ergueu o olho encovado para Nômio. Sua boca tremia, mas não chorava, o velho desgraçado. Nem uma gota de lágrima.

– Teodoro Puro venceu – ele disse.

Então era isso? Uma questão de vencer ou perder? Um jogo de velhos orgulhosos que não se importavam com o nada?

Esbofeteou-o no rosto.

– Você deixou meu irmão morrer.

Bateu de novo. De novo. De novo. E de novo. Mas a raiva não diminuía, parecia crescer, acelerar pelas veias e explodir seu peito. Bateu nele mais vezes. O pai não reagiu. Recebeu cada golpe com o filho nos braços, enquanto Irmã Célia gemia ainda mais alto.

Nômio parou de bater. Olhou para o pai, o irmão, a madrasta. Olhou para si.

Então é isso que se ganha, pensou.

Ainda odiava o pai, mas o tiraria dali antes do exército chegar. Porque família não se escolhe.

26: Deixo a vida para entrar na história

Góis limitou-se a sorrir e a mostrar uma câmera. Ignoraria os insultos e as ameaças.

– Os americanos estão vendo tudo neste exato momento. Eles querem você morto.

Protásio Vargas sacudiu a cabeça numa censura a si próprio, mas não se deu por vencido. Ainda havia tempo, e cada segundo contava.

– Ninguém mata o presidente assim e sai impune. Isso é traição, Góis. Sabe o que o exército fará com você, meu caro?

– Me tornarão o novo presidente.

– Não vai me matar. Não tem coragem. Sempre foi um moleirão.

Góis se concentrou no esforço de puxar o gatilho. Parte dele dizia para matar o general logo. Já não havia matado antes? Seria apenas justiça, a recompensa por tantos anos de trabalho por esse país. Sim, era pelo país. Vargas não era mais o homem certo para o Brasil Novo. Era pelo país.

– Não faça o jogo dos americanos, coronel. Pense na sua nação, no seu povo. No seu país.

Sim, era pelo país.

A última bala estourou, saiu do cano do revólver girando em torno de seu próprio eixo e, deslocando o ar ao seu redor, seguiu em linha reta, inexoravelmente em direção ao coração do presidente.

O general caiu no chão, sem acreditar. Um novo busto de Clístenes olhava-o do alto mesa.

Para os livros de História, Protásio Vargas se suicidou com um tiro no coração.

Conheça mais obras do autor em
http://editoradraco.com/?s=cirilo

Este livro foi impresso em papel pólen bold
na Printing & Internet solution em março de 2015.